PAYSAGE D'HIVER

CHRISTINE JORDIS

PAYSAGE D'HIVER

Voyage en compagnie d'un sage

ALBIN MICHEL

À Sacha

«Je me souviens d'étés flamboyants où la calligraphie s'apparentait à une musique de gestes, où un trait noir donnait parfois le velouté d'un son de violon.»

François Cheng, *Et le souffle devient signe*

Faire le portrait d'un homme sage

Les idées de voyage jaillissent d'une idée à demi oubliée ou d'une rencontre dont le souvenir était resté enfoui. Comme le germe poussant en terre et faisant un jour sa timide apparition. Brusquement il est là et sa forme s'impose, donnant corps aux pensées vagabondes, aux désirs en suspens, aux aspirations vagues qu'on traîne avec soi sans trop s'interroger. On sait enfin ce qu'on cherchait. On part. On sort de ce guêpier dans lequel nous sommes tous plus ou moins empêtrés. Quand je dis « nous », ce n'est ni vous ni moi en particulier, mais disons – l'homme, toujours insatisfait, se posant des questions sur son sort, cherchant une solution, qu'il ne trouve pas. Une réponse à cette question lancinante : comment vivre ? Qui un jour se transforme en : comment vieillir, comment affronter la tâche de vieillir ? Deux questions essentielles qu'on peut se poser une vie durant sans être jamais sûr d'avoir trouvé la bonne réponse.

Bien sûr il y a ceux qui, lancés dans la bagarre, sont trop occupés pour se les poser – je ne les oublie pas, mais que vienne un moment de creux, déception, ennui, forte contrariété, et voici qu'elles ressurgissent de plus belle.

Souvent c'est la vie qui les résout pour nous, c'est vrai, notre marge de choix est mince. Nous avons tout de même celui d'une petite échappée de temps à autre. Partir. Rupture. Et tout recommence. Fin des habitudes d'être et de penser, la vie est à réinventer.

Tel est le grand mérite du voyage. Créer la rupture. Laisser derrière soi le fatras des vieux papiers, idées, connaissances, problèmes, ennuis et autre quincaillerie dont nous entendons à chaque pas le tintamarre. Se sortir de la routine où l'on se débat, déplacer l'horizon mental qui nous enferme, en repousser au plus loin les limites, gagner une vision nouvelle, une perspective différente, une plus grande ouverture, en un mot : le large – et obtenir d'autres réponses, peut-être.

Une rencontre étrange

J'étais revenue il y a un an d'un voyage en Corée et j'étais sur le point d'y repartir. Il s'agissait moins de transcrire les impressions de cette première visite que de les approfondir. Comprendre ce qui m'était arrivé et qui avait si lentement cheminé en moi. Le deuxième séjour serait entrepris dans ce but. Entre les deux, je m'instruisais.

C'est que j'avais fait une rencontre, l'une de celles, assez rares, qui nous mettent face à nous-mêmes. Non d'un personnage inoubliable, physique remarquable, comportement inédit, étrangeté garantie, mais d'un fantôme – puisque cet homme a vécu au XIXe siècle, en Asie, très loin sur la carte. Le lieu où se produisit la rencontre – une île de lave noire solidifiée, tout en replis et volcans, si nue, si noire qu'on se serait cru à l'origine du monde – me restait en mémoire autant que cet homme extraordinaire, avec la maison sinistre où il fut condamné à vivre pendant des années. Puis je l'oubliai. Pendant longtemps je n'ai plus pensé à ce fantôme dont la présence légère m'avait accompagnée.

En sous-roche pourtant, insidieusement, puis plus fort, les questions qui nous suivent, nous troublent et nous harcèlent au long d'une vie – à moins qu'elles ne se fassent discrètes en attendant l'occasion de nous éclater au visage et de nous dévaster –, ces questions me ramenaient à lui. Elles convergeaient vers lui. La solution qu'il avait trouvée à travers une vie de difficultés sans nombre, je désirais l'approcher de plus près, la comprendre.

Je savais qu'elle se situait assez loin des expériences de l'extrême recherchées par les aventuriers au long cours que j'ai longtemps fréquentés, par goût, par attirance – ces forcenés, ces grands brûlés de la vie, hantés par la poursuite de l'absolu. Etant liée à la notion de « Milieu », de « Milieu juste », telle que la philosophie chinoise la définit, elle peut au premier abord en sembler l'exact contraire. Ce n'est pourtant pas le cas. Qu'elles se situent du côté de l'excès ou, à l'opposé, d'une difficile harmonie, les voies se rejoignent qui aboutissent au dépassement de soi et, plus généralement, de toute limite. L'approche, dans le cas présent, est seulement plus complexe et nuancée.

Tout fascine dans la vie de cet homme, sa pensée et son art, la façon dont il sut conjuguer action et contemplation, cette sérénité obtenue (ou maintenue ?) au travers d'une vie déchirée, son œuvre picturale d'une maîtrise superbe qui atteignit son sommet alors qu'il était en exil, dans le plus grand dénuement. Qui était-il ?

Je me suis fait le portrait d'un homme sage. Un calligraphe coréen qui vécut il y a deux siècles, le plus grand de son époque. Sage, il ne l'a pas été d'emblée. Reste d'ailleurs à savoir ce qu'on entend par ce mot. Non pas calmé ni rassis, installé dans une vieillesse résignée et n'adressant plus à la vie que des demandes raisonnables, non, rien de tel – cela c'est la résignation, l'ennui, pas la sagesse. Mais un homme qui serait parvenu de la vie à percevoir l'essentiel – et à s'y tenir.

Le fait qu'il ait vécu en un temps si lointain, dans une partie du monde si éloignée de la nôtre ne change rien à l'affaire. Tout au contraire. Dans notre époque de virtualité, de jonglerie accélérée, de perte totale de tous les repères, les réponses qu'il trouva pourraient bien s'imposer comme étant les seules possibles. Il n'est d'ailleurs pas rare qu'on mette en avant, dans des études toutes récentes, les valeurs auxquelles il adhérait dans sa Corée confucéenne comme étant le contrepoids nécessaire, la compensation à tant de brutalité. Violence de son époque, il manqua en être broyé, violence de la nôtre, qui nous égare et nous effraie.

En allant à sa rencontre, je savais trouver bien autre chose qu'un refuge : une perspective dans laquelle vivre, un moyen de se défendre contre les empiètements d'un monde toujours plus agressif.

Cet été-là je l'ai passé dans l'enclos de ma chambre. C'est une pièce aux murs clairs, le sol recouvert d'une mince moquette de teinte neutre, deux meubles en tout : la table de travail en bois lourd et le lit habillé de velours grenat. L'austérité voulue pour se concentrer sur sa feuille de papier. Devant moi, la fenêtre qui donne sur les champs, les bois, le ciel. De temps à autre, je lève les yeux pour regarder tout ce vert, quelques grandes balafres blanches qui s'effilochent dans le bleu du ciel, ou bien les nuages lourds qui l'encombrent sur toute son étendue.

Aucun bruit, si l'on excepte le chant d'un oiseau, le passage rapide d'un animal dans les fourrés – lièvre ou chevreuil, ils ne sont pas dérangés – et le murmure du ruisseau en contrebas. La maison est construite à flanc de colline. Elle surplombe des coulisses de peupliers qui s'étagent le long de la pente, s'interrompant au bas pour laisser voir la remontée d'une prairie vers la forêt lointaine, qui forme un horizon épais et doux.

Il est huit heures par un matin clair. Comme chaque jour, je m'assieds à ma table jonchée de notes, de fiches, de livres, de dossiers. Je tâche de me clarifier l'esprit pour exposer par écrit les raisons qui m'amènent de façon si régulière et insistante à me souvenir. Chaque matin lever l'ancre, barrer, redresser, reprendre, raturer, zigzaguer entre les lignes, souligner de rouge, c'est un voyage sur la feuille blanche : il fait écho à celui que j'ai accompli sur la carte il y a deux ans. Zhang Zai et Zhu Xi, l'épaisseur des encyclopédies, le métro de Séoul, propre et labyrinthique, les kilomètres parcourus sous terre d'un point à l'autre de la ville géante, la fanfare qui annonce gaiement l'arrivée de la rame, Confucius ou Mencius, des maîtres à vivre, l'île noire de Jeju et l'ermitage de Kim Jeong-hui.

J'ai commencé à lire des livres sur la pensée chinoise, une pensée que la Corée fit sienne pendant des siècles, dans la vénération, y apportant, avec quelques grands penseurs tels Yi Hwang (dit T'oegye) et Yi I (dit Yulgok), une interprétation proprement coréenne. Je les lis, les relis, les corne et les souligne, en apprends des passages – sans me cacher les obstacles. À commencer par la culture qui nous reste inconnue, à nous Occidentaux, ou à peu près, car les cultures chinoise et japonaise, si nous commençons à en repérer quelques traits saillants, que savons-nous de la Corée ? Et l'écriture que je ne lis pas, la langue que je ne parle pas. Va-t-on m'objecter que mon sujet est trop lointain, trop étranger, que je ne pourrai jamais en retracer que les lignes extérieures et que des siècles m'en séparent ? Des objections que je balaie sans trop de scrupules, mon propos n'étant pas de faire œuvre de spécialiste, pas même d'écrire une biographie – entreprise d'ailleurs impossible –, mais de m'interroger sur un homme et un destin.

Une quête

On sait qu'il occupa tour à tour des positions extrêmes, le niveau le plus haut comme ministre du roi, épigraphe reconnu, génial calligraphe, un maître dans ces domaines, mais qu'il ne s'y tint pas, toujours la vie l'en fit glisser. Voilà pour le tracé, l'extérieur. Or ce sont précisément les glissements qui me retiennent, le passage d'un état à un autre, du succès à l'échec, de la maturité à la vieillesse, et la solution intérieure qu'il leur trouva.

Son existence politique est brusquement interrompue, il est expédié dans un lieu d'exil plus dur que la mort, il a tout perdu, ses biens, son honneur, son renom, son pouvoir, il lui faut à partir de ce rien redéfinir l'essentiel. S'est-il dit à ce moment, comme l'empereur Hadrien : «Je commence à apercevoir le profil de ma mort» ? La mort, non pas celle dont nous sépare une vie remplie d'action et d'événements, lointaine, irréelle, mais la mort qui approche sans que plus rien ne s'interpose, seulement une vieillesse lente et solitaire.

L'art, c'est à son art qu'il se tint, et à l'amitié désintéressée. Et son art ne peut se comprendre que dans le contexte qui l'inspirait : celui d'une culture qui liait intimement le geste de peindre ou d'écrire à la pensée philosophique, à la recherche spirituelle. Un tout.

C'est cela qui m'attire. « Spirituel » est un mot qu'on hésite de nos jours à écrire, tant y adhère, a dit un écrivain contemporain, « de niaiserie pieuse et d'emphase éthérée ». C'est possible, mais en existe-t-il un autre ? Je n'en trouve pas ; il faut admettre qu'il ne s'agit pas ici de religion, plutôt d'une quête de sens. En repensant à la vie de Kim Jeong-hui, à cette suite d'épreuves, de souffrances, de morts et de séparations, à ces périodes de succès et d'orgueil, suivies d'une longue solitude – à ces alternances violentes qui auraient défait quelqu'un de plus faible, je me suis demandé quelle force l'avait fait tenir. Non seulement tenir, mais atteindre son but. À la fin de sa vie, il m'apparaît comme un être accompli, non qu'il soit plus « moral » qu'un autre, ce n'est pas là l'important, mais il a été jusqu'au bout de lui-même, surmontant ses contradictions multiples. Et il a acquis une sorte de simplicité, voire d'innocence enfantine, on le constate dans son art.

Cette démarche-là, je voulais la saisir, considérant de près le moment où, d'une existence comme achevée, l'homme qui la vécut s'arrête, la soupèse et la juge, choisissant parmi tout ce qui se présente à lui ce qu'il va considérer comme le plus important.

Il s'agissait au fond d'un travail d'approche par l'empathie et les affinités. On ne fait jamais, lorsqu'on tente de revenir sur une vie – que ce soit celle d'un autre ou la sienne –, qu'interpréter un certain nombre de faits passés, souvenirs flottants, conscients ou non, personnels ou non, maintenant à demi effacés et tissés dans la matière de l'histoire – la mienne ou celle d'un autre. Mais que ce soit la mienne ou celle d'un autre, l'effet est le même, le procédé le même pour fixer l'instant disparu, les chances d'erreur les mêmes.

Cela ne signifie pas que la vérité nous reste à jamais insaisissable. Le fait qu'elle ait trait à un être si éloigné de moi dans la distance et dans le temps n'altère pas fondamentalement la donne. C'est dans son évolution intérieure que j'irais le chercher : m'intéressant à ce qui est commun à tous et que nous pouvons donc trouver en nous-mêmes. La subjectivité ne sera pas ici comptée comme facteur d'erreur, mais au contraire composante nécessaire de la compréhension. « Tout être qui a vécu l'aventure humaine est moi. »

J'allais me tromper, plus ou moins, faisant bien sûr en sorte d'aller vers le moins, accumulant sur place les documents se rapportant à sa vie, observant les lieux où il vécut, lisant les ouvrages qu'il avait lus, imaginant au moyen de la lecture, mais aussi des conversations et rencontres, le contexte qui fut le sien et qui influença sa pensée et sa recherche.

En réalité, je poursuivais une quête, depuis longtemps entamée, autour d'une vie, encore une fois. Une vie qui révèle au-delà des objectifs ordinaires – situation, succès, pouvoir et gloire –, au-delà des malheurs et échecs ce qui nous anime en profondeur : ce qui est capable de nous retenir. Mieux : en fin de compte, de nous apporter certaine paix. Bien sûr, je sais que ce que j'appelle « objectifs ordinaires » peut suffire à occuper la plupart des vies, et même à les déborder, et que certains non seulement s'en contentent quand ils les atteignent, mais se montrent immensément satisfaits d'un succès après lequel ils se sont si longtemps échinés. À moins, évidemment, le cas est fréquent, que rien ne leur suffise jamais tout à fait, l'histoire du désir, comme un prurit, une maladie de peau qui vous démange et s'irrite sans cesse.

Face à cet activisme infatigable, la fameuse « sagesse orientale », avec son arrière-fond de mystère et d'exotisme, et tous les clichés alignés à ce sujet pendant des siècles. Il fallait revoir la question.

De temps à autre je levais les yeux vers la fenêtre. Me frappait chaque fois la correspondance entre le dedans et le dehors. Le paysage, arbres, plantes, eau, était-il dans mon livre, qui me parlait du cosmos, ce fondement de la pensée chinoise, ou devant moi : ces arbres bien réels et familiers derrière l'écran mince de la vitre ? Ils me semblaient une émanation de ma lecture, tel un poème chinois qui se serait matérialisé sous mes yeux.

« Plus je vieillis, plus je me sens prêt à vivre[1] »

À vrai dire le fouillis qui pousse à longueur de jour dans nos têtes, à partir d'un certain degré d'obsession s'ordonne éventuellement de soi-même. Tout nous ramène à ce point central. Lire, l'esprit clarifié autant que possible par l'absorption de thé noir. Lire et avancer d'un pas vers la compréhension. Puis en revenir à l'état brumeux habituel, s'affalant par les soirs de fatigue devant le petit écran. Il y avait parfois des émissions qui me remettaient sur la piste, celle – indéfinie – de ma recherche.

Un soir, une émission dont le thème portait sur le bonheur avait invité sur le plateau une cohorte d'illustres vieillards que leur très longue vie autorisait à donner un avis informé sur la question. Parmi eux, une jeune femme qui avait participé à un livre sur ce thème et dont le visage charmant avait visiblement pour but de faire

1. François Cheng, *Et le souffle devient signe. Portrait d'une âme à l'encre de Chine*, L'Iconoclaste, 2014.

contrepoint à ceux, ridés et cabossés, de son entourage. Tout naturellement – sujet grave oblige – on en vint à parler de la mort. « Un outrage », « inacceptable », « odieuse », s'écriait la jeune femme. Les vieillards la craignaient-ils, la mort prochaine ? Sans doute, plus ou moins. La question ne fut pas tranchée, les réactions différaient. Ce qui apparaissait clairement, c'est qu'ils étaient du côté de la vie, que la mort… oui, sans doute, bien sûr ils y pensaient, mais ils s'employaient de leur mieux, avec zèle, à faire usage du temps qui leur restait – c'est-à-dire à jouir au mieux de ce reste de temps, et à le faire durer. À quatre-vingt-douze ans, l'un d'entre eux venait de se remarier. Il parlait d'amour, de projets, de réalisations futures. « J'ai envie d'aimer, de faire des projets, d'écrire de nouveaux livres. » Un autre, cent ans bientôt, sortant de l'hôpital, le visage effondré, les joues creuses, les yeux fixes et le regard aveugle tant il était délavé, souriait de toute sa belle denture artificielle pour dire son amour intact de la vie, qui est « souffrance et bonheur ». Certes, comment le contredire ? Et chacun de s'émerveiller devant une telle persévérance, devant cette force de vie armée face à la mort ; eux-mêmes, les meneurs de jeu, espéraient un jour faire preuve de ce même élan inusable. Quelle autre solution pour détourner la mort, la tenir à distance jusqu'à la toute dernière extrémité, que ce refus résolu, cette addiction à la vie maintenue en dépit de tout ? Nos sémillants vieillards racontaient leurs amours. Et pourquoi pas ? Être amoureux, n'est-ce pas la meilleure preuve que l'on est bien vivant, tout plein de fraîcheur et de renouveau ? Le triomphe de la vie, jusqu'à l'échéance ainsi mise de côté, quoi de mieux ? Et quoi d'autre, de toute façon ? Que faire d'autre que vivre jusqu'au bout, puis basculer en espérant que le tout se passera bien et vite ?

On nous raconte que dans les hospices où l'on parque les vieux hors d'usage, il ne manque pas de ces malheureux, souvent délaissés, voire abandonnés, en proie à un lourd sentiment de déchéance et d'inutilité, pour tomber amoureux – dernière manifestation du filet de vie qui leur reste. Les voilà qui se raniment, se remettent à aimer, reprennent goût à la vie, bref : ils revivent. Encore un petit printemps qu'on espère maintenir, sinon aussi vif et tumultueux que lors de ses vingt ans et ses premières amours, à l'impossible nul n'est tenu, tout du moins un peu semblable à ce qu'il fut, pâle reflet, distant souvenir de la joyeuse circulation de la vie. La mort est pour un temps congédiée et la vieillesse s'éloigne. La tendresse physique suit, et le sexe, pourquoi pas ? Si l'acte n'est pas tout à fait à la hauteur du désir mais plusieurs crans plus bas, il reste bien quelques plaisirs à lui substituer, n'exigeant pas les mêmes performances.

Ainsi en Occident, au XXIe siècle, s'arrange-t-on de la mort. En l'occultant, en l'oubliant, la repoussant hors de notre champ de conscience autant que possible. Encore une fois, que faire d'autre ? La jeune femme le disait : la mort est inacceptable. Il faut, tant qu'on le peut, lui opposer la vie, l'énergie vitale, dans ses manifestations les plus évidentes : le désir, le sexe, nos meilleurs moyens de défense, et la garantie que la vie est encore là.

Cependant le spectacle des sémillants vieillards ne m'émouvait pas comme il l'aurait dû. Car la mort, dans tout cela, qu'en a-t-on fait, comment l'a-t-on préparée ? La refuser jusqu'au bout, lui tourner le dos pour ainsi dire, comme si elle ne devait pas avoir lieu, jamais ? Y songer le moins possible – ou comme à un événement lointain, pas tout à fait réel ? Irréelle, la mort, la nôtre, ou alors réduite à une pensée fugitive, utilisable à la rigueur comme contrepoint : un événement propre à intensifier notre sentiment de vie.

Nous sentons pourtant que cette évasion – cette fuite, à vrai dire –, si elle nous apparaît comme la seule solution possible, n'est pas pour autant satisfaisante. Une forme de tricherie. Cette tricherie implique un beau courage et la volonté de se battre et, pour toutes ces raisons, elle est en général admirée. Il n'était qu'à voir de quels regards attendris on couvait nos vieillards, ces guerriers de la vie. Vainqueurs pour un temps, un petit temps encore.

Mais il n'est qu'à imaginer les mêmes, moins chanceux, descendus un degré plus bas, tels ceux d'un hospice dont je lisais récemment une description forte, qui me semble exacte : « La résidence Le Bonheur est un lieu de puanteur, de détresse effrayant, un concert de glapissements, de hurlements inhumains, de coassements qui se font entendre dès qu'on franchit la double porte de verre, qui s'ouvre en composant un code. Celles qui dansaient sur les places le 14 Juillet sont assises, édentées, jambes ouvertes, hébétées, la bave aux lèvres sur des chaises roulantes. Celle qu'on entend le plus, celle dont la voix joue la partie soliste de cet orchestre de la décrépitude, crie sans fin : "Madame ! Madame ! Madame ! J'm'embête…"[1] »

La danse, la fête, les lampions, puis l'hébétude et la bave. Oui, « inhumain », le mot est bien trouvé, en deçà de l'humain. Mon malaise. Et ma peur. « Non, pas moi, se dit-on, je n'en arriverai jamais là, je préfère mille fois mourir. »

Le sommet du journal télévisé, ce sont les sujets sur la vieillesse et son cortège de maladies, entre autres ce qui a trait à l'alzheimer, on nous en gratifie soir après soir (pourquoi ? la cerise sur le gâteau sans doute, après toutes les guerres et horreurs qu'on vient de voir). Les vieillards sont assis en cercle. Ils sont sages. « On va chanter et jouer du tambour maintenant », ou de la flûte traversière ou du pipeau… leur dit l'animatrice pleine de zèle, la phrase invariablement amenée par ce « on » qui les dépersonnalise et les réduit à l'état d'enfance. Et un chœur de voix chevrotantes s'élève tandis que certains tapent bravement sur leur tambour et que d'autres, se rappelant une samba, se sont levés et se trémoussent. Un cauchemar.

1. Myriam Anissimov, *Jours nocturnes*, Seuil, 2014.

Se préparer à la dernière douane ? Il n'est pas question de renoncer à la vie avant terme, quelle idée, mais plutôt d'accepter qu'elle se transforme en nous. Pour qu'on ne soit pas condamné, comme les prisonniers tournant en rond, indéfiniment, lors de la promenade dans la cour de la prison, à répéter et revivre jusqu'à ce que mort s'ensuive les mêmes désirs, les mêmes déceptions, les mêmes tensions, les mêmes envies, les mêmes exigences, les mêmes emportements, seulement plus rageurs et amers de devoir rester impuissants et frustrés, la vieillesse aidant, sans issue, sans suite. Cette répétition pour ainsi dire mécanique – puisqu'elle dépend d'un fonctionnement que nous ne contrôlons pas : on ne fait que continuer à rouler le long des mêmes rails – est suivie de satisfactions toujours plus modestes, dérisoires même, sans cesse diminuées par la faiblesse de l'âge et la débilité du corps. Satisfaction : zéro, ou si peu, l'heure du repas, la visite à attendre ? Pendant que le désir, lui, reste fidèle au poste, on nous l'affirme, même chez les vieux, il est bien là, un peu faiblard sans doute, mais indéracinable, indépendant du corps et de l'âge, comme un organe autonome et monstrueux, qui continue à fonctionner tout seul. Et finalement l'échec, la mort comme échec.

Que désirer finalement, dans ce septième âge de la vie, qui ne soit lié au corps et à ses prestations déclinantes ? Pour peu que notre esprit soit intact – l'inégalité marque aussi la vieillesse, il faut bien le constater –, la vie nous reste ouverte. Tant qu'un peu de souffle vital nous anime.

Les sages chinois redoutaient la vieillesse et la mort, et ils entretenaient leur corps, inséparable de l'esprit. On dit même que pour les néotaoïstes, la « sainteté » était essentiellement l'art de ne pas mourir. On obtenait cette capacité par des pouvoirs magiques et, sur ce plan, rien n'était négligé, aucune extravagance refusée. Les anecdotes les plus étranges abondent d'ailleurs sur la question, Tchouang-tseu met en garde ceux qui n'y croiraient pas. Ainsi c'est grâce aux pouvoirs magiques que le prince de Houai-nan put monter au Ciel suivi de toute sa maisonnée et même de sa basse-cour, la sainteté n'étant pas réservée aux hommes. « Puissance pure, puissance libre, un Saint n'est que Vie. Il est de la Vie qui s'ébat, de la puissance qui joue. » Accroître la puissance vitale ou simplement la conserver, « nourrir la vie », telle était la préoccupation majeure des empereurs qui ne négligeaient pas, histoire de s'entraîner, de se soumettre annuellement à l'épreuve de l'ascension. Nous n'en demandons pas tant et préférons, si possible, garder les pieds sur terre. Quant au désir de nourrir la vie, il n'a pas tellement évolué au cours des millénaires. Si nous avons perdu l'art des pratiques d'« hygiène sanctifiante » qui permettaient d'accéder directement au Ciel une fois fatigués du monde, nous pouvons toujours, avec un peu de chance et peut-être de travail, compter sur l'esprit. Créer, aimer, écrire ou peindre, penser, lire, prier et méditer.

Je pensais au bref récit de François Cheng intitulé « Herbe et Fleur[1] », deux mots qu'il traça au pinceau en relevant d'une longue maladie – deux mots qui étaient signes de ses « retrouvailles avec l'encre et, par-delà, avec la vie ». Il se souvint alors d'un vers du poète Du Fu qui, malgré la vieillesse, était capable de s'enivrer encore d'une floraison. « J'abordais moi-même la dernière partie de mon existence. Les oraisons les plus belles étaient passées. Mais comme sur les terres sauvages, les herbes poussaient toujours à l'infini, en avant de moi. »

À ce point, je retrouvai, comme un fil directeur circulant de façon souterraine pour émerger ici ou là, le souvenir de cet homme, de ce fantôme croisé au long de mes voyages en Orient. Si présent encore dans ces régions du globe qu'on ne peut raisonnablement le remiser dans la froideur de la tombe. J'ai vu sur un terrain de jeu peuplé de manèges d'enfants, dans l'île de Jeju où il fut exilé, une pierre très haute où était gravé et peint son portrait, barbe au vent, coiffé de son chapeau à large bord, socques aux pieds, l'air songeur, un demi-sourire aux lèvres, tel qu'on a pu l'imaginer un siècle et demi plus tôt dans cette île perdue (puisqu'il lui était interdit de sortir de son enclos). Il a porté des dizaines de noms,

1. Dans *Et le souffle devient signe*, *op. cit.*

de pseudonymes qu'il choisissait selon la personne à qui il faisait don de son œuvre, tels Chusa ou Wandang, qui reviennent souvent, je les trouverai partout lors de mon voyage. Vivant, il l'est toujours, aujourd'hui plus que jamais peut-être.

Avant de retourner sur les lieux où il vécut et de marcher sur ses traces – car tel est bien mon but, je le sais maintenant –, j'avance d'un pas dans sa description. C'était, à la manière extrême-orientale, à la fois un philosophe, un peintre et un poète, un érudit qui pratiqua l'exégèse des textes anciens et un expert en épigraphie, le plus grand calligraphe que connut la Corée, et finalement un sage, je l'ai dit. En outre, il occupa pendant vingt ans de hautes fonctions au sein de l'État. On s'étonne : un tel concours de qualités est inhabituel, notre paysage n'en offre guère d'exemple, imagine-t-on tel de nos politiciens accroupi sur le sol et appliqué à peindre d'un seul trait qui ne se reprend pas orchidées ou bambous (mais la plante en question pourrait varier) pour prouver sa maîtrise de soi ? Dans la Chine et la Corée de l'époque, les lettrés confucéens, grands érudits, artistes et poètes, tenaient des fonctions officielles auprès du roi. Être un homme de culture ne vous rendait pas suspect de manquer du sens des réalités, être un homme politique n'impliquait pas une saine ignorance de la littérature, les mondes n'étaient pas cloisonnés.

La création artistique : essentiellement le reflet de l'activité contemplative. La peinture : l'aboutissement du travail de la pensée, une manière d'être au monde. La peinture : une pensée en action.

Ce qui n'empêcha nullement Kim Jeong-hui d'occuper un pouvoir dans le gouvernement et de se battre pour ouvrir au monde le Royaume ermite : il s'opposait à ses risques et périls à l'orthodoxie en place.

Peut-on, dans son cas, parler de vieillesse, de cette lente réduction de nos possibilités qui nous condamne bientôt à l'inertie, à la sclérose, la vie s'amenuisant jusqu'à nous déserter ? Mais non, plutôt d'un élargissement indéfini de l'être.

Tant que le souffle passe…

L'art du peintre – et donc la pensée qui précède l'acte de peindre – embrasse tout ce qui existe au monde, il épuise tous les aspects de chaque chose. Cela par la seule vertu d'une règle unique. « Cette règle unique, quelle est-elle ? C'est transmettre *l'esprit*. Car le vulgaire croit que seuls les hommes possèdent l'esprit, ignorant que les choses inanimées elles aussi ont l'esprit. »

L'auteur de ces pensées, c'est Deng Chun, un philosophe chinois qui vécut au XIIe siècle, fut fonctionnaire, s'intéressa de près à la peinture et écrivit un traité qui fit date. La peinture, il ne l'envisageait pas comme un métier pratiqué par des spécialistes, mais comme l'expression suprême des élans intérieurs de l'homme qui pense (si bien que la valeur de l'œuvre dépend directement de la culture comme de l'évolution intérieure de son auteur).

Ou encore Teng Ch'un (de la dynastie Song) ; selon lui, l'art de la peinture « tient à un seul adage : transmettre l'esprit. Sait-on que toute chose est douée d'esprit ? ». Et il continue avec regret : « Tant d'œuvres de nos peintres ne visent qu'à représenter les seules formes extérieures, et d'où l'esprit est totalement absent », telles sont les œuvres de « faiseurs », et non de créateurs, elles ne méritent même pas le titre de « peintures ». Elles emplissent le monde.

Toute chose est douée d'esprit

L'esprit serait présent en toute chose ? Il suffirait pour le constater de *voir*, une plante par exemple, la voir au point qu'on l'a en soi, elle nous habite, on devient elle, comme si un transfert de conscience s'était produit, tout sentiment de division effacé. C'est une expérience du vivant qui n'est pas rare chez les peintres et les poètes. Ainsi le poète anglais Kathleen Raine[1], alors qu'elle se trouvait à la campagne, dans la solitude, contemplant par un soir de silence la forme des pétales d'une jacinthe : « Je m'aperçus brusquement que je ne regardais plus la plante, mais que j'étais elle… Je me confondais avec la jacinthe, comme si elle faisait partie de ma conscience. » Alors, elle ne voyait plus la fleur, elle la *vivait*. C'est précisément l'expérience que décrivent les peintres chinois, celle d'un changement d'état de conscience, non pas soudain mais longuement préparé. « Une forme vivante, poursuit-elle, je ne puis pas mieux définir l'essence ou

1. *Le Royaume inconnu*, éd. Stock, trad. Claire Malroux, 1981.

l'âme de la plante. » Et, comme eux, elle conclut : « Cette forme dynamique était, semble-t-il, d'ordre spirituel et non matériel, ou elle était une matière plus subtile, ou encore de la matière elle-même perçue comme esprit. »

Ou bien, dans ce sens, tout est vivant, ou bien rien ne l'est. On peut choisir, l'expérience aidant, de dire : tout est vivant. C'est une question de vision.

Au lieu que les hommes et les choses soient séparés, enfermés chacun dans une case, esprit d'un côté, objet de l'autre, les deux se trouvent ici unis par un même courant, un même flux : le regard et la chose regardée, l'esprit et l'objet. La séparation a disparu. Notre dualisme obstiné qui voit partout des divisions et les installe peut paraître, depuis le temps qu'il fait autorité en Occident, tenir plus par la force de l'habitude que par conviction réelle – cet être/néant dont on nous a rebattu les oreilles (il y a sur la question des livres respectés), ou esprit/corps, ou Dieu/monde, sujet/objet, réalité/apparence, ou encore bien/mal, toutes ces divisions au cœur de la pensée occidentale qui définissent, répartissent, catégorisent, séparent, bloquent, enferment, mutilent, réduisent pour plus de commodité. Elles ne correspondent pas à ce que nous sentons et vivons, elles n'expriment pas la réalité de notre expérience.

La matière reposerait lourde et inerte, solitaire, tandis que l'esprit, cette faculté purement humaine, voletterait de-ci de-là, fort de son indépendance ? Les choses inanimées, morte matière dénuée de vie, d'une pesanteur irrémédiable – le reste, le vivant, doté de ce souffle qui l'anime pour un temps, un peu, beaucoup, puis plus du tout ? Mais non, tout au contraire – et le sage chinois que je cite, comme le poète anglais, semblent être de cet avis –, les choses, elles aussi, sont pénétrables par l'esprit : il s'en dégage une influence qui nous atteint, nous agite ou nous apaise ; elles ont un langage muet qu'il dépend de notre écoute attentive de percevoir.

Bien sûr je suis consciente que le mot « esprit » ne recouvre pas le même sens que dans notre acception à nous, étant constamment employé au long d'une très longue tradition qui nous est véritablement étrangère. (Autre piège dont il faut se garder : les assimilations abusives, tentantes pour celui qui a besoin de points de repère dans son avancée hasardeuse et souhaite se retrouver au plus vite en terrain familier.) Et puis je vois bien que cette magnifique confiance en l'homme qui – pour peu qu'il se cultive, c'est vrai – possède la capacité d'embrasser tout ce qui existe au monde, *la totalité de ce qui existe*, n'est pas exactement ce qui nous caractérise, nous, Occidentaux, un peu défraîchis par des secousses et turbulences en chaîne, pas trop heureux non plus de la façon dont marche le monde (« marche » étant un mot qui peut sembler un peu fort). Notre conception de l'homme, à l'inverse de celle qui prévalait dans la pensée chinoise, est entachée d'un pessimisme – et faudrait-il ajouter, par voie de conséquence, d'une absence d'exigence ? – que les atrocités en chaîne du XXe siècle, guerres, massacres et génocides, n'ont fait qu'accroître – autre difficulté dans l'approche de cette pensée[1].

Je n'étais pas rebutée par ces difficultés, mais attirée plutôt par mes premières lectures. Je trouvais là, en dehors de tout système, des esprits amis dont la philosophie se fonde moins sur des théories que sur l'expérience de vie. En une époque de confusion, assez vide de direction, leur conception du monde, me semble-t-il, peut élargir et renouveler notre propre vision, usée, discréditée, incertaine. Autre point non négligeable : à l'inverse de notre propension à établir des divisions, la pensée chinoise, avais-je cru comprendre, tout au long de son évolution rechercha une unicité à laquelle rapporter le multiple. Se souciant, précisément, d'éviter divisions, dualisme, exclusions, oppositions, à moins que ces oppositions (celle du Yin et du Yang) ne soient complémentaires et n'entrent ainsi dans un réseau continu de relations.

---

1. La Chine moderne, elle-même, a voyagé loin des Classiques. Un groupe d'étudiants de Pékin, énervés, survoltés, désirant en découdre avec la culture passée, criaient en chœur et avec énergie : « À bas la boutique Confucius. » C'était avant la Révolution culturelle : ils rompaient ainsi avec une tradition plus que millénaire. Aujourd'hui pourtant, les deux tendances coexistent chez les intellectuels, de rejeter l'héritage tout entier – mais alors ne tombe-t-on pas dans l'occidentalisation, cette aliénation qui signifie la perte de la culture propre ? – ou de s'en tenir à la conviction que « leur propre tradition est plus globalisante et satisfaisante pour comprendre la vie ». C'est pour cette dernière opinion que j'ai opté en écrivant (à condition, bien sûr, que cette tradition ne soit pas pétrifiée).

L'énergie vitale

Cette unité, qui rassemble l'infinie multiplicité des parties, on le sait, c'est celle du souffle (du *qi*) : l'énergie vitale qui anime l'univers entier. Le *qi*, avais-je lu, est le « principe de réalité unique qui donne forme à toute chose et à tout être », si bien qu'il n'existe pas de séparation entre les êtres humains et le reste du monde (je passe sur les arguties sans fin qui divisèrent partisans du *li* (principe) et ceux du *qi* (énergie, ou souffle), l'idée de souffle, qu'il soit premier ou second, vienne après ou sans le principe, me convenait, ce qui certes représente certaine désinvolture vis-à-vis de penseurs éminents, mais aucune trahison, espérons-le, envers la pensée étudiée et ses variations à travers l'étendue des siècles).

Pas de division ni de séparation, seules des différences de condensation. Le souffle est le matériau unique, primordial, à partir duquel prennent forme les choses et les êtres : ceux-là ne sont donc rien d'autre que le souffle premier en état de plus ou moins grande condensation. Qu'est-ce que l'homme ? un peu de souffle condensé. Une définition qui me plaît, surtout quand on connaît la place essentielle accordée à ce peu de souffle au sein du « Ciel-Terre-Homme ».

Le grand Tchouang-tseu, l'un des maîtres du taoïsme, écrivait : « L'homme doit la vie à une condensation de qi. Tant qu'il se condense, c'est la vie ; mais dès qu'il se disperse, c'est la mort. » La mort : non pas un mal, mais la dispersion naturelle du souffle qui pour un temps s'est coagulé, prenant une forme humaine et puis la délaissant.

« En littérature, la primauté est accordée au souffle » (Cao Pi, au IIIe siècle).

C'est évident : si, en lisant, on ne sent pas passer le souffle, qui est impulsion, mouvement, rythme, la phrase est morte, inertie, stagnation.

« En peinture, il s'agit d'animer les souffles harmoniques » (Xie He, deux siècles plus tard).

Évident, là encore : participer aux souffles, les joindre dans l'harmonie.

L'énergie, manifestée, nous constitue, comme elle constitue tout ce qui existe : la réalité physique que nous voyons, touchons, appréhendons, comme la réalité invisible que nous percevons sans la voir. Qu'il s'agisse du tempérament d'une personne ou de l'esprit d'un lieu – ce qui s'y est déposé au long des ans et qui en émane et que nous ressentons –, ou de la puissance à nous émouvoir d'une œuvre d'art ou d'un poème, tout cela est souffle, énergie, autant que nous-mêmes. Nous sommes dans l'invisible ? Oui, c'est vrai, mais ce n'est pas ce qui importe, visible et invisible étant joints. En allant chercher les traces laissées par un homme, en visitant les lieux où il vécut, étudia, enseigna, où il fut heureux et souffrit, n'était-ce pas cet invisible que j'espérais percevoir, ce qui émane des lieux – l'esprit dont ils sont imprégnés ?

Le souffle n'étant ni esprit ni matière pure mais les deux à la fois, il parcourt tout l'ordre du vivant, l'unifiant, le faisant un. Il me plaisait de penser que cette unité vivante parcourue du souffle originel, les « choses inanimées » y entraient. Et que, en lisant, en écrivant, je m'approchais déjà d'un personnage, pris pour sujet d'enquête, qui, dans sa conception de la calligraphie et de la peinture, incarne cette tradition au plus haut degré.

Peindre, comme transmettre un parfum

Le trait de pinceau

Par vocation, formation, héritage familial, il était calligraphe. Ce qui signifie qu'il était aussi peintre, poète et philosophe.

Encore faut-il s'entendre sur le sens du mot « calligraphe ». Quand on le prononce sous nos latitudes, on pense : application, recherche de l'effet, belle écriture, joliesse du tracé, en somme exercice décoratif et soigneux avec, au besoin, quelques boucles ajoutées et autres ornementations superflues, à moins que, visant à l'austérité, on ne verse dans la stylisation.

On s'en doute, calligraphier en Chine, en Corée, ce n'est rien de tel, c'est même tout le contraire, non une question de faire joli, rien d'aussi artificiel, mais… de souffle. Le souffle, encore et toujours, à l'origine de tout, des formes que nous sommes comme des gestes que nous faisons.

« Un Chinois qui s'apprête à écrire est persuadé qu'au

moment où son pinceau fait naître sur la feuille fût-ce le plus simple des idéogrammes, le souffle qui le traverse et se matérialise grâce à son bras, ce souffle-là est le même que le souffle primordial et universel par qui naissent, éclosent et vivent tous les êtres sur terre[1]. »

Ou encore (et cette fois ce n'est plus un poète contemporain qui parle mais, au XIIIe siècle, Shen Zongqian) : « L'univers est fait de souffles vitaux et la peinture s'accomplit au moyen du pinceau-encre.

« La peinture n'atteint son excellence que si les souffles émanant du pinceau-encre s'harmonisent pour ne faire qu'un avec ceux de l'univers. »

Peindre/écrire/calligraphier. Ou s'accorder à l'œuvre de la Création – au cosmos.

Le pinceau est le moyen de l'accord.

Dynamique, animé par l'énergie de la vie, son mouvement participe du grand rythme universel.

Dans cette perspective, calligraphier c'est à chaque trait recréer le monde.

Nous sommes dans l'univers, dans l'immensité, en relation avec l'origine. On ne s'étonnera donc pas que la calligraphie prenne volontiers pour objet le poème ou le texte incantatoire (ainsi Chusa va-t-il calligraphier

---

1. François Cheng, cité par Cyrille J.-D. Javary, dans Fabienne Verdier, *L'Unique Trait de pinceau*, Albin Michel, 2001.

le *Sutra de la Perfection de la sagesse*). C'est qu'elle a une fonction sacrée, comme si écrire, ou dessiner, ou peindre, c'était restituer la magie qui à l'origine était attachée au signe – au trait. Pas d'art sans magie. Mais une forme de mort. Et la magie nous touche au plus profond de nous, de façon directe, bien au-delà du rationnel, au-delà du niveau de la simple lecture et du sens. Sans doute ne lisons-nous pas ni ne comprenons les calligraphies chinoises, mais lire, comprendre, ce n'est pas ce qui importe le plus (même si on peut penser que c'est un avantage) : il suffit de *ressentir*, de recevoir la magie des signes. Ressentir n'était d'ailleurs pas réservé aux seuls lettrés chinois : les signes créés, vivants, parlaient tout aussi bien aux centaines de millions de Chinois illettrés, ainsi que le nota le poète Henri Michaux[1] lors du voyage en Chine qu'il effectua en 1930, lui qui ne connaissait pas non plus la langue : « Ces caractères, illisibles à des centaines de millions de Chinois, ne leur étaient pourtant pas lettre morte. Tenus hors du cercle des lettrés, les paysans, il est vrai, les regardaient sans les comprendre, mais non sans ressentir. »

Peindre/écrire/calligraphier. Ou, selon Chusa, sentir et transmettre un parfum. Il s'agit toujours du souffle et de la sensation.

1. *Idéogrammes en Chine*, Fata Morgana, 1975.

« Dessiner une orchidée, c'est un peu comme calligraphier dans le style *yeseo*[1], on a alors besoin de l'énergie des livres et du parfum des lettres. »

Le terme qu'il emploie – « parfum » – est concret, il est même sensuel. Ce parfum, dit-il, ce sont les mots et les lettres qui le dégagent. Quand on lit longuement, quand on contemple les caractères sur la feuille, on s'imprègne du parfum qui en émane. Car les lettres, au-delà du sens qu'elles transmettent, dégagent une odeur. Et quand on écrit ou dessine ou peint à son tour, c'est ce parfum qui est transmis à travers l'œuvre réalisée – celui que le peintre a en lui, si présent, si réel qu'il touche les sens, comme celui d'une fleur. On pourrait aussi bien parler de « saveur ».

Le souffle, on ne le retient pas, on en est traversé. C'est pourquoi calligraphie, peinture procèdent de façon spontanée, sans repentir, sans retouche. Il s'agit – c'est là l'essentiel –, traçant le trait instantané, de capter le souffle, le rythme, faute de quoi la vie ne passe pas. Admettons que cette énergie soit empêchée, voire arrêtée, que l'artiste le jour où il prend le pinceau ne soit pas en forme, ou fatigué par les efforts de la veille, eh bien le tracé, tout comme l'artiste, est empâté, empêtré, restituant non plus la Vie, dans sa rapidité, sa légèreté,

1. Ou style des scribes (ou clercs), sous les Han, entre le Ier et le IIIe siècle. On a tendance à l'utiliser encore en calligraphie.

mais la pesanteur et l'immobilité. « Une calligraphie est réussie ou bonne à brûler, on ne peut la reprendre... Le peintre occidental ignore ce sentiment d'irréversible[1]. » Et pour parvenir à ce résultat est nécessaire une patiente et attentive, une minutieuse observation de la nature : regarder. Regarder jusqu'au moment où l'objet regardé est devenu une part de vous-même. Le bambou pousse en vous : il s'agit de saisir cette vision, seulement cela : la saisir. Mais avant de pouvoir la saisir – la tâche est ardue –, quelle mise en train, apprentissage, méditation, préparation ?

« La loi sévère qui gouverne la peinture est la même que celle qui régit la calligraphie et l'écriture; elle est longue et difficile à assimiler. Elle exige une maîtrise absolue de l'art du trait. »

C'est Fan-Chi, de la dynastie Qing[2]. L'art du trait, donc.

Et celui de la composition, on l'apprend aussi en calligraphiant : « Les traits (à l'intérieur d'un idéogramme) entretiennent des rapports d'opposition et de corrélation qui suscitent un jeu complexe de vide et de plein, de fixité et de mouvement, de rupture et d'équilibre[3]... »

---

1. Cyrille J.-D. Javary, dans Fabienne Verdier, *L'Unique Trait de pinceau*, *op. cit.*
2. Cité par François Cheng, *Souffle-Esprit*, Seuil, 1989.
3. *Ibid.*

Il n'est qu'à regarder le tracé de l'orchidée, si proche de la calligraphie : la feuille jaillit dans un coin du papier, le traverse, disparaît tout aussi brusquement – un trait, mouvement et rupture ; les trois quarts de la page restent blancs. C'est le vide, parcouru de métamorphoses. L'œuvre est achevée. À l'observation de jouer : il y a place pour le travail de l'esprit, et le secret, le mystère. N'est-ce pas là l'essentiel, cette possibilité de s'enfoncer toujours plus loin dans le tableau, de repousser indéfiniment les limites de la vision ? Par la composition, l'espace est suggéré, le vide où passe le souffle primordial au sein duquel les divers éléments se lient, se conjuguent et se transforment.

Si, par manque de pratique, l'intérieur (la vision) et l'extérieur (l'objet reproduit) ne s'accordent pas, si « le cœur et la main ne sont point à l'unisson », alors il est inutile d'aller plus loin.

La technique, c'est de pouvoir manier le pinceau en toute liberté. Elle doit être parfaite. À force d'efforts mille fois répétés, on en arrive à un stade où la main domine l'instrument, où elle ne dépend plus de sa qualité, elle va son chemin, elle fait de lui ce qu'elle veut, elle est libre. Chusa s'était tant exercé au cours de sa vie qu'il s'arrangeait du pinceau utilisé : « J'utilise le pinceau librement. »

Un mouvement d'envol

Une maîtrise parfaite donc. Cela suffirait ? Mais non, rien n'est aussi simple. Les milliers d'exercices par lesquels on acquiert la sûreté de la main, les dizaines d'instruments utilisés, règle, compas, pied d'architecte, encre, pinceau, pierre à encre, tout cela n'est encore rien – sans la préparation qui doit précéder l'acte de peindre.

« Le pinceau exige qu'on suscite à tout moment un mouvement d'envol qui transcende la matière et l'aspect extérieur des choses. »

Un mouvement d'envol. On ne peut mieux dire. Qui ne l'a pas éprouvée, cette sensation d'envol, devant une grande œuvre d'art n'a rien ressenti.

Comment la susciter ? Question d'âme, d'esprit, de souffle – de vie intérieure, si on préfère. Celle du peintre comme celle du spectateur. « Se concentrer tout entier sur la vie intérieure » (c'est une recommandation à laquelle il faut prêter attention) : sans elle, rien ne vaut, et la technique est vide de sens – un contour creux.

Avant d'attaquer une œuvre (ou de tracer le moindre trait), il faut que « le peintre en possède l'idée entière ». C'est *de l'intérieur* qu'on opère, après avoir totalement intégré en soi l'objet regardé.

« Les objets ne sont pas saisis par la perception des sens, ils sont enclos dans l'habitacle de l'âme. C'est pourquoi la main ne fait que répondre à ce que la peinture a saisi dans son cœur », Fu Zai, VIIIe siècle[1].

Voici comment s'y prendre. C'est Luo Ta-ching (un peintre de la dynastie Song) qui s'exprime. « Quand j'étais jeune, je mettais des grillons en cage afin de les observer. Cela de nuit comme de jour sans m'en lasser. Puis, par souci de vérité, je les observai en milieu naturel, parmi les herbes. C'est là que je commençai à en saisir la nature profonde au point de m'identifier à elle. En sorte que, au moment de dessiner, je ne sais plus si c'est moi qui suis devenu grillon, ou si c'est eux, les grillons, qui se sont transformés en moi, le peintre[2]. »

Ou encore, ce poème décrivant le même processus d'identification : « Lorsque Yü-k'o peignait un bambou / Il voyait le bambou et ne se voyait plus. / C'est peu dire qu'il ne se voyait plus ; / Comme possédé, il délaissait son propre corps. / Celui-ci se transformait, devenait bambou, / Faisant jaillir sans fin de nouvelles fraîcheurs[3]. »

Alors, né d'une vision parfaitement possédée, exécuté d'un unique trait rapide, le tableau vit, le tableau *est*. Et cette vie, il la transmet à celui qui regarde. Mais le peintre qui imite, suit des recettes, veut bien faire et s'applique, celui-là n'aura produit qu'une peinture évidemment

1. *Ibid.*
2. *Ibid.*
3. *Ibid.*

morte, à laquelle le terme de « croûte » convient parfaitement. Restituer la spontanéité, ou énergie, ou rythme, c'est l'aboutissement d'un long et patient travail. La lenteur, l'obstination, puis la rapidité et l'assurance. Plus jeune, alors que je m'essayais moi-même à dessiner, j'ai observé pendant des heures les dessins de Rembrandt : ce trait, simple et nécessaire, unique, qui commande l'espace et rassemble en lui tous les autres, les mille autres traits qui auraient pu s'y ajouter, il abolit le superflu et le pourtour : il *est*, c'est tout, nécessité venue de l'intérieur – par sa justesse, il s'impose comme une évidence. « Il suffit d'un ou deux traits pour que l'image qui en résulte traduise la vérité du modèle », qui n'a bien sûr rien à voir avec le contour, mais tout avec les *lignes internes* que le peintre a su saisir, c'est Chang Yen-yuan qui parle.

Chusa, qui avait tant étudié les textes chinois, connaissait bien sûr les principaux traités parmi la masse considérable d'écrits laissés par les peintres sur leur art. Dans ses propres traités, dans ses lettres à ses disciples, il écrivit d'ailleurs lui-même de façon détaillée sur l'art du peintre et du calligraphe – pierre à encre, eau, pinceaux –, conseillant, dirigeant, critiquant, déterminé et radical dans ses jugements, sévère envers l'habileté technique quand ne s'y manifeste pas l'esprit, fût-elle celle des peintres les plus réputés. Ne jamais travailler de l'extérieur en imitant un tracé, « l'art de la calligraphie ne consiste pas à imiter les autres. L'inspiration nous arrive de la nature. C'est d'elle que l'imagination nous vient».

Il faut être soi, au plus près soi, dans sa singularité. Que cette approche de soi constitue le travail d'une vie, c'est possible, mais après tout, quelle autre solution ?

« Les nuages ont du temps libre »

Négligeant la route bitumée qu'empruntent les pèlerins confucéens comme les simples curieux, nous avions choisi de l'approcher à travers bois – elle, l'académie confucianiste de Dosan. Marchant le long de petits chemins, longeant lacs et étendues d'eau et progressant lentement, nous nous préparions intérieurement à la rencontre, comme il se doit quand on va aborder l'ouvrage ou la demeure d'un sage.

C'était lors de mon premier séjour en Corée, en 2010. Nous étions dans la région d'Andong, cœur et réservoir du confucianisme, m'avait-on dit, et des *seowon*, il y en avait bien une quarantaine, non utilisés pour la plupart, mais témoignant de l'ardeur avec laquelle les Coréens avaient depuis des siècles embrassé l'enseignement de Confucius. Les emplacements n'ont pas été décidés au hasard, mais soigneusement choisis par la géomancie, l'aboutissement de toute une science et de savants calculs dont les raisons ont à voir avec la perception de l'énergie cosmique. La simple beauté des lieux justifie qu'on s'y arrête. En route, nous étions passés par l'académie de Byeongsan. Gris doux des toits à la courbure légère, moutonnement vert des collines, et le courant du fleuve en contrebas, la tache rose d'un arbre en fleur. Un pavillon juché sur pilotis contemple l'eau qui passe, on y accède par une passerelle de bois rudement taillée et on s'installe là, dans la salle ouverte sur le fleuve et les arbres, entre terre et ciel.

En ce beau matin de printemps, nous arpentons les allées de l'académie confucéenne de Dosan. Située comme il se doit entre la montagne et l'eau d'une rivière, bénéficiant ainsi des forces célestes et telluriques, elle vit autour du souvenir du sage qui la fonda.

De l'énergie coagulée, ces tablettes d'écriture que j'ai à présent sous les yeux ? On le croit volontiers. Elles appartenaient à Yi Hwang et à ses disciples et sont maintenant posées sur les murs d'un pavillon de cette académie coréenne. De l'énergie bien sûr, au sens le plus banal du mot, mais une charge d'énergie phénoménale. Celle de Yi Hwang (1501-1570), dit T'oegye, son nom de plume, l'un des penseurs les plus influents de la Corée, poète, écrivain, grand connaisseur des Classiques chinois, de Confucius à Zhu Xi, dont il reprit entièrement l'œuvre déterminante pour en composer un condensé, devenant ainsi le Zhu Xi confucéen comme on l'a appelé, et influençant des générations entières de lettrés, parmi eux le sage qui nous occupe. Mais surtout, le premier philosophe spécifiquement coréen : en Corée, où l'on est soucieux de se différencier de la Chine, tel est son plus grand mérite. Il est là, son portrait tout au moins, sage et impénétrable, coiffé du chapeau noir officiel, l'œil mi-clos, avec la barbichette clairsemée qu'on voit immanquablement à ces personnages toujours considérés dans leur vieil âge. Les Classiques chinois, il les connaissait sur le bout du doigt, c'est certain, mais il leur apporta sa propre contribution. Rien qui puisse se définir par le mot « idéologie », mais des réflexions pour mieux penser, mieux vivre, ce qui tout compte fait est de loin préférable. Il mettait l'accent sur l'« esprit-cœur », ou si l'on préfère, en termes plus connus, sur la transformation de soi jusqu'à la purification. Il parle moins de liberté d'esprit que ne le fait le taoïsme chinois. Il ne plairait sans doute pas aux Européens, qui se méfient du confucianisme (ou le connaissent peu) et préfèrent le taoïsme pour la bonne raison qu'ils projettent sur lui leurs propres idées de liberté.

Il travaillait sans cesse (sur les Classiques), correspondait activement (les *Réflexions de recueillement* n'offrent qu'une petite partie de son immense correspondance), veillait à ses multiples tâches dans le domaine public (conseiller des rois, il espéra se soustraire à ses responsabilités et aux intrigues de la cour qu'il détestait ; au moins soixante-dix fois, nous dit une histoire de sa vie, il tenta de fuir pour se réfugier dans son travail intérieur, ce qu'on comprend d'autant mieux quand on sait le danger représenté à cette époque par l'exercice de la pensée : il vous menait assez vite au bannissement ou à la mort, voire aux deux, comme le prouve le cas de son frère, mort sous les coups alors qu'il était en chemin vers l'exil). Chef religieux et penseur politique donc. Plus important encore : initiateur du renouveau confucéen en Corée (que l'on nomma « néoconfucianisme[1] »). C'est contre son influence – mais on l'a alors figée et durcie, instrumentalisée en quelque sorte – que Kim Jeong-hui luttera. Il servit comme diplomate, chancelier de collège, conseiller d'État (il figure encore sur les billets de mille wons, une petite somme qui circule facilement de mains en mains). Tant et si bien que T'oegye ne put se consacrer à son œuvre propre – volumineuse pourtant – qu'à partir de cinquante ans. Et puis il enseignait. Il enseigna jusque quelques jours avant sa mort. Notamment à l'académie de Dosan, qu'il fonda en 1561 et que je visite aujourd'hui.

C'est un ensemble de pavillons étagés parmi les arbres sur le flanc d'une colline, une rivière coule à son pied, avec en son milieu une petite île ronde. La montagne, l'eau, les arbres. Le cosmos est là. T'oegye aimait la

1. Ceux qui s'intéresseraient à des précisions sur ce mouvement de pensée qui, selon Marina Deuchler (*The Confucian Transformation of Korea*, Harvard University Press, 1992), « devait devenir l'expérience la plus ambitieuse dans le monde du Sud-Est asiatique, la tentative de réforme la plus créatrice », peuvent se reporter à l'annexe 1, p. 353.

nature. Il l'observait longuement et cette contemplation lui était nécessaire, elle l'accompagnait dans le travail sur soi – la « culture du soi », un exercice quotidien.

« Quand le coq se met à chanter et qu'on s'éveille, les pensées progressivement se développent. Comment ne se recueillerait-on pas pour les mettre en ordre ? »

Ce n'est pas un poème mais, dans une lettre, quelques conseils pour bien vivre la journée qui commence : « se lever de bonne heure, s'asseoir avec correction, faire attention à son expression et recueillir son esprit-cœur, le rendant aussi lumineux que le soleil en train de se lever ».

Puis il faut se faire silencieux, « ordonné et même vide et lucide, calme et non divisé ». Ayant enfin l'esprit « vide et lucide », ayant chassé idées flottantes et autres associations inopportunes – bref, étant parfaitement calme et disponible, en un mot lumineux, on peut avec profit ouvrir ses livres, c'est-à-dire « entrer en présence des sages et des hommes cultivés ». On ne se présente pas au saut du lit, décoiffé et chiffonné, de façon désinvolte, sans s'y être préparé, à des esprits qu'on admire et désire approcher : certain rituel – point essentiel de la pensée confucéenne – est non seulement souhaitable mais absolument nécessaire.

Des poèmes il en écrivit, sur les quatre saisons et, pour chaque saison, sur les moments du jour, matin, journée, après-midi et soir.

« Le vent dort, les nuages ont du temps libre. Un oiseau rentre, naturel. »

Il est seul, c'est l'été, l'après-midi. Il est perdu dans de profondes pensées tandis que « les lueurs du couchant font bouger rivières et montagnes ».

Et l'hiver, le soir, « dans un endroit caché et minuscule », chassant la crainte de son mieux – pourquoi la crainte le soir ? –, il « essaie d'arrêter la confusion ». Il aime les pruniers en fleur et les arbres chargés de neige.

« Assis je regarde par la fenêtre la lune plus rapide que le givre. »

Les pavillons sont disposés de chaque côté d'un escalier étroit. Escaladant la colline, on progresse lentement du plus usuel, du plus banal au plus intime, au plus précieux. L'académie, dédiée au maître Confucius, ne se donne pas d'un coup, elle se mérite. D'abord, les dortoirs d'étudiants (Nongunjeongsa) un bâtiment en forme de H (c'est le caractère chinois I, couché, qui signifie « étude » ; les étudiants y dormaient à un bout, étudiaient dans l'autre). Puis deux bibliothèques (Gwangmyeongsil) situées de chaque côté de la porte Jindonum et construites sur pilotis, afin d'éviter aux livres l'humidité du sol. Puis la salle où l'on procédait à l'impression des livres : les deux mille sept cent quatre-vingt-dix planches de bois servant à la xylogravure des œuvres de T'oegye et celles du roi Seonjo y sont rassemblées. Enfin, tout en haut, dans un pavillon situé au sommet de l'ensemble, le

Sangdeoksa, ou sanctuaire, le trésor n° 21 : les tablettes de Yi Hwang et d'un de ses disciples.

Cette architecture de l'esprit, je la découvre en grimpant l'escalier de bois bordé d'arbustes. On se prépare mentalement à recevoir les idéogrammes que traça T'oegye, devant lesquels chaque année, en février et août du calendrier lunaire, sont tenues des cérémonies confucéennes.

Précédée d'un petit hall de bois à claire-voie, la pièce où il étudiait et enseignait. Il en avait entrepris la construction dès 1557 pour y travailler et y recevoir ses étudiants, des difficultés financières l'interrompirent.

Était-ce le dépouillement de la pièce, la modestie de l'endroit, ces murs et ces planchers nus ? L'esprit des lieux. De ces lieux-là se dégageait en effet un esprit. Une atmosphère de concentration et de paix. On s'y serait bien arrêté. Fin de la course, repos, présence. Il n'existe rien d'autre que cette pièce nue, tout y est contenu, sans limite.

« Recevant la pensée, on écrit un poème. Au bout du pinceau se manifeste l'esprit. »

Il disait aussi à propos de l'esprit-cœur (puisque, dans cette pensée, le cœur, un mot employé de façon moins affective que chez nous, ne peut être dissocié de l'esprit) : « ouvrir la mesquinerie et l'ignorance ».

Et aussi : « l'œil comme un miroir clair, l'esprit-cœur comme le soleil ».

Je n'avais encore rien lu des livres que j'aborderais par la suite, ou très peu. Je ne soupçonnais donc rien d'un intérêt qui allait s'installer en moi et me requérir tout entière. L'aventure commençait.

Je visitai Andong et les lieux de Confucius en compagnie de deux personnages singuliers. Ce sont eux qui avaient lancé l'idée de cette escapade.

L'un est éditeur. Vif et corpulent, c'est la rondeur qui frappe en lui, ronds les yeux, rond le visage, rond le ventre, et même le sourire qui lui découvre les dents en forme de grimace permanente. Une rondeur qui va bien avec sa générosité. Son esprit roule sans peine d'un sujet à l'autre, actif, jaillissant, prêt à donner. Et ce don roule lui aussi, si loin qu'on perd de vue le point d'arrivée : pas d'aboutissement en vue, l'élan au départ et le projet fuse – des projets, il en a des dizaines –, puis le but se perd. Plus qu'une personnalité du monde littéraire, bien réelle, ancrée dans le monde des chiffres et du profit, il évoque une figure du théâtre d'ombres indonésien, le *wayang kulit*, qui personnifie les divers types humains (Tualen, par exemple, qui sous les traits d'un homme du peuple se fait le chevalier du bien, ou son fils Merdah, tout aussi rond que le père, chargé d'assurer la transmission de son enseignement), tout en gardant l'aspect de jeu et d'irréalité du théâtre, amplifié par la singularité de sa forme. Agité, cocasse, chimérique, à l'opposé de son camarade, l'étudiant confucéen qui nous sert de guide. Un puits de science, celui-là, si pénétré par l'importance de sa recherche qu'il en a déjà adopté tous les signes extérieurs tels que les portraits d'anciens les désignent. J'ai à mes côtés l'image même du sage, le vénérable T'oegye, pourquoi pas ? Digne et solennel, mystérieux, il parle peu, sourit moins encore, ne se soucie pas d'enseigner ni de briller, mais peut-être d'imiter un modèle dont il campe l'allure de son mieux, comment savoir ? Pour les confucéens, l'exemple à suivre compte plus que les textes eux-mêmes. Son camarade agité visiblement l'écoute et l'admire. C'est vrai que l'adjectif « confucéen » posé sur cette mince silhouette impressionne. Et l'air docte qui l'accompagne semble indiquer une tentative de mise en pratique qui convainc plus encore.

Ces deux-là, le silencieux et l'agité, forment une paire. Ils vont m'instruire au cours de la promenade. Confucius chemine avec nous, ce qui n'est guère étonnant, il est là depuis deux mille cinq cents ans après tout, et une telle longévité laisse forcément des traces.

Croire en l'homme

Confucius. Un mythe. Dans notre partie du monde, il est vaguement résumé par le mot « sagesse ». Et il n'a pas très bonne presse. N'est-ce pas lui qui a recommandé dans la vie quotidienne la séparation des hommes et des femmes ? (un très mauvais point, manquait-il de vision ? n'avait-il pas prévu l'émancipation moderne ?) Lui encore qui conseille de respecter l'autorité en place (on a vu depuis lors ce qu'un tel respect – obéissance et soumission – pouvait provoquer comme catastrophes) ? Lui, toujours, qui en fixant une stricte hiérarchie entre les humains leur ôte la possibilité de penser par eux-mêmes et de se révolter ? Bref, Confucius et son enseignement n'auraient rien à nous dire.

Dans une autre partie du monde, en Orient, Confucius est celui qui a façonné pour plus de deux millénaires l'homme chinois et, avec lui, celui de la Corée. Et comment parler d'un grand confucéen comme Chusa sans connaître un peu la pensée du maître ? Impossible de rien comprendre à l'homme, ni à son effort, ni à son évolution sans le replacer dans ce contexte – parlerait-on de Pascal sans rien savoir du christianisme ni du jansénisme ?

On s'étonne de la longue influence que Platon, Socrate, le Bouddha, le Christ ont exercée sur la pensée des hommes. Mais Confucius ? Est-ce un homme ? un sage ? une école ? une religion ? Rien d'aussi simple ni défini. Un phénomène, apparu au Ve siècle avant notre ère, qui depuis lors, à travers hauts et bas, triomphes et vicissitudes, a persévéré au cours des millénaires et règne aujourd'hui encore (sous une forme révisée et déviée, ce n'est pas surprenant), j'en ai, si besoin, la preuve vivante sous les yeux, ce jeune étudiant habité par la pensée du maître. Même si nombre d'écrivains et penseurs (Yasushi Inoué parmi eux) se sont évertués à retracer sa vie, l'on n'en connaît – et encore, sans grande certitude – que quelques points saillants : son milieu social (entre noblesse guerrière et peuple paysan, un milieu qui formera par la suite la fameuse classe des lettrés-fonctionnaires), son engagement politique précoce (il sera ministre de la Justice), vers la cinquantaine son renoncement à la carrière politique (elle ne peut être faite que de compromissions ; son souverain ne vaut rien, il a perdu le sens du mandat céleste, Confucius quitte le pays en signe de désapprobation). Il poursuit quant à lui le mandat reçu du Ciel et sa quête de la Voie au long d'un périple qui va durer une douzaine d'années – sans plus de succès. Confucius est alors considéré comme « celui qui s'obstine à vouloir sauver le monde, tout en sachant que c'est peine perdue » (*Entretiens*). Il revient à Lu, dans sa région natale, et passe les dernières années de sa vie à enseigner dans le cercle toujours plus étendu de ses disciples. C'est à ce moment qu'il aurait remanié les textes qui lui sont attribués. Aucune révélation en les lisant : une suite d'évidences, de propos terre à terre, prévisibles et sans surprise. Comptent, nous apprend-on, le non-dit, l'au-delà des mots, le pouvoir de suggestion entre les mots et autour – ce qui, sans être directement exprimé, est impliqué. On le croit.

À partir de ces bribes de conversations s'impose un message. Un message précis et qui ne cesse de surprendre et d'émouvoir.

Surprendre : en dépit des dénégations que lui opposent les faits – les horreurs diverses et variées de l'Histoire qui, sur ce plan, fait preuve d'une faculté de renouvellement sans limite : le « cauchemar de l'Histoire » comme on l'a écrit, dont il est difficile de s'éveiller –, ce message vaut encore. On persiste à y croire, on s'évertue à le suivre, on y est attaché, c'est à partir de l'espoir qu'il transmet qu'on pense et raisonne. Persévérer plutôt que renoncer, alors que renoncer, on aurait tant de bonnes raisons de le faire ?

Émouvoir, parce qu'il exprime une conception de l'être humain dont on ne peut tout à fait se passer, même sans avoir reçu d'encouragement particulier, reconnaissons-le.

Certes Confucius a vécu avant Hitler, avant Staline et Mao, avant Pol Pot et les atrocités au Cambodge, avant l'Holocauste, le goulag stalinien, la Révolution culturelle et l'État islamique – ces plongées dans l'horreur qui nient l'humain et détruisent jusqu'à la conception que nous en avions. Elles nous font douter du mot « humanité » et du sens qu'il faut dorénavant donner au mot « homme » (*La Honte d'être humain*, c'est le titre d'un livre récent). On a vu les tentatives de définition se succéder au cours des âges (l'homme évoluant), depuis l'*Homo sapiens* du savant suédois Carl von Linné (1707-1778) jusqu'à l'*Homo demens*, le fou bien nommé d'Edgar Morin, en passant par l'*Homo faber* ou l'*Homo œconomicus*, mû ce dernier par le seul souci du profit – et celui-là n'a pas tout à fait disparu –, d'autres encore, l'Histoire en fournit une variété.

Mais aujourd'hui on est en droit de se demander si la question du sens a encore lieu d'être posée, la confusion régnant à ce propos. Sait-on ce que c'est, un homme ? Ou, plutôt, ce qu'on peut attendre de lui – non dans le pire, cela on en a maintenant une idée, mais dans le meilleur ? Faut-il configurer un nouveau monde, un monde où le mot « humain » aurait un autre sens ? Le sens ancien ne convient plus ? Celui du mot « homme » auquel était attaché un si grand espoir ?

La réponse est non. C'est le pari qu'on peut faire – celui sur l'homme, il suffit pour cela de « peser le gain et la perte ». N'en déplaise à ceux qui aiment à établir la somme des horreurs, tirer un trait dessous et s'y tenir (« plus de poésie après Auschwitz »), confortablement installés dans un pessimisme bien fondé, la vie continue et avec elle, nécessairement, la force d'amour, comme l'aurait dit Gandhi, celle qui nous lie.

Confucius avait raison. Ce qu'on a fait de lui et de son enseignement, de l'« ordre confucéen » devenu moyen d'oppression, c'est autre chose.

Faire de soi un être humain

L'Histoire ne manque pas de ces personnages qui ont parié sur l'homme. Sans vouloir remonter au temps du Christ, je pense à Gandhi auquel sa confiance invincible fit accomplir l'impossible (le « miracle de Calcutta » par exemple, quand on vit des meurtriers fanatisés s'agenouiller près du lit où il jeûnait et lui remettre leurs armes).

Dans le domaine des arts, je pense à William Blake, peintre, graveur, poète, penseur (tout ce que furent avant lui les lettrés confucéens), qui affirmait l'existence de l'« homme véritable » (ce serait chez les lettrés chinois la « nature foncière », ou « originelle »), une fois dépassé l'« homme naturel » (le stade où nous en sommes sans doute et qui correspondrait, chez ces mêmes lettrés, à la

« nature physique »)[1]. L'idée est la même : la meilleure part de l'homme (qu'elle soit première ou seconde) reste à (re)conquérir.

Blake disait de l'homme naturel qu'il était « de toute manière un mal ».

On les crut fous, hésitant pour Gandhi entre ruse et folie, Blake étant, lui, résolument situé du côté de la folie. Mais si de tels hommes n'avaient pas existé pour formuler un tel espoir, avec toute l'exigence qu'il comporte, de quoi serait aujourd'hui formé notre horizon ? Un peu plus noir encore, et plus fermé ? Un cul-de-basse-fosse dont les prisonniers s'entredévorent, l'image des singes (tirée de Blake) s'agrippant les uns aux autres jusqu'au moment où ils s'entredétruisent ?

Le message de Confucius est très simple, il s'énonce en quelques mots : comment devenir un humain à part entière.

« Apprendre, c'est apprendre à faire de soi un être humain », nous dit Zhang Zai (1020-1078), l'un des plus grands penseurs confucéens. Devenir un être humain au sens plein du terme. On ne l'est pas forcément tout à fait. Tant de déviations possibles, de tentations, de tours

1. Il est intéressant de constater que les Chinois remontent, avec moult efforts, de la nature « physique », qui nous est venue, à la nature « originelle », qui nous est donc donnée, alors que Blake lutte pied à pied pour distancer l'« homme naturel » et atteindre à l'« homme véritable ».

et de détours, envies pernicieuses, frustration, haine et colère, soif de revanche – l'enchaînement habituel et, au bout du compte, l'impuissance.

C'est pourquoi Confucius propose d'apprendre à vivre. Ce qui revient à devenir un « homme de bien » et, tout aussi important – à vrai dire les deux se confondent –, à servir la communauté. Selon lui, l'homme de bien, ou « homme de qualité » – par opposition à l'« homme petit » ou l'« homme de peu » (lesquels s'entendent au sens moral bien sûr, même si Confucius ne remet pas en question la hiérarchie sociale) –, loin de se tenir en retrait pour effectuer tranquillement son salut, se sent responsable des autres et s'engage dans la communauté. Ce n'est pas, on s'en doute, pour y occuper une position prestigieuse ou s'accaparer un profit, ces motivations-là, les plus courantes, il les repousse, elles ne l'intéressent pas. Son but : assurer le fonctionnement *harmonieux* de cette communauté. Il faut prêter attention à ce mot clé : « harmonie ». Il s'agit de rien de moins que de se replacer dans l'ordre des choses, qui est celui de l'univers. Le mouvement des planètes, la succession des saisons, l'alternance de la pluie et du soleil – cette harmonie-là.

« L'homme de bien envisage les choses du point de vue de la justice, l'homme de peu du point de vue de son intérêt. » « Profit », « intérêt », les traductions varient : c'est toujours le « petit » qui est désigné, au plus loin de l'immensité à laquelle on peut prétendre.

Ainsi l'essentiel, le *ren*[1] confucéen, constitutif de l'homme, est-il ce qui ouvre à l'autre. Confucius, six siècles avant notre ère, insiste sur le fait qu'il s'agit là de la définition même de l'homme. Aujourd'hui, les savants nous disent, émerveillés de leur découverte, que la sociabilité – le besoin d'être ensemble et de partager – est ce qui différencie l'homme de l'animal : cette faculté-là, seul l'homme la possède, et il l'aurait acquise autour d'un feu de bois. Selon eux, le premier feu inventé, qui servit à faire cuire la viande et de ce fait rendit l'homme plus mince et plus grand et plus sociable, serait à l'origine de notre besoin de lien. Confucius, qui ne souciait pas des feux de bois, avait, sans y avoir recours, placé cette sociabilité à la base de tout.

Ren, c'est une nécessité interne, inscrite dans la « nature foncière ». Humain, selon Confucius, on ne l'est pleinement que dans la relation aux autres, dans un vivre ensemble qui implique d'être vraiment relié[2].

1. On a traduit *ren* par « sens de l'humain », proche donc de notre « solidarité » (plus que de l'« amour » chrétien, qui implique un Dieu, ou de la « compassion » bouddhiste).

2. « L'être humain est par nature un être de culture : c'est par la rencontre avec ce qu'autrui lui transmet que s'accomplit son humanité. » Confucius n'eût pas dit le contraire. Encore : « Parmi les êtres vivants, l'homme se distingue par le fait qu'il a besoin de l'autre pour accomplir sa propre nature. » Non, ce n'est pas de Confucius, mais d'un jeune agrégé, dans son combat en faveur d'une culture aujourd'hui fortement contestée. François-Xavier Bellamy, *Les Déshérités ou l'Urgence de transmettre*, Plon, 2014.

Ren, ce n'est pas un idéal extérieur qu'il faut réaliser, bien plutôt un pôle – à retrouver *en soi* – vers lequel tendre à l'infini. Confucius n'a d'ailleurs jamais prétendu l'avoir atteint, seulement s'y être efforcé « Humain, écrit Anne Cheng[1] commentant Confucius, cela s'apprend et constitue une fin en soi. C'est même la valeur suprême, il n'en est pas de plus haute… notre humanité n'est pas donnée, elle se construit et se tisse dans les échanges entre les êtres… »

Humain, cela s'apprend.

« Humain, conclut-elle, nous ne le sommes jamais assez, et nous ne finirons jamais de le devenir davantage. »

La bonté ordinaire

Reste à définir le mot « humain », à savoir ce qu'il implique.

Un être perfectible à l'infini, affirme Confucius (mais il ne va pas jusqu'à dire comme Mencius, son disciple, que la nature humaine est bonne), doté *à l'origine* d'unc dircction, d'un scns. Quc, dc temps à autrc, cct être descende en deçà de lui-même ne change rien à l'affaire. Si loin qu'il s'engage vers le bas. On pourrait considérer cette dégradation comme une conséquence, malheureuse sans doute, de l'environnement et de

1. *Histoire de la pensée chinoise*, Seuil, 1997.

l'Histoire ou, peut-être, d'une faute d'aiguillage au long d'un réglage personnel perpétuel et ardu. On a beau faire, on retombe toujours dans les mêmes vieux pièges et le « cent fois sur le métier remettez votre ouvrage » nous fatigue et nous démoralise. Il n'empêche que le lien, moral justement, est premier. La pensée morale, la culture s'inscrivent en continuité, sans rien d'artificiel, dans une telle constatation.

Quant à ce sens moral, ou « bonté ordinaire », je restais perplexe pour les raisons que j'ai dites. L'idée de péché originel et la perte du paradis terrestre qui s'ensuit sont encore implantées dans notre culture, et la suite des événements n'a rien fait pour nous détromper sur ce point particulier du mythe. Marqués au départ. Ce n'est pas la bonté de la nature foncière, mais la faute, le péché originel qui constitue le début de notre aventure sur terre. Pourtant, tout un chacun ne suit pas cette programmation, et puis j'étais de l'autre côté du monde, il fallait changer un peu d'optique.

La moralité, ou la bonté, serait naturelle, liée à la puissance de vie ? Certes, répondent Confucius et Mencius, son disciple, et bien d'autres grands esprits après eux. Par exemple les frères Cheng, qui m'avaient mise sur la voie de la compréhension, les neveux du fameux Zhang Zai. Ils vécurent au XIe siècle. Eux aussi révéraient Confucius qu'ils contribuèrent à remettre à l'honneur.

Selon eux, le *qi*, l'énergie originelle dont nous sommes faits, est en rapport avec le bien. Il est vie toujours jaillissante et, partant, pure, saine et bonne et, partant, morale, nécessairement.

La vie dans son jaillissement est bonne. À la source, pure encore de toute dérive, elle est bonne – qui dirait le contraire ? Que la vie jaillisse, n'est-ce pas en soi un bien ? Et que cet engendrement perpétuel de la vie s'accompagne du « sens de l'humain », ou *ren*, cher à Confucius, n'est-ce pas là encore un bien ? Dès lors, pourquoi ne pas en déduire que le principe de vie est « moral », c'est-à-dire tendant au bien ? Si par la suite, dans l'existence ordinaire, au niveau le plus superficiel, les formes manifestées que nous sommes se détériorent, c'est un autre problème, celui du mal (qui, ici, ne se présente pas encore) et, de toute façon, disent les frères Cheng, nous avons toute possibilité d'y remédier par l'« apprendre » (qui est une affaire bien moins superficielle que l'étude, puisqu'elle nous concerne *tout entiers* et qu'elle a pour but de nous faire retourner à la « nature originelle »).

La part la plus petite

Il suffit, après tout, de ne pas se satisfaire de la « nature physique » qui nous est venue et de ne pas la considérer comme notre nature véritable. Une telle erreur nous ferait sombrer dans le « petit ». Le disciple Gongduzi demande à Mencius : « Les hommes sont tous également des hommes, mais alors que certains sont de grands hommes, d'autres sont petits, pourquoi ? » Mencius répond : « Ceux qui s'en remettent à leur part la plus grande en sortent grandis, ceux qui s'en remettent à la plus petite s'en trouvent diminués. » Ce qui est d'une logique sans faille. Donc, ne pas considérer comme étant notre nature d'origine (qui, elle, est tout à fait claire) cette sous-nature un peu boueuse dans laquelle nous barbotons avec plus ou moins de bonheur.

« Il y a dans la nature physique quelque chose que l'homme de bien se refuse à considérer comme sa nature. » Ce n'est pas que les émotions soient en elles-mêmes mauvaises, disent les frères Cheng, pas nécessairement. Mais il arrive, ce n'est pas si rare, que certaines soient chargées négativement et plus noires que d'autres, tels la jalousie ou le ressentiment, la haine, la colère, l'envie qui sèment la confusion dans notre esprit. L'esprit est à « rectifier » constamment : « être clair dans son esprit » est une recommandation majeure. À moins de ce travail-là, de cette rectification minutieuse et permanente, on risque de devenir cet « être obtus » qui, ne sachant contrôler ses émotions, « leur laisse libre cours jusqu'à la dépravation, au point qu'elles entravent sa nature et finissent par la détruire », nous dit Cheng Yi. Être clair dans son esprit, avec ses émotions bien en place, ni trop fortes ni tout à fait absentes, judicieusement contrôlées. Le conseil est très sérieux.

La nature originelle, qu'il faut si attentivement nourrir ou retrouver, c'est le Ciel (qui n'a rien à voir avec le ciel chrétien, étant lié à la cosmologie : c'est plutôt une question de constitution, même si la dimension de force spirituelle est impliquée). « Connaître sa nature, c'est connaître le Ciel. »

J'aurais aimé le croire. Une belle notion, cette propension inscrite en nous à retrouver le Ciel, qui est notre nature véritable.

Un « savoir-être »

Je considère le profil paisible du jeune confucéen assis à mes côtés, sa barbichette pointée vers l'avant comme une antenne sensible, son air de concentration immuable. Il me rappelle le portrait d'un sage, ardent adepte de la doctrine néoconfucéenne de Zhu Xi, qui vécut au XVIIe siècle : Song Si-yeol, je l'ai rencontré au Musée national de Séoul. Les mains modestement nouées sous la robe, le visage détourné, une épaule plus élevée que l'autre, le cou un peu tendu vers l'avant, ce qui lui donne la légère inclinaison des épaules convenant à l'érudit, lequel domine de sa modestie affichée les universitaires et philosophes de la dynastie Joseon. Voilà mon sage qui quitte la pose, se redresse, se lève, fait quelques pas précautionneux. Il hésite, fait mine de trébucher, se reprend, on dirait qu'il marche sur un fil. Et si, par cette mimique qu'il va d'ailleurs expliquer, il voulait me faire comprendre quelque chose, une idée qu'il a en tête, un concept d'une suprême importance, clef de voûte de la pensée chinoise, pourquoi, sinon, se donner un tel mal ? Il s'agit, je vais le découvrir, de la notion de « Milieu », de « Milieu juste et constant », difficile à trouver et maintenir, tout du moins à en juger par ces quelques pas chancelants.

C'est une notion que j'ai croisée dans mes lectures et qui pourrait indiquer, si l'on se fie à nos habitudes de pensée, un piétinement confortable.

Le « juste Milieu » : à fuir ? ou rechercher ?

Précisons-le tout de suite, le Milieu des sages chinois n'a rien à voir avec notre « milieu » à nous. C'est important, il insiste.

Perplexe, j'en reviens à notre littérature où l'idée de juste milieu est pas mal critiquée, à l'occasion moquée, voire méprisée. On les traîne dans la boue ceux du juste milieu : c'est la « constante recherche d'un équilibre », que décrit Roger Caillois (dans *L'Homme et le Sacré*), qui n'est qu'un compromis frileux entre deux extrêmes et nous permet de « vivre dans la crainte et dans la sagesse », c'est-à-dire dans une peureuse prudence, contraints et timorés, « sans excéder jamais les limites du permis, en se contentant d'une médiocrité dorée… ».

Juste milieu, médiocrité dorée, ou encore : « cette bonace, ce lieu de calme relatif » où nous vivons… il a mauvaise presse, le milieu dont nous nous contentons. Timidité, manque d'audace, pusillanimité, peur de vivre… Caillois l'oppose d'ailleurs à l'excès, à la « passion consumante de vivre », autrement plus noble et attirante – pensons à Foucauld, le grand brûlé d'amour, à Lawrence d'Arabie, aux saints et ermites fous du désert, aux stylites en haut de leur colonne, à ces destins romanesques qui faisaient rêver Claudel : l'élévation, l'exaltation et la brûlure, au plus loin de « cette vie médiocre où nous pataugeons tous », écrivait-il à son ami Massignon, le mettant en garde (bien inutilement d'ailleurs) contre l'état de mariage.

Or, le Milieu juste confucéen est l'exact contraire de notre médiocrité dorée : non pas un point équidistant entre deux extrêmes où l'on se maintiendrait prudemment immobile mais, au contraire, l'« extrémité de la poutre faîtière », celle qui tient ensemble tout l'édifice et qui nous tire sans cesse vers le haut. Vers le haut ? Oui, c'est bien cela, vers le haut. Et comme le bas attire en une sorte de vertige, on imagine la lutte titanesque entre ces deux opposés, hors du bouillonnement confus où tout se mêle et se confond.

Le Milieu juste des sages implique une exigence sans relâche, un effort sans limite, une tension extrême qui nous fait aspirer toujours à la meilleure part de ce qui naît en nous, entre nous. Exigeant, épuisant même si l'on n'y prend garde, ce juste Milieu des Classiques chinois. D'ailleurs Ran Qiu avoue à Confucius : « Ce n'est pas que je n'aime pas votre doctrine, mais elle dépasse mes forces» (*Entretiens*). Un équilibre prodigieux qui demande qu'on ne cède jamais à l'excessif, à l'intérêt immédiat ni au calcul intéressé, à l'envie passagère ni au cynisme, mais que, comme le funambule en mouvement sur son fil, on procède à des ajustements constants.

Supposons par exemple que, satisfait de soi et de la position gagnée, on arrête les efforts et demeure sur place – c'est la chute assurée, plus ou moins rapide cette chute, mais qu'elle doive se produire est une chose certaine. Chute, ou stagnation. Certain état de mort. «Si celui qui apprend s'arrête un seul instant, il deviendra du même coup une marionnette qui ne bouge que si on la tire ou la secoue, et qui s'arrête dès qu'on la laisse. Celui-là connaîtra dix mille vies et dix mille morts en une seule journée. Si celui qui apprend s'arrête un seul instant, c'est comme s'il mourait car c'est la mort de l'esprit même si le corps reste en vie» (Zhang Zai).

Il y va de notre autonomie. Esprit pensant, ou marionnette manipulée? Agir sur soi, ou être agi par les autres? Se diriger, ou être dirigé? Conduire sa vie, ou se la faire voler?

Au gré du vent

Il n'y a pas de recette donnée, pas de méthode à appliquer, pas de règle préétablie à utiliser dans le détail de nos vies. Tout est une question de recherche personnelle

– de maturation, d'ajustement. Un jour enfin, on peut espérer être en accord – accordé à l'harmonie cosmique, disent les sages – comme un instrument de musique qui rend la tonalité juste.

« Si les hommes ne prennent pas pour modèle cet accomplissement cosmique,/ C'est comme s'ils se délaissaient eux-mêmes… », écrit YI I (1536-1584), dit Yulgok, deuxième grand philosophe confucéen de Corée, qui devint célèbre non seulement pour sa pensée, mais pour les nombreux projets de réforme qu'il proposa au gouvernement, tant sur le plan économique, que sur celui de la défense du pays…

Et : « Savoir ce qui est juste et ce qui ne convient pas est le commencement de la sagesse » (le même Yulgok).

Ou encore, dans les *Entretiens* de Confucius : « La vertu de l'homme en quête de maturation est comme le vent et la vertu de l'homme médiocre comme l'herbe. L'herbe se plie sous l'action du vent. »

Le cosmos, toujours, le vent, l'herbe… Ici, le vent qui souffle fort plutôt que l'herbe qui plie et se courbe au gré des souffles. On le voit bien, l'homme en quête de maturation, il marche, il s'arrête, il observe. Il se regarde, il pense et cherche par lui-même, il a la force et la détermination du vent qui souffle. Il parvient un jour à l'autonomie intérieure. Il a beaucoup appris, c'est-à-dire beaucoup travaillé sur lui-même. On voit bien l'autre aussi, celui qui reste courbé. Il n'a pas la même volonté, ou pas le même désir, il a du mal à progresser. Il plie et se courbe au gré des vents – mais c'est après tout une situation dont on peut s'arranger, preuve en est le nombre de gens qui sentent le vent venir et agissent en conséquence (mais ici les sages nous quittent).

À chacun son rythme

Alors, mon énigmatique étudiant serait-il tourmenté par cette exigence sans limite envers soi-même, par cette volonté extrême que réclame le maître et sans laquelle on n'est pas pleinement homme – ou ne le devient jamais ?

À en juger par son pas et sa mine, il ne désire pas griller les étapes, il suit son rythme intérieur, il ne se hâte pas – et là encore, il se montre confucéen, car vouloir forcer les résultats par impatience, dit un sage, c'est comme tirer sur les feuilles d'une jeune plante pour la faire pousser plus vite : on ne fait que la détruire. T'oegye, pénétré de culture classique, a repris cette anecdote de Mencius : « Un homme de Song, se désolant de ne pas voir ses pousses grandir assez vite, eut l'idée de tirer dessus. » Il rentre alors chez lui et se déclare fatigué de son travail ; son fils se précipite pour aller voir, « les pousses avaient déjà séché ». Si on considère l'ensemble des gens, trois cas se présentent. Le cas le plus fréquent c'est qu'on aide les herbes à pousser par des moyens naturels, arroser, abriter, fertiliser. Pourtant il y a ceux qui se découragent et abandonnent, pensant que c'est peine perdue : ils négligent de cultiver les pousses. Au contraire, il y a ceux qui forcent la croissance, ceux-là tirent sur les pousses. Le découragement comme la hâte sont à déconseiller, nous dit le sage. Quand il s'agit d'impatience, c'est presque pire : on a affaire à un « effort non seulement inutile, mais nuisible ».

C'est une idée insistante, ce refus de l'impatience, cette mise en garde contre une tension perpétuelle. Ce qui importe vraiment ? Non de forcer l'allure mais de trouver le goût, d'éprouver un plaisir qui vous imprègne. Oui, le plaisir qui, selon William Blake, est le signe du vrai.

« Si loin que vous alliez, si haut que vous montiez, il vous faut d'abord commencer par un simple pas. »

Ou : « La vie de l'homme de bien peut se comparer à un voyage au loin : il faut partir du plus proche. Elle peut se comparer à une ascension vers les sommets : il faut commencer d'en bas » (*L'Invariable Milieu*).

Ou encore : « Une tour de neuf étages s'élève à partir d'une butte de terre ; un voyage de mille lieues commence à vos pieds. »

On trouve, dans les *Entretiens*, bien d'autres conseils pour apprendre à vivre et parvenir à l'accomplissement (qui consiste, on le sait, à en revenir à la nature originelle). Fort heureusement, malgré l'influence de T'oegye, je n'avais pas à les mettre en pratique ici et maintenant. Le disciple érudit faisait de son mieux pour faire face à mes questions. Il répondait brièvement, choisissant soigneusement ses mots, dans un anglais balbutiant. Le message passait difficilement, mais il passait. Qu'il se donne cette peine de penser, de résumer, traduire, exprimer dans une autre langue des notions difficiles, il y avait de quoi lui être reconnaissante, et je l'étais.

Très haut dans la montagne

Nous allions le lendemain entreprendre une escalade dans la montagne, difficile puisqu'elle devait se poursuivre au-delà de tout sentier repérable, haut, très haut, jusqu'à l'endroit invisible où était juché un temple isolé. Et puis la montagne en Corée, cela n'a rien à voir avec la nôtre, dont les pentes sont plantées de maisons, semées de bétail, habitées, humanisées à l'extrême. Là-bas règne la forêt, sauvage, sans intrusion. On y a peur des esprits et du chamanisme qui est encore pratiqué, c'est une explication possible. Cette solitude serait la raison pour laquelle s'y sont implantés les temples bouddhistes, repoussés hors des endroits habités par les vagues de persécution. Mais je lis dans un livre de Nicolas Bouvier[1], qui se rendit en Corée entre autres pays, une explication qui me paraît tout aussi plausible : « Beaucoup de ces couvents, où voisinaient moines et nonnes, étaient construits sur ou à flanc de montagnes

1. *Journal d'Aran et d'autres lieux*, Payot-Rivages, 1990.

qui, dans la croyance taoïste, favorisent l'échange entre les énergies telluriques et célestes du Yin et du Yang. » Nous nous rendions donc sur un lieu d'échange de ces énergies, j'en attendais des découvertes et un regain de force. « Un site exceptionnel est censé avoir le pouvoir de propulser l'homme vers le règne supérieur de l'esprit », c'est un poète qui le dit[1], doublé d'un calligraphe, il parle d'expérience, aussi suis-je tentée de le croire.

Grimper sur les rochers, entre les pins, dans la forêt de plus en plus dense, contournant les falaises, pentes nues, noires, vertigineuses, dont la base se recouvrait d'un brouillard dense et coloré, il fallait s'y enfoncer, continuer à monter accrochés à flanc de montagne, tantôt aveuglés par le feuillage, tantôt exposés au lointain vert et sauvage, l'espace s'élargissait, révélant une coulisse après l'autre d'un moutonnement impénétrable. Un chemin initiatique, que connaissent bien les Coréens pour qui la nature est depuis toujours une composante essentielle de la vie. Un temple qui se mérite, si bien caché et reculé, si difficile à atteindre qu'on ne peut imaginer de s'y presser en foule. Depuis des heures nous n'avions rencontré âme qui vive.

Soudain, rompant le silence du soir, improbable dans cette immensité déserte, on entendit le bruit d'un gong : très loin dans la montagne, provenant d'un lieu invisible,

1. François Cheng, *Assise, une rencontre inattendue*, Albin Michel, 2014.

un gong résonnait. Tel un message envoyé de l'inconnu, sans lien aucun avec le monde familier, comme surgi du vert infini, il nous parvenait, isolé, et il nous sembla irréel.

À perte de vue, je ne voyais, de la hauteur où j'étais perchée, que le cirque immense des arbres bordé par les arêtes noires des falaises. Enfin je distinguai, tout aussi irréels que le bruit du gong, posés au creux de ce décor colossal, un temple et son stupa. Rêve ou réalité ? Fantasmagorie ? Comment savoir ? Le temple paraissait une émanation de la montagne, il n'appartenait pas tout à fait au monde des hommes. Perdu dans la distance. Si loin, une simple ligne blanche, comme ces figures humaines, à peine visibles, ombragées par des rochers colossaux dans la peinture chinoise. Et pourtant des moines vivaient là, preuve en étaient les guirlandes de lampions allumés pour la fête de Bouddha, ces pointillés brillants dans l'étendue sans fin.

Nous étions au début mai, on célébrait le Bouddha. Mais le Bouddha et Confucius sont étroitement mêlés dans la pensée chinoise : dix siècles de bouddhisme ont laissé leurs traces, même si, refusant un jour cet envahissement par une pensée étrangère, les Coréens, après les Chinois, voulurent en revenir à leur culture propre et à leurs véritables racines (ils ne doutaient nullement d'être confucéens par propension plus encore que par culture). Pour des raisons essentiellement politiques, affirme-t-on en Corée, ils remirent à l'honneur l'enseignement de

Confucius, réglant alors leur compte à quelques moines dont la prospérité et la puissance étaient devenues offensantes.

Et puis Confucius et Bouddha, malgré les divergences évidentes, ne pouvaient être tout à fait étrangers l'un à l'autre, en fait ils se complétaient, l'enseignement confucéen est d'ailleurs imprégné de bouddhisme, Zhu Xi y a veillé, à tel point qu'on ne sait tout à fait les dissocier.

Le cosmos, avec lequel il s'agit d'entrer en accord, la puissance de ce lieu m'en donnait une idée. C'est une chose de lire quelques phrases, une autre de les vivre – d'en être frappée comme d'une évidence. La vision du temple fantastique et de la falaise qui le surplombait, un trait blanc dans l'infini du vert, comme une apparition, m'avait convaincue de la réalité de ce dialogue mené au long des millénaires. Il me semblait, ici, dans la montagne, plus facile d'approcher une pensée qui nous est, à la simple lecture, étrangère.

Établir des relations avec l'univers vivant, trouver l'accord. Tel celui qui règne entre les diverses parties d'une œuvre musicale. Ce qui implique un ajustement personnel au plus haut point. C'est une affaire entre soi et le monde dans laquelle aucune pression, aucune influence venue de l'extérieur, aucun mot d'ordre soufflé par l'air ambiant auquel on se conforme sans même en avoir conscience ne doit intervenir. Question d'oreille, d'écoute, de musique intérieure. Question d'harmonie.

Qu'un tel ajustement soit difficile et solitaire, c'est vrai, il requiert une recherche constante, faite de tâtonnements, de doutes et de reculs, peut-être un jour d'une certitude (valable pour soi), mais c'est alors une certitude obtenue de haute lutte, par l'expérience personnelle, non par l'adhésion à un texte posé comme une loi ni par le soutien du nombre[1].

Confucius n'enseignait pas une doctrine, écrit Jean Levi[2], mais un « savoir-vivre ou, mieux, un savoir-être ». Si le confucianisme a pu devenir doctrine, si, à l'heure

1. À ce propos, je glisse une brève parenthèse. J'ai toujours eu certaine méfiance envers le goût du militantisme (je ne parle pas des valeurs en cause, mais d'une attitude). S'en remettre à une pensée prescriptive m'apparaît comme une forme de renoncement à soi-même (comptent aussi, c'est évident, la griserie de se fondre dans un ensemble, la force qu'on y trouve, et l'immense soulagement de n'avoir plus à porter la pesante responsabilité de soi). Lire Sartre sur la question et le portrait idéal qu'il trace du militant. Il admire précisément un tel renoncement (bien sûr il faut prendre en compte le contexte dans lequel il écrit, qui est celui du communisme). Le militant, selon Sartre, est à l'opposé de l'aventurier, un bourgeois, préoccupé, lui, de sa seule gloire. Mais tout ne se réduit pas à l'alternative imaginée par Sartre. Les héros solitaires, tel T. E. Lawrence dont il préface ainsi le portrait, ont, à mon idée, l'immense mérite d'avoir mené leur quête dans la solitude, acceptant les difficultés et les hasards de l'entreprise sans jamais être assurés de parvenir à leur fin. Cette solitude, la responsabilité envers soi-même qu'elle implique me semblent émouvantes.

2. *Le Lao Tseu, suivi des Quatre Canons de l'empereur Jaune*, Albin Michel, 2009.

actuelle, on le revendique et le détourne de façon éhontée (comme on parle de détourner des fonds et des valeurs), c'est par la faute de dirigeants cyniques qui utilisent sa pensée à leurs propres fins.

L'Histoire n'a pas donné raison à Confucius, qui ne réussit pas à transformer le souverain ni à sauver le monde. Qui plus est, sa pensée a été déviée et souvent utilisée pour le pire. On s'est servi de Confucius pour asseoir un pouvoir abusif, et on s'en sert encore, dans la Chine d'aujourd'hui, où l'on a jugé utile de le remettre à l'honneur pour mieux servir les visées du pouvoir, quitte à mutiler son enseignement. On néglige, c'est facile, qu'il exigeait du souverain le même respect, la même justice envers ses sujets (qui étaient tels ses fils) que, de la part de ses sujets, le respect envers le père/souverain. Il peut se faire que les sujets du roi, formés de longue date à la discipline et à l'obéissance, oublient la considération qu'on leur doit, comme le pouvoir oublie, plus volontiers encore, la considération qu'il leur doit. « Le père trouve son repos dans la bienveillance, le fils dans la piété, *le souverain dans l'humanité*, le ministre dans la déférence » (je souligne).

Il est vrai que la tradition issue de sa pensée se soucia peu de réfléchir sur la place de l'homme dans la société, elle privilégie la culture morale et l'accomplissement de soi. Mais pour rendre justice à Confucius, il faut indiquer que, dans sa perspective, cette harmonie personnelle est le premier pas dans le maintien de l'harmonie générale – c'est l'idée de sauver le monde en commençant par le travail sur soi.

«Pratiquer le zen, c'est commencer par soi-même : vouloir établir les autres autant qu'on veut s'établir soi-même.» (Confucius écrivait aussi pour ceux qui nous gouvernent, alors qu'un ordre politique se délitait. Échec, a-t-on dit ? un échec qui n'en finirait pas de se vérifier ?)

Quant à Confucius lui-même, était-il parvenu à l'accomplissement ? Qu'en pensait mon compagnon aux yeux sages ? Cela ne faisait pas le moindre doute. Il avait d'ailleurs une citation toute prête.

«À quinze ans, je résolus d'apprendre. À trente ans, j'étais debout dans la Voie. À quarante ans, je n'éprouvais plus aucun doute. À cinquante ans, je connaissais le décret du Ciel. À soixante ans, j'avais une oreille parfaitement accordée. À soixante-dix ans, j'agissais selon les désirs de mon cœur, sans pour autant transgresser aucune règle.»

Voilà. Dans le lointain le temple brille de tous les lampions allumés. Des moines psalmodient et frappent sur un gong dont nous parvient le son sourd et solitaire. L'accord entre la montagne, le ciel qui s'assombrit, le bruit du gong, la vision du stupa blanc, cet accord est parfait. Un instant immobile. Confucius avait, dit-il, une oreille parfaitement accordée. Plus de dissonance. Fin de la division[1].

Est-ce là la liberté souveraine de la vieillesse, celle qui a su trouver non la jeunesse éternelle – le vieux, le tragique mythe faustien – mais un accord fondamental avec soi-même, et avec le monde ? La note juste, si bien qu'aucune hésitation ne subsiste, il suffit d'écouter en soi ? La liberté, seule conquête qui vaille la peine de lutter.

Kim Jeong-hui, dans son exil, sa solitude et sa vieillesse, était-il libre, sans plus de doutes ni de regrets ? Nettoyé de tout ce qui nous charge et nous alourdit ? En un mot : heureux ? Tout donne à penser que oui.

---

1. Qu'on ne vienne pas nous objecter qu'un tel accord – on peut l'appeler « sagesse » – suppose un équilibre aujourd'hui impossible, cet équilibre entre soi et le monde étant depuis longtemps rompu, au moins depuis la révolution industrielle. En dépit des techniques et innovations qui désorganisent la nature, sans d'ailleurs parvenir à la dompter (elles existaient déjà du temps des sages confucéens), il est simplement à reconquérir en soi-même, n'ayant jamais été donné.

Encre et poésie

Un jour j'ai pris congé de l'éditeur et du disciple confucéen et je suis revenue en France. Je ne devais plus les revoir. Des nouvelles de loin en loin, des remerciements chaleureux. L'un était absorbé par les problèmes grandissants de sa maison d'édition, l'autre retourné à ses études. Et moi, fidèle à l'enseignement de Mencius, je laissais les idées déposées en moi y mûrir lentement.

Quatre ans plus tard, j'abordais mon deuxième voyage en Corée. J'avais à la main un livre d'aventure de Hendrik Hamel[1], dans l'autre un catalogue intitulé *La Poésie de l'encre*[2]. Les calligraphies de Chusa y figurent en bonne place.

---

1. *Relation du naufrage d'un vaisseau hollandais sur la côte de l'île de Quelpaert, avec la description du royaume de Corée*, L'Harmattan, 1985.

2. *La Poésie de l'encre. Tradition lettrée en Corée 1392-1910*, Réunion des musées nationaux, 2005.

Hendrik Hamel, survivant du naufrage du *Sperwer*, un vaisseau de la Compagnie des Indes orientales en route pour le Japon, a relaté son aventure et décrit le pays où il resta prisonnier pendant treize ans, de 1653 à 1666, quand enfin il put s'évader. Sa *Description du royaume de Corée*, encore totalement inconnu en Occident, resta pendant quelque deux cents ans la seule source d'information.

«Le royaume que nous nommons Corée et que les habitants du pays appellent Tiocencouk a près de cent cinquante lieues de longueur du Midi au Septentrion et environ soixante et quinze de large de l'Orient à l'Occident.» Ainsi commence sa description.

On apprend vite que le royaume de Corée est fertile et produit «toutes les choses nécessaires à la vie et surtout du riz et d'autres grains». Les Coréens, qui se servent alors de bœufs pour labourer et de chevaux pour acheminer hommes et marchandises, ont aussi «des ours, des cerfs, des sangliers, des pourceaux, des chiens et des chats et divers autres animaux». Aucune mention de l'éléphant; en revanche on voit des caïmans et des crocodiles de différentes tailles qui sommeillent à l'affût dans les rivières, et «on trouve parfois même de petits enfants dans le ventre des crocodiles». L'auteur aurait pu ajouter le tigre à son énumération, un symbole taoïste qui représente le Yin, la terre, l'ouest, le soleil couchant, l'automne, le vent, la couleur blanche – le tigre devenu un sujet favori de la peinture populaire à l'époque Joseon et même de la peinture à caractère religieux.

Le tigre, je le vois dans mon catalogue. Des crocs aiguisés à la queue sinueuse, tout en courbes, l'œil jaune et féroce, il ne saurait se contenter de croquer la pie menue qui le nargue : principe actif du cosmos, il est censé effrayer et repousser. Chez les Chinois, il est noble, beau, redoutable. Mais les Coréens, faussant compagnie au modèle chinois traditionnel, l'ont adouci d'une note familiale : Hong Se-tae (1653-1725) représente deux bébés qui jouent sur le dos de la mère.

Parmi les fauves, les serpents et les animaux venimeux, Hendrik Hamel observe aussi la gent ailée : « Ils ont des cygnes, des oies, des canards, des hérons, des cigognes, des aigles, des faucons, des milans, des pigeons, des bécasses, des pies, des corneilles, des alouettes, des pinsons, des grives, des vanneaux, des faisans, des poules et de tout en quantité aussi bien que d'autres oiseaux inconnus en Europe. »

Tasan, l'un des esprits les plus audacieux que connut la Corée (et qui lui aussi eut à souffrir l'exil pour cette raison), aimait tout spécialement la grue blanche, on la retrouve sur nombre de peintures comme sur la ceinture des officiers du roi, avec sa touche de rouge sur le devant du crâne. Dans un poème : « La grue semblable à l'ermite taoïste est descendue vers les hommes / … Le plumage de ses ailes est si blanc qu'on dirait de la neige / … Claire et noble elle a quitté ce monde de poussière / Avec le vent d'automne elle a soudain pris son essor, / Plongeant dans la tristesse ceux qui se débattent en vain. » Le blanc, la neige et, de l'autre côté, la poussière (à laquelle l'homme retourne, Tasan fut attiré par le catholicisme), la lutte épuisante, et finalement vaine.

Les peintures de l'époque confirment qu'on peut se fier aux listes établies par Hamel, même si Kim Hong-do (1745-1814), un peintre aimé des Coréens entre tous, préféra peindre des scènes de rue et de vie quotidienne, au plus loin des sujets favoris des lettrés. Entre dessin, écriture, calligraphie, les orchidées et les bambous forment un genre à part entière cultivé par cette élite – les lettrés –, qui est aussi celle du royaume et du pouvoir.

Des signes sur la page, légers et mystérieux, abstraits pour un peu, éloignés en tout cas de tout souci réaliste. Je les aime pour l'élan du tracé, pour la place laissée au blanc qui ouvre l'espace. Comme celle des peintres chinois, l'œuvre de Kim Jeong-hui est tendue vers l'Ouvert. Elle n'obstrue pas l'horizon, n'enferme ni ne suffoque : elle ouvre, à l'infini. J'aime aussi, sur de légers paravents, les aigles, les grues et les pies, hérons et canards, faisans colorés et coqs vaniteux, et les oies sauvages qui volent en formations harmonieuses, s'ébrouent ou se reposent, bref, tout ce bestiaire emplumé qui raconte une histoire d'envol. « Par les jours de pluie ou d'hiver, quand ils ne peuvent jouir de la campagne, les Coréens ont des paravents qui leur en donnent l'illusion[1] ». Sur le morceau de soie, les peintres improvisent, jetant, selon leur envie, un vol de cigognes, une rose épanouie ou une branche d'aubépines en fleur, et leurs dessins, en fait longuement médités, semblent « capricieux et vivants comme la nature même », écrit le même enthousiaste. Il reprend : « D'une main légère ils trempent leur pinceau dans les godets et, sans croquis, peignent d'un trait leurs fleurs sur l'étoffe. Leur calme est étonnant. » Calme et maîtrise : le geste du poignet, la technique.

Par préférence (on y est proche du tracé des lettres) comme par idéal (on y est proche de Confucius), la peinture lettrée aimait à représenter les quatre plantes nobles ou « quatre gentlemen », comme on les appelle (on peut préférer le terme coréen *sagunja*, si le mot « gentlemen » évoque de façon inopportune la présence de Jane Austen) : le bambou, l'orchidée, le prunier, le chrysanthème.

On s'en doute, ce choix hautement symbolique renvoie aux qualités suprêmes, aux quatre qualités de l'homme de bien selon l'enseignement du Maître, dont ces peintres sont imprégnés : modestie et retenue, auxquelles s'ajoute l'amitié désintéressée (c'est l'orchidée dont le parfum est à peine perceptible) ; courage et renouveau (le prunier, qui fleurit avant même que les

1. Georges Ducrocq, cité par Pierre Cambon, « Aux pays des lettrés », *ibid.*

dernières neiges aient fondu) ; énergie primitive de la vie (qui ne se soucie pas des problèmes du monde à l'égard duquel elle est libre : c'est le chrysanthème, qui éclôt à l'automne). Quant au bambou, de toutes ces plantes, il est la plus noble. C'est qu'il réunit en lui toutes les qualités. Il plie sans jamais rompre, il est intégrité, il est force et résistance. Ses tiges fines et creuses qui s'élancent vers le ciel en une légère courbure sont marquées de joints vigoureux et pleins contrastant avec le vide des branches. Les joints sont comme des temps de ressourcement avant de rejaillir. Pour les Chinois, dont les caractères combinent « bambou » et « genou », lorsqu'on s'agenouille pour prendre le repos, cette jointure nodale est tout à fait semblable à l'articulation de la pensée qui en se concentrant produit les concepts. Corps et esprit sont un, l'un et l'autre s'articulent de la même façon.

Le tracé du bambou, comme celui de l'orchidée, est une forme d'écriture. Et, de même, le caractère écrit peut ressembler à un dessin de plante. Chusa jouera indéfiniment de cette ressemblance, déformant le trait des idéogrammes, le transformant, lui donnant une vie nouvelle, végétale ou animale, fantaisiste, exubérante, surréelle. Écriture et peinture confondues.

En lisant, en écrivant, en voyageant, j'avais en fait commencé mon enquête sur un personnage mystérieux, né en 1786, disparu en 1856, au milieu d'un siècle qui vit en son tournant le basculement de la Corée, la fin de la dynastie Joseon, l'invasion par le Japon et le « protectorat » écrasant qu'il exerça, puis la colonisation impitoyable infligée par ce même pays, l'intrusion violente, et tant retardée, d'un XXe siècle agressif dans le Royaume ermite, avec ses prédateurs dont on a pu vérifier la voracité sans limite : la fin d'un monde qui avait régné pendant des siècles, soucieux de se préserver au point de se refermer sur lui-même. L'écrasement, puis la division entre les grandes puissances de la Corée toujours en guerre.

Ayant vécu plusieurs fois sa propre fin, Kim Jeong-hui pressentit celle de son pays. Il avait en lui le savoir de deux millénaires, l'expérience des ruptures radicales et de l'avancée meurtrière des temps. Et le désir, pour éviter ces fractures, d'ouvrir les mondes – de les comprendre et de les faire communiquer.

Au milieu de tels bouleversements : son art, la perfection de cet art.

Les origines

Une classe sociale au pouvoir

En juin 1836, le premier missionnaire chrétien entrait en Corée. C'était le père Maubant, un Français de la ville de Vassy, dans le Calvados, né le 20 septembre 1803. Son entrée, pour discrète qu'elle fût, a été observée par la petite troupe des fidèles assemblés. Un récit fut fait de l'événement. Ainsi se présentait alors la ville de Séoul : « Enfin le quinzième jour, nous contemplâmes dans le milieu d'une vallée que traversait le fleuve Han, avec ses méandres nombreux et les collines environnantes recouvertes de vertes forêts que chapeautent des sommets dénudés, une longue rangée de murs qui dressaient leurs créneaux contre le bleu du ciel. Cette enceinte était traversée de portes dont la plus grande était surmontée d'un pavillon dans le style chinois.

« Dans ce vaste enclos étaient groupées des maisons basses garnies de tuiles que surplombaient ici et là les palais impériaux, les halls officiels, les maisons des gentilshommes et les pagodes bouddhistes. C'était Séoul[1]. »

Séoul, en ce 20 septembre 2014 – date de départ de mon deuxième voyage –, nous ne l'approchons pas de la mer, vision rasante, mais en plongée directe, du haut du ciel où tourne notre avion. Nous survolons la ville et je vois, non loin de l'immense agglomération, les cités satellites dont les tours dressées en rangées régulières évoquent de blanches pierres tombales. La mort, la guerre, la destruction, les Coréens en un siècle en ont eu leur lot. Il est révélateur de leur énergie à vivre et en découdre que de ces pierres tombales, maintenant transformées en fourmilières humaines, se déverse sur les routes, ponts ou passerelles, sur les avenues de douze voies parallèles qui découpent la ville, un flot continu d'humains et de voitures. Séoul entre l'Asie et l'Occident. Rasée par la guerre de Corée (1950-1953), elle fut reconstruite peu après en toute hâte. De l'Asie, elle a gardé l'écriture géométrique, le hangeul, courant sur les vastes panneaux publicitaires ; pour le reste, c'est l'Amérique, arrivée là et installée, béton, verre, acier, et cette façon optimiste de viser le ciel en

1. James Searth Gale, cité par Richard Rutt, *James Searth Gale and his History of the Korean People*, Royal Asiatic Society, 1972.

élevant d'étages en étages les lieux de vie et de travail, toujours plus haut. Les pavillons chinois, qui autrefois surmontaient les vastes portes, j'en trouve un encore, non loin de mon hôtel, marquant non plus l'enceinte de la ville depuis longtemps débordée, mais situé en son centre ancien ; on le nomme Namdaenum ; menu comme un jouet, il est posé là parmi les gratte-ciel, à la croisée d'avenues larges comme des fleuves, le souvenir d'une splendeur passée, conservé puis détruit puis soigneusement reconstruit.

Le lendemain de notre arrivée nous devons visiter la maison natale de Kim Jeong-hui, donc nous rendre dans le comté de Yesan, région de Chungcheongnam-do, qui est réputée, avais-je lu, pour être l'une des plus conservatrices de la Corée. « C'est la province des nobles, des *yangban.* » Des yangban ? « Une classe de hauts fonctionnaires et propriétaires fonciers (qui) n'a brillé ni par la compétence ni par la vertu », selon Nicolas Bouvier[1], « querelleurs comme des dindons, le plus souvent congestionnés d'arrogance et d'alcool », bref, « une engeance insupportable ». Il est vrai que le yangban rencontré, imbibé d'alcool de patate, lui avait enfoncé sans crier gare son index dans l'oreille gauche, ce que Bouvier trouva un brin familier et qui peut expliquer la sévérité du portrait.

1. *Journal d'Aran et d'autres lieux*, *op. cit.*

Néanmoins elle correspond à la vision que le peuple en avait à l'époque. Des bons à rien, des profiteurs, des parasites, qui vivent sans rien faire aux dépens des miséreux. Une classe de nantis qui a accaparé le pouvoir et les bonnes places, qu'elle défend farouchement, même à l'intérieur de ses propres frontières, dans sa volonté d'extermination de l'Autre. L'Autre ? Celui qui ne pense pas comme moi. Une classe arrogante que les penseurs (quelques-uns tout au moins) et les écrivains (tel Pak Ji-won) critiquent ou satirisent. Sont exclus du pouvoir, qui repose dans les mains d'une poignée d'hommes, tous les autres – les classes moins favorisées, les *jungin*, les *cheomin*, les hommes de naissance illégitime (leur mère est une concubine), même s'ils ont tous les talents, barrés par leur naissance des situations influentes, le peuple en fin de compte, accablé de pauvreté et d'impôts, et qui est oublié.

Si violent était le rejet de ces privilèges qu'on a pu attribuer l'attirance éprouvée envers le catholicisme à l'idée neuve d'égalité. Comment, les hommes seraient tous enfants de Dieu, c'est-à-dire égaux devant Dieu, alors que, la doctrine néoconfucéenne l'affirme, l'inégalité entre les hommes, avec le respect dû à l'autorité en place – le prince, les hommes au pouvoir, les bien assis –, était le fondement même de la société, son principe structurant et sacré ? On pouvait donc espérer changer l'ordre social, mettre fin aux abus des grands de ce monde, fin à leur poursuite effrénée du profit, fin à cette accumulation éhontée de richesses, à cette course que rien n'arrête, certainement pas le crime ?

La classe des yangban ne possédant pas de définition légale n'était pas clairement circonscrite. Entourée d'un flou seyant, dénuée de frontières exactes, on la vit enfler démesurément au XIXe siècle, à la fin de la dynastie Joseon, quand on put acheter les positions officielles en revendiquant du même coup le titre de yangban. Il y eut nombre de candidats, la concurrence devint une véritable foire d'empoigne. Mais que signifiait le titre sans l'origine ancienne ? Le titre sans la lignée qui le justifie ? Du neuf et du clinquant, la patine manque, pensaient les anciens, et cela se voit. Changeons de continent, passons à l'Ouest, en France, au XIXe et jusque récemment : les choses n'étaient pas si différentes, les diverses catégories de la noblesse se jaugeaient et se toisaient, l'ancienne noblesse d'épée se sentant très supérieure à celle de robe, plus récente, quant à la noblesse dite « petite », moins illustre peut-être que la « haute », elle avait pour elle – ce qu'elle ne manquait pas de faire remarquer – l'ancienneté comme la pureté de sa lignée, et de ce fait, elle se proclamait tout aussi supérieure, Proust a étudié la question.

La Corée était donc rigidement structurée en classes sociales. La lignée, il en fallait une, nettement tracée, revendiquant, c'est bien le moindre, un ancêtre illustre.

Que, parmi les groupes de ses aïeux, dans l'efflorescence complexe de l'arbre généalogique, on puisse remonter à un ascendant « distingué », qui avait légué à la fois son nom et le siège familial (ainsi les Kim d'Andong), devenus les moyens d'identification de la famille, c'était une condition sine qua non pour faire partie de l'élite. Mais distingué par qui, par quoi ?

Et voici la clé de cette structure résolument patrilinéaire : distingué sur le champ de bataille, certes, on s'y attendait… pourtant, ici le critère n'est pas la bravoure, non, rien de tel, ni l'habileté. Les armes sont la discipline, la maîtrise de soi, la capacité de comprendre et de retenir, et le champ de bataille est celui du savoir. Le savoir. D'une importance déterminante. On gagnait ses titres par la réputation académique, par les connaissances que sanctionnait l'examen de recrutement des fonctionnaires, très difficile, on l'a vu, relevant d'une étude approfondie des textes classiques confucéens, et qui conditionnait l'accès au pouvoir.

Imaginons un examen de l'ENA (la plupart de nos hauts fonctionnaires en proviennent) qui exigerait une connaissance parfaite de la Bible et de ses exégètes (il fallait pouvoir citer tous les commentaires des Quatre Livres et des Six Classiques) ; qui exigerait aussi l'aptitude à composer des poèmes (il est indispensable que les fonctionnaires soient aussi poètes) ; qui exigerait encore la capacité d'organiser sa pensée en une multiplicité de parties et sous-parties : « introduction »,

« annonce de plan détaillé », « présentation initiale de la thèse », « récapitulation de cette thèse », « explication initiale », « réexplication », « conclusion préliminaire » et « conclusion finale », le tout mesuré au mot près. Cette énumération absurde donne une idée de la rigueur d'un exercice auquel il fallait se préparer pendant des années ; c'est Pak Je-ga (1750-1815) qui la fournit, un esprit libre et contestataire, le maître de Kim Jeong-hui dans le mouvement du Silhak, lequel prônait tout un train de réformes. Pak en fait une critique assassine : cet examen est une vieillerie, inutile aux besoins nouveaux du pays, on arrive au bout de l'épreuve avec des cheveux gris, trop usé pour agir. Or c'est de l'action qu'il faut, non des parlottes abstraites. Les lauréats « sont bons dans le maniement des mots, mais ils ne savent pas comment les appliquer au monde réel. Cette façon de sélectionner des hommes pour gouverner est idiote ». Une critique que le temps n'a pas rendue tout à fait caduque. Des rapports, des centaines de rapports concoctés par les experts, des dizaines de dossiers accumulés en colonnes poussiéreuses dans les armoires. Sont-ils suivis d'effet ? Quelle action entreprise ? Quel remède appliqué ? Mots ronflants, fausses promesses et mensonges de rigueur. Pak Je-ga continue à s'en prendre au vide des mots et à leur impuissance. Un enseignement tout théorique crée une « infirmité incurable », dit-il.

Infirmes, les fonctionnaires au pouvoir, fiers et arrogants, coupés du réel, ignorants de la population, en un mot : incompétents.

La culture au service des privilèges

Sans doute les yangban montraient-ils toutes les caractéristiques d'une aristocratie héréditaire : ils contrôlaient le pouvoir politique, accaparaient les positions importantes, possédaient les grandes propriétés… autrement dit, la noblesse avant la Révolution française. Le pouvoir, l'argent, la puissance impressionnent, ils exercent une attirance, qu'elle soit acceptée ou combattue, ils dégagent une lumière qui nous éclaire nous aussi : on en est. Et quand tout ce lustre relève de l'Histoire, on court plus volontiers encore. Même dans les romans coréens les plus frondeurs, mêlée à la moquerie se perçoit une sorte de fascination. Elle est ici doublée par le respect qu'inspirent le savoir et la culture – une classe cultivée, les yangban.

Mais que veut dire « culture », un mot qui, sous nos latitudes, est de nos jours un peu terni ?

Joint à l'adjectif « confucéen », il brillait de mille feux. L'obtention d'un examen ne faisait pas des lettrés de simples fonctionnaires. Ajoutons autour de la fonction, c'est tout aussi important, une puissante aura de gloire. Ils avaient acquis (tout du moins on le supposait) par la connaissance des textes (il s'agissait non seulement de les étudier mais de les prendre pour règle de vie) un idéal moral et ces qualités très hautes qui justifient l'exercice du pouvoir.

Car la connaissance limitée à elle-même n'est rien, disait T'oegye, rien, vraiment, une affaire superficielle qui nous reste extérieure. C'est ressentir qu'il faut, faire l'expérience *en soi* de ce qu'on lit et apprend. En soi : éprouver jusqu'au cœur, jusqu'au plus intime de soi-même, et en être changé. Tant que les mots ne prennent pas vie en nous, ne nous remuent pas dans les profondeurs, ils restent morts, ils nous sont inutiles. C'est pourquoi ce ne sont pas tant les mots qui comptent que l'expérience vitale. Et la culture du soi (celle qui renferme à la fois l'étude dans son ampleur et la culture de l'esprit-cœur, sur lequel T'oegye parmi tant d'autres s'est longuement penché).

Ainsi le statut de noble ne pouvait-il se légitimer que par la « culture morale personnelle » dont on faisait preuve. Tout cela dans le principe, bien entendu (pour la pratique, comme chacun sait, on peut se situer assez loin de cet idéal).

On est un homme instruit, sans doute, on est surtout un « homme de bien ». Au XVIIIe siècle, lors d'un long voyage qui le mène en Chine, Pak Ji-won, maître de Pak Je-ga, qui observe, juge et critique lui aussi, s'entretient avec un expert en antiquités, Tian. Lequel commence par admirer son écriture[1] (Pak prend des notes). Voici son récit de la scène : « Plusieurs fois, il (l'expert) exprima son admiration pour la façon dont j'écrivais : elle était excellente. » Puis Tian remarque : « Vous avez une grande connaissance des Classiques confucéens ainsi que des œuvres de Mencius, et vous vous montrez très ferme sur les valeurs confucéennes. Vous êtes vraiment un homme de bien. » Le jugement n'est pas moral, pas uniquement tout au moins : il situe l'homme dans une hiérarchie des valeurs, la qualité humaine passe avant le pouvoir.

Étroitement liée à la lignée familiale, l'idéologie confucéenne formait ainsi le fondement – moral – de la vie, publique comme privée. À la campagne, où s'étaient réfugiés les yangban refoulés des hauts postes du pouvoir, plus qu'à la capitale où vivaient les fidèles du roi, le lettré menait une vie d'étude, de respect des rites, de frugalité démontrée. Obligation professionnelle, ce dépouillement ? Ou choix de vie ?

Dans le cas de Kim Jeong-hui, dont la famille répondait à tous les critères qui garantissent le vrai yangban, on ne peut mettre en doute la sincérité de son engagement. L'austérité n'était pas seulement un héritage, elle convenait à sa recherche profonde, elle lui était liée. Il

1. L'expert a raison, je l'ai vue cette écriture, une partie de son *Journal* figure au Musée national coréen. Tracés le long des lignes verticales, les caractères chinois sont d'une admirable régularité.

ne la remit pas en question. Au reste, l'exil exigea de lui bien plus encore : le dénuement, une totale solitude. Il s'en arrangea.

Dans la réalité, l'existence des lettrés ne se trouva pas transformée pour si peu : les années d'étude restèrent sans effet sur le yangban ordinaire.

Du savoir confucéen, ils ne gardèrent que la puissance conférée par le prestige. Ils mirent de côté l'autre aspect de la question : l'exigence de se perfectionner soi-même, première étape dans le gouvernement des hommes, selon l'enseignement. Ainsi la culture devint-elle l'instrument d'une supériorité revendiquée (un « instrument de discrimination », a-t-on pu dire, l'histoire n'est pas nouvelle). Le service de l'autre oublié – mais non la volonté de le dominer. Le sens de l'enseignement d'origine était perverti, détourné de ses visées. Du respect de son semblable on passa à l'affirmation de soi. Et le savoir était le noyau autour duquel s'effectuait cette perversion du sens.

Un groupe d'hommes, agissant à partir de l'ordre aristocratique établi, parvint à accroître sa puissance en utilisant l'éducation et le prestige qui lui est lié pour confirmer statut social et privilèges – en fait, tous les avantages dont ils bénéficiaient et qu'ils voulaient à tout prix préserver.

On en arrive à un despotisme aveugle, insoucieux du malheur du peuple, isolé de la vie réelle ; les milieux dirigeants, tout à leurs intrigues, les fonctionnaires-lettrés, plongés dans leurs arguties abstraites, sont au plus loin de la réalité ordinaire. L'exemple n'est pas unique dans l'Histoire.

Mais des yangan rebelles, il s'en trouva plus d'un.

Du côté de Yesan

Silleywon, ville paumée

Le jour de notre départ pour le comté de Yesan, le vent soufflait en tempête. C'est dans un paysage gris balayé de rafales d'eau qui courbaient les voyageurs que nous sommes partis. La pluie en Corée est un phénomène assez différent de ce que nous connaissons. Elle s'installe et dure, inexorablement elle tombe, et ce déluge tranquille ne connaît pas de fin. Dans le bus à demi vide, quelques vieilles femmes chargées de cabas bavardaient et riaient, ravies de leur escapade, le mauvais temps n'y faisait rien. Nous traversions une campagne trempée de pluie, semée de villes hâtivement reconstruites, une interminable agglomération plutôt, les constructions se succédant sans trêve au long de la route, plus ou moins denses, blessées, noirâtres, en ruine déjà, mangeant le vert qui subsistait à peine. C'était un défilé continuel d'entrepôts, de hangars, de déchetteries, usines vieillies et serres en plastique, bâtiments délabrés sur lesquels s'étalaient de gigantesques placards publicitaires : cette laideur sans nuance du décollage économique sur fond de pénurie d'après-guerre. Bricolage improvisé, bâclé urbain qui, à l'aide de matériaux de fortune, briques et tôle ondulée, aligna dans la précipitation ces logis en forme de cubes plats, à un ou deux étages, s'espaçant parfois pour faire place à un poste à essence ou à un terrain vague. Mais dans le bus, où le chauffeur pour entretenir l'attention et le moral avait mis la radio, résonna soudain, au beau milieu de cette désolation, le mouvement d'un des deux trios de Schubert, puis ce fut *Madame Butterfly*. Ainsi vous mène la Corée, éprise de musique occidentale, d'un extrême à l'autre.

Quelque trois heures de pluie plus tard, nous avions atteint la région de Chungcheongnam-do, but de notre voyage. Nous nous sommes arrêtés à Silleywon, ville perdue dans ce bout du monde, où nous devions changer de car pour atteindre la maison de Chusa. La pluie battante nous précipita à travers la place désertée jusqu'à l'abri de bus. C'était une grande salle miteuse, sol de béton, affiches aux murs, déchirées, quelques fauteuils en plastique défoncés. Tournaient, désœuvrés, des passagers en attente, paysans-cultivateurs, dans cette région spécialisée dans la culture de la pomme. Ils allaient vendre leurs produits dans un hameau voisin. Ce couple d'étrangers, visiblement égarés, ne sachant où se diriger sous la pluie diluvienne, c'était un spectacle pour le moins insolite. Ils s'approchaient, nous souriaient, nous parlaient, toute une mimique exprimant la sympathie la plus vive et le désir de savoir d'où nous venions, où nous allions. Ils voulaient nous aider. Ils y parvinrent. La maison de Chusa, à quelques kilomètres de là, isolée en rase campagne, nous y sommes finalement arrivés, un taxi nous secourant, qu'ils avaient arrêté.

Au retour de l'expédition, la pluie avait enfin cessé. Nous nous sommes retrouvés dans la même grand-rue, le prochain bus pour Séoul passait une heure plus tard, que faire en attendant ?

C'est alors que Silleywon, ville paumée de la Corée du Sud, se mua soudainement en un décor de film hollywoodien. Nous vîmes venir vers nous, silhouette solitaire qui se découpait sur fond de vide, un jeune coiffé d'un grand chapeau de cow-boy. Il nous aborda, nous fit signe de le suivre, nous amena dans son café : une pièce minuscule chargée de livres, où trônaient un petit bar et un ordinateur. Muet, attentif, souriant, il nous tendit deux grandes tasses d'un café fumant, puis, au moment du départ, bien enveloppé de papier blanc, un cadeau sur lequel il avait écrit, en lettres romaines, « Thank you for your visit ». Il vivait là dans ce hameau écartelé, un amas de maisons au long d'un carrefour rappelant les road-movies, les paysages du Middle West sur grand écran, la route interminable, et la fuite des routiers. Il les complétait à sa manière, en y imprimant sa dégaine de cow-boy au couvre-chef emprunté. Restaient, pour achever de nous égarer, les panneaux géants et l'alphabet hangeul : étions-nous en Asie ? Et lui, savait-il où il était ? Un pied, et même un peu plus, dans le Nouveau Monde, l'autre dans l'Asie moderne, dans une très ancienne culture aujourd'hui enfouie. Nous allions en chercher les traces dans la maison de Chusa.

De centre, Silleywon n'en avait pas, ni monument aux morts, ni statue héroïque, ni église sur la place du village, aucune de ces présences, rappels ou souvenirs pour regrouper les vies autour d'eux, inscrivant le passé, la mémoire et une identité dans le décor quotidien. La conversation se limitant à quelques gestes accompagnés de sourires, je n'en sus jamais plus sur cet habitant de Silleywon.

La maison natale

Enfin, après un dernier tournant de notre taxi qui circulait maintenant sur de petites routes, nous avions atteint la vraie campagne. Des rizières d'un beau vert phosphorescent et, en arrière-fond, la montagne. Kim Jeong-hui parcourait ce chemin pour se rendre à Séoul où, on le sait, il occupa longtemps de hautes fonctions auprès du roi.

Les honneurs liés à l'emploi de fonctionnaire étaient soigneusement dosés selon le grade : ainsi l'épouse d'un Premier ministre était-elle honorée du titre de « dame très respectable », tandis que celle d'un simple ministre n'était que « dame respectable » – un bref adverbe vous place sur un piédestal, le supprimer vous en déloge, il existe un traité définissant minutieusement cette gradation subtile. Ils recevaient quelques émoluments, que venaient compléter les revenus de leurs terres cultivées. Ils n'ignoraient pas que pouvoir et privilèges les mettaient en danger, que la faveur dont ils jouissaient attiserait la haine des clans rivaux et que, même en étant très prudent, la mort ou le bannissement guettait au bout de l'aventure. Aussi se gardaient-ils bien de quitter le siège familial auprès duquel s'étaient regroupés en maisons secondaires les membres de la famille, fût-elle lointaine. L'union faisant la force. Quand leur carrière officielle aurait pris fin – en admettant qu'elle n'ait pas été précocement interrompue –, c'est là qu'ils viendraient achever leur vie, dans les lieux où elle avait commencé, dans la tranquillité de la campagne que surplombait le vaste ciel, renouant la relation avec la lune, le ruisseau, les étoiles, et le Ciel-Terre-Homme qui est l'œuvre cosmique. Ils y seraient entourés par les tombes de leurs ancêtres auxquels ils auraient fidèlement rendu hommage au long des ans, comme l'a prescrit Confucius. Dans ce monde d'étude et de retrait, ils trouveraient un accord avec l'ordre des choses.

Chusa chevauchait longuement dans cette campagne sauvage et reculée, parmi les paysans courbés sur les rizières, pensant à la jeune femme et aux parents qu'il avait quittés.

Ce matin de juillet 1819 un vilain crachin l'enveloppait. La nuit venue, ce furent de lourdes averses. Mais il continuait, s'arrêtant à quelque auberge pour y dormir, reprenant son chemin vers la capitale, jusqu'au domicile qu'il y possédait, il y résiderait quelque temps. Et tout en cheminant, il s'interrogeait. Au cours de son voyage en Chine, en 1809, il avait alors vingt-trois ans, il était monté sur l'une des tours de la Grande Muraille. De cette hauteur, il pouvait voir le mur qui serpentait vers le nord, au sud s'étendait la mer, à l'est des champs immenses, et à l'ouest la ville de Shanhaiguan, des milliers de maisons, de rues, des postes de guet qui lui apparaissaient aussi nettement que les lignes dans la paume de sa main. Une carrière en tant qu'officier du roi, se disait-il, ressemble à s'y méprendre à notre montée et à notre descente de la tour. Le fonctionnaire ambitieux qui se trouve au bas de l'échelle lutte contre ses rivaux pour être promu, il grimpe un échelon après l'autre, même un demi-échelon, quitte à pousser et renverser quelqu'un pour être sûr de ne pas rester en chemin. Et quand il a atteint le sommet, que ressent-il ? De la crainte, à quoi s'ajoutent l'insécurité et la solitude. Il ne peut plus ni avancer ni reculer car le vide autour de lui est abyssal. Aussi non seulement a-t-il perdu la volonté suffisante pour continuer l'ascension, mais il n'a plus la capacité de redescendre.

Chevauchant vers le service du roi, Kim était agité d'émotions mêlées : plaisir de gloire, qui l'auréolait, avec le désir – tout confucéen – de remplir au mieux ses responsabilités envers autrui, ou désespoir de voir entamé ce à quoi il tenait le plus au monde : le temps de l'étude ? Dans le musée qui lui est consacré à Séoul, on assure que la réussite, autrement dit l'escalade sociale, ne l'intéressait pas, que cette indifférence, on ne peut s'en étonner, il avait tout reçu au départ, il avait donc envie de voyages, de découvertes, de travail – bref, de liberté, et non de pouvoir. Oui, c'est vrai, mais cette indifférence, cette distance gardée, comment en sont-ils si sûrs, les spécialistes ? Des conditions de vie faciles au départ vont-elles nous garantir contre la faim dévorante de ces richesses : la réussite, l'importance sociale, l'admiration de tous, ou leur envie – plus, encore plus, toujours plus, le besoin est sans fond ? Elles nous apparaissent infiniment désirables, si désirables qu'on va employer toute sa vie à les conquérir ou les accroître, plus d'importance sociale, de prestige, de visibilité, plus de place occupée dans la conscience des autres… Question d'ego.

Il paraît certain que Kim Jeong-hui eut cette tentation et qu'il y céda, ses dons l'y poussaient. Être reconnu comme le premier. Le premier dans son art. Il le fut, très tôt dans sa vie. Bientôt célèbre jusqu'en Chine. Puis tout changea, et c'est d'autres richesses qu'il se préoccupa d'abord.

Une plaque apposée près de sa maison natale, que nous nous sommes efforcés de lire sous la pluie battante, annonce qu'il résidait dans sa demeure de Séoul, dont le roi avait fait présent à son arrière-grand-père, tandis qu'il occupait une position au gouvernement. « Il faisait fréquemment le trajet de Séoul à Yesan, siège de sa famille, lieu où sont enterrés ses ancêtres, afin de rendre visite aux tombes et de poursuivre ses études personnelles. » Fréquemment ? Quelque deux cents kilomètres à cheval ? Des journées entières, en toutes saisons, à chevaucher par le froid, le vent et la pluie ? Si la plaque ne ment pas, il faut qu'il ait eu, chevillées au corps, les recommandations de Confucius : le culte des ancêtres et les rituels qui leur sont dus.

Il n'était donc pas illogique de nous rendre en premier lieu, bravant le vent et la pluie qui continuaient de faire rage et livraient ces lieux déjà esseulés à une totale solitude, sur la tombe la plus ancienne : tout partait de là. Elle se trouve à quelques pas de la maison, au centre même d'un ensemble de bâtiments construits sur une vaste surface. C'est un tumulus du plus beau vert entouré d'une enceinte de pierres que termine, à chaque extrémité, un pilier grossièrement sculpté représentant une personnalité littéraire (nous précise la brochure) ; une belle lanterne occupe le centre. Suprême honneur : l'épitaphe, gravée sur une haute pierre noire, est l'œuvre du roi Yeongjo lui-même. À en croire l'histoire telle que nous la racontent les plaques apposées au long des maisons, l'arrière-grand-père de notre héros était un parangon de toutes les vertus ; son exemple avait un tel éclat que sa famille en resta durablement éclairée, certainement bien au-delà de sa mort, qui, loin de ternir sa légende, la fortifia encore, comme c'est souvent le cas. La direction que suivirent ses descendants, l'esprit qui les anima, tout cela provenait de lui et de l'action qu'il avait menée.

Tous, ils furent de hauts serviteurs de l'État. Le grand-père de Chusa, Kim I-Ju, ministre de la Justice (*Hyeongjo panseo*) ; mieux encore, son père, Kim No-gyeong, ministre de l'Intérieur (*Ijo panseo*). La lignée familiale le destinait à tenir un rôle politique de premier plan. Il n'y manqua pas. Il conquit des fonctions toujours plus importantes. Mais ici, en Corée, on ne les mentionne pas, il est évident que ce n'est pas ce qui compte. Les politiciens passent, faits pour être oubliés (à de rares exceptions près), le grand mensonge politique avec, mais non l'art, celui qui nous habite. On connaît Chusa comme calligraphe. Qu'importe le reste ?

Nous sommes devant la tombe. L'arrière-grand-père s'appelait Kim Han-sin. Son propre père, Kim Heung-gyeong, occupait le poste de *Yeonguijeong*, la plus haute fonction gouvernementale sous la dynastie Joseon, et fréquentait donc assidûment les salles du palais. C'est sans doute la raison pour laquelle on maria l'enfant, à treize ans, à la princesse Hwasun, la seconde fille du roi Yeongjo. Du fait qu'il devenait le beau-fils d'un roi, Kim Han-sin reçut le titre de *wi* (*Wolseongwi*) et tous les avantages et possessions afférents à ce titre, entre autres la maison de Séoul et celle de Yesan où nous étions. Suit un portrait en tous points parfait de l'homme de bien : l'image officielle domine, intouchable, destinée à la suite des générations.

« Il surpassait tous les autres en beauté comme en talent, si bien que le roi Yeongjo le portait en son cœur. Bien qu'il fût de naissance noble, il resta modeste et sans prétention, s'abstenant de porter de coûteux vêtements de soie. » Tout est dit, jusqu'à l'austérité affichée.

Plus important : « Kim Han-sin était réputé pour ses dons exceptionnels de calligraphe et sa belle écriture. Il excellait également dans l'art de graver des sceaux. » Avoir un ancêtre illustre, renommé dans l'art de la calligraphie, habile dans celui de fabriquer des sceaux, que veut-on de plus quand on est un yangban coréen ? Ajoutons que son père, lui aussi réputé comme calligraphe, avait sans nul doute très tôt enseigné cet art à Kim. Calligraphe, un gentilhomme se devait de l'être. Discipline et maîtrise de soi, parfait contrôle du geste et, avant l'exécution du geste, de l'esprit qui le commande.

Aujourd'hui, au musée Chusa, une bâtisse toute moderne construite à Gwacheon, on visite une petite école de calligraphie, qui expose des dessins d'enfants. Ni maison avec sa cheminée, ni arbres ronds, ni soleil rayonnant, aucun personnage aux bras écartés comme on en voit d'habitude, mais des lettres, des traits, des signes d'un beau noir, parmi lesquels s'est tout de même glissé, irrésistible, un visage au large sourire.

Quant aux sceaux, Chusa confectionnait les siens propres, il en utilisa des dizaines, aujourd'hui pieusement conservés, griffures légères teintées de rouge, rouges sur fond blanc ou blancs sur fond rouge, discrètement apposés en marge de l'œuvre.

Chaque année, la famille réunie se rendait sur la tombe, solennellement on la nettoyait, on coupait l'herbe, on apportait des offrandes, des fleurs et des fruits, on se courbait et prosternait, encore et encore, pour rendre hommage au disparu – toute une cérémonie imprégnée de sacré, destinée à honorer les morts et, au-delà d'eux, la vie qu'ils avaient donnée et qui continuait. L'enfant en était dûment impressionné. Et moi, un siècle et demi plus tard, trempée de pluie devant la tombe, mes facultés imaginatives ramenées au plus bas, je me demandais ce qui restait de ce souci de continuité qui assure ordre et assise, dans un monde fait de ruptures et de tremblements – le nôtre, le leur, un monde ravagé, rasé par les guerres. La campagne est semée de ces tumulus que les promoteurs tentent d'acheter au prix fort à des paysans récalcitrants : on ne doit pas déranger les morts, disent-ils, notre vie est née d'eux – mais les villes sont destinées à s'étendre et les promoteurs à s'enrichir, comme en témoignent nombre de fictions coréennes.

La femme enfermée

Puis nous avons pénétré dans la maison du maître. L'architecture est elle aussi un enseignement. Il suffit de regarder les lieux. Dès le plus jeune âge on apprend que les sexes sont séparés : non seulement différents (aucune hésitation possible quant au genre), mais bien séparés. Certes la maison des femmes revêt ici une importance particulière : la taille des pièces en est belle et la cuisson des plats, avec l'affairement habituel et les odeurs répandues, avait lieu à l'écart, dans un local isolé. C'est que la princesse Hwasun logeait là. Elle n'en était pas moins recluse, selon un principe observé tout au long de la dynastie Joseon, qui fut d'une sévérité sans faille à ce sujet. L'idéologie confucéenne – « La relation entre le mari et la femme doit être régie par la distinction » – étant interprétée dans son sens le plus strict. La distinction : était-ce un moyen d'éviter la guerre des sexes, la confusion des sexes, ou, c'est plus probable, un principe de hiérarchie assurant la domination mâle ? Tout cela sans doute.

À cette conception de la féminité, les femmes devaient quelques minces avantages : comme elles ne sortaient pas, il fallait tout de même que dans leur quartier elles se plaisent. Aussi les plus riches d'entre elles pouvaient-elles faire de leur demeure un endroit de grâce et de légèreté, au plus loin de l'austérité caractérisant l'espace mâle. C'est dire que l'image de la femme déterminait le décor même où elle vivait et jusqu'à la forme, à la couleur des meubles dont elle se servait, bois de tonalité chaude, d'un effet brillant et doux, coffres et coffrets incrustés d'os et de nacre (pin solide chez les hommes pour le cadre, du ginkgo, du zelkova pour les panneaux).

Des murs et des pierres isolent les deux sexes, ils dissimulent les femmes au regard du visiteur. Chacun sa maison, chacun son quartier (*sarangchae* pour les hommes, *anchae* pour les femmes), des passages, c'est vrai, des couloirs réservés aux fils et aux époux, des escaliers d'où l'on peut voir un peu du monde extérieur. « Depuis l'escalier, elles peuvent admirer les fleurs dans la cour du *sarangchae*, mais l'étiquette veut qu'elles n'y mettent jamais les pieds. » Et quand la femme sort, quelle que soit son appartenance sociale, elle doit se cacher le visage sous un voile (ce sinistre embrigadement sexiste qui n'a donc rien à voir avec la religion, mais tout avec la culture). *Neoul* pour les femmes de l'aristocratie, qui ne vont pas seules ni à pied, *jangot* pour celles du peuple, il les couvre parfois de la tête aux pieds.

« Distinction » : des quartiers séparés, des tâches et des devoirs séparés, bien définis pour chaque sexe. Aux femmes revient la fidélité, vertu suprême. Elle leur donne le moyen de résister quand la situation les opprime, de s'illustrer, voire de gagner admiration et gloire : la femme restée chaste et fidèle malgré le veuvage, malgré le désir de l'homme et la violence qu'il exerce, devient un exemple pour tous, on construit des monuments à son nom, on exalte sa vertu, chasteté, constance, fidélité. Dans l'univers étroit où vivaient les femmes, c'étaient là des motivations fortes. Sortir de l'obscurité à laquelle elles étaient destinées, devenir une héroïne, être admirée de tous, citée comme modèle…

Comment auraient-elles échappé à l'emprise d'une société aussi despotique ? Elles n'entendaient que le bruit de l'époque, ses interdits, ses jugements. Rien pour le contredire. L'esprit du temps, peut-on s'y soustraire, quand on n'a pas d'exemple à lui opposer, pas de soutien, quand on est seule et sans arme et que vous sont attribués d'office une place et un rôle : cette place-là, pas une autre ? On a peut-être remarqué que l'idéologie ambiante a tendance à imprégner de son influence des gens qui se croient libres et le sont en principe, parfois à les modeler, voire à leur dicter leur façon de penser et d'agir, sans qu'ils s'en rendent nécessairement compte d'ailleurs. Ils parlent : ils entonnent la chanson du jour. Ils pensent : c'est un écho de leur milieu, de leur groupe, des idées qui circulent, des échanges sur la Toile, des phrases et des mots dans l'air du temps, des refrains acceptés, au mot près – conformisme assuré. Penser et vouloir par soi-même ? Résister à l'entourage ? À la pression qu'il exerce ? Et comment ? Le moyen ?

Elles étaient seules et prisonnières, ou peu s'en faut. Certaines parvinrent pourtant à exister, aidées par des pères, des époux, des frères, qui admiraient leurs talents. Aux autres restait à obéir et à rivaliser de vertu. Aucun point de fuite, nulle issue.

Les hommes quant à eux jouissaient de la compagnie de leurs concubines ou de *kisaeng* (dames d'agrément), belles et cultivées celles-là, qui savaient lire et écrire et peindre et dessiner et les distraire, des arts le plus souvent ignorés de leurs nobles épouses.

Dans le domaine crucial de la fidélité féminine, la famille de Kim Jeong-hui sut encore une fois se distinguer. La princesse Hwasun compta en effet parmi les héroïnes mémorables de la fidélité conjugale.

Lorsque Kim Han-sin mourut en 1758, âgé de trente-huit ans, la princesse demeura inconsolable. Elle refusa de s'alimenter et de boire, bravant la colère du roi son père, qui voulait la convaincre de vivre. Bien qu'il reconnût sa vertu, de déception devant une désobéissance si insolente, il refusa de faire construire le monument auquel elle avait droit. Ce fut Jeongjo, son successeur, qui fit élever en l'honneur de la fidèle le bâtiment long et bas nommé Jeongryeomun que je regardais à présent : la « porte de la chasteté », ouvrant sur un jardin enclos.

Le destin de la princesse Hwasun me rappelait une illustre histoire d'amour coréenne intitulée *Le Chant de la fidèle Chunhyang*[1]. La trop belle Chunhyang, fille

1. Traduit par Jean-Noël Juttet et Choi Mikyung, Zulma, 2008.

d'une kisaeng, tient à sa fidélité et à la parole donnée au point d'accepter la prison, l'humiliation, les coups et la torture (tous les détails sont fournis) plutôt que de se parjurer en se soumettant aux exigences du brutal gouverneur. Bien entendu, sa fidélité sera récompensée. Elle épousera le beau et jeune yangban, fils d'un gouverneur, dont tout la séparait et qui l'avait aimée en secret. Les barrières de classe ont volé en éclats. Au paradis (celui de l'amour, celui du jardin enchanté où a lieu la rencontre) les barrières n'existent pas. Certes l'histoire de la princesse Hwasun ne connaît pas toutes ces péripéties, et puis Chunyang est née d'une kisaeng, ce qui la place aux antipodes de la princesse. Mais princesse ou kisaeng, la vertu est là et c'est elle qui triomphe.

Ce récit anonyme, transmis oralement, bénéficie en Corée d'une si grande popularité (confucianisme oblige) qu'il a pris au fil des ans toutes les formes possibles[1] – drame, poème, pansori, roman, BD, film (il n'y en eut pas moins de quatorze versions au cinéma) –, et il continue d'inspirer des fêtes et célébrations diverses, dont un concours de beauté au cours duquel une Miss Chunhyang est élue… Un si long succès ne prouve-t-il pas que les vertus confucéennes, loin de s'être effacées, nourrissent encore l'imaginaire coréen ? À la fidélité conjugale s'ajoute ici une leçon prévisible : les puissants oublieux

1. Je reprends ici l'analyse de Jean-Noël Juttet dans sa préface au *Chant de la fidèle Chunhyang*, *op. cit.*

de leur devoir apprennent à mieux se conduire, l'ordre moral est finalement rétabli, les vertueux triomphent, ils ont raison de tout. Et, tout de même, cette leçon au son neuf : les nobles et les gens du commun se valent, ils sont constitués de la même étoffe, c'est la structure sociale qui est absurde. Cendrillon épouse le Prince charmant.

Rituels, ou simagrées ?

Des images, de belles histoires et de beaux exemples pris dans la famille même, et des rituels pour célébrer les personnages aimés : le tableau est parfait, Confucius et son enseignement pleinement respectés, tout dans l'univers de l'enfant respire l'ordre.

Les rituels, il y participe avec ferveur. Mais un rituel, au fond, qu'est-ce que c'est ? Tout de suite on voit le prêtre officiant devant l'autel, le maire enrubanné de tricolore, la mariée en robe blanche, le corbillard et ses fleurs – les grandes occasions de la vie et leur cérémonial. On pense à la forme extérieure, aux gestes machinaux, aux habitudes enracinées, bientôt devenues réflexes ou manies, aux attitudes de convention, courbettes et faux sourires, baisers et serrements de main, si habituels et vides de sens qu'on n'y prête plus attention. Alors que pour un bon confucéen, ce n'est rien de tel, ni simagrée, ni grimace, pas d'hypocrisie, mais une pratique qui se confond absolument avec l'élan intérieur : avec la sincérité de l'intention. « Sincérité », un mot clé (il n'a pas tout à fait le même sens que le nôtre, étant chargé d'une plus grande exigence).

Une fois encore – comme Kim le dira à propos de la peinture, où la technique n'est rien sans l'esprit qui l'inspire – c'est l'esprit qui, dans le cas du rituel, vient habiter le geste. Le geste, s'il reste limité à lui-même, dépourvu d'intention véritable, en quelque sorte creux, n'a aucun intérêt. Je me suis souvent demandé pourquoi une sculpture de Rodin, *Le Penseur* par exemple, fixé dans un geste éternel, a une telle puissance d'expression, une si grande force de présence, quand tant d'autres formes sculptées nous laissent froids – ces centaines de statues grandiloquentes élevées sur nos places en l'honneur d'un héros ou d'un autre. Je pense que le geste – ce corps ramassé sur lui-même, le poing sous le menton, concentré – est habité par le souffle et l'intensité même de Rodin. C'est ce qui se dégage de la sculpture, cette énergie, et elle est intérieure. Les philosophes chinois y auraient distingué « lignes internes » et « résonance ».

Le rituel : une attitude *intérieure*. Être convaincu de la valeur de l'acte en cours, être empli d'un sentiment très fort. Et c'est cette conviction de toucher au sacré qui est traduite par un comportement formel précisément réglé.

Il n'est pas besoin de religion, de prêtre ou de Dieu – le rituel (qui a une dimension esthétique et s'accompagne volontiers de musique) porte en lui le sens du sacré. En accomplissant une suite de gestes très simples, on est conscient de dépasser ses propres limites pour se relier à quelque chose de plus vaste, qui est ici l'univers, avec son ordre et son harmonie auxquels on s'efforce d'atteindre (l'équivalent dans la pensée de l'Occident serait un ordre transcendantal). Pour Confucius, il était indissociable du *ren*, ou sens de l'humain. Un moyen constant de se remettre à son métier d'homme – le repenser et le retravailler. Chaque jour les mêmes gestes habités – en tant que correctifs. Vérifier/ redresser, et ainsi se perfectionner. L'un ne va pas sans l'autre.

Évidemment, on peut faire une prière, ou se prosterner devant le Bouddha, ou entrer dans une l'église, ou fleurir une tombe le 1er novembre, machinalement, par habitude, distraitement. Ce qu'on avait expliqué à Kim c'est qu'il devait penser très fort à ce qu'il faisait, et non seulement y penser mais se rassembler, se recueillir, être là tout entier.

Sans bien la comprendre encore, il sentait la valeur de cette tradition. Plus tard, il allait l'explorer à fond dans son étude des Classiques, dont il deviendra l'un des meilleurs connaisseurs. Elle lui sera une ligne directrice à laquelle se tenir à travers les moments les plus durs – il en connut une variété.

« Dans le Ciel et la Terre commence l'engendrement ; dans les rites (*li*) et le sens moral commence l'ordonnancement. À l'origine des rites et du sens moral est l'homme de bien qui les pratique jusqu'à s'en pénétrer. »

Il avait lu le *Xunzi.* Il savait donc qu'il dépendait de lui de structurer le Ciel et la Terre. De maintenir le bon ordre de l'univers. Une tâche dont il mesurait l'importance et la difficulté.

Les Classiques, les lisait-il à l'abri dans sa grande demeure, guidé par son père, ou se rendait-il à l'école auprès d'un maître ? Il se serait alors assis sur le sol, en lotus, la tête studieusement penchée sur les feuillets d'écriture, écoutant celui qui l'instruisait, un personnage vénéré et puissant dont il redoutait les reproches autant que la baguette. Nous avons vu dans sa maison d'exil des mannequins grandeur nature qui les représentent, ses élèves et lui, alors qu'à son tour il enseignait. Loin dans son île, il était devenu le « maître aux trois mille disciples », sa légende si répandue qu'on traversait l'île et les mers pour le voir et l'écouter. Raides et solennels, vêtus de blanc, les mannequins, tels les acteurs du théâtre ancien, semblent incarner des abstractions : Autorité face à Humilité. Bien sûr, dans un monde confucéen, ce rapport va de soi, c'est la base. Et pourtant, enseigner – comme gouverner – ce n'était pas s'imposer par la contrainte ni se faire craindre : des méthodes insatisfaisantes. Mais plutôt s'imposer par l'exemple, influencer par l'ascendant qu'on dégage – une question de personnalité. L'enseignant, le dirigeant, on devait le respecter, cela va sans dire, mais aussi l'admirer.

Tout au long de sa vie il reviendra aux textes fondateurs, surtout au moment de la préparation de l'examen de recrutement (qu'il réussit en 1819, début de sa carrière de fonctionnaire). Les Quatre Livres imposés par Zhu Xi, à commencer par les *Entretiens* de Confucius, puis *La Grande Étude* (un traité d'éthique), *L'Invariable Milieu* (un traité de philosophie), le *Mencius* (du nom de ce disciple de Confucius). Et les Six Classiques : le *Livre des Mutations* (l'étude du devenir), le *Traité des Rites* (l'étude de la conduite), le *Livre des Odes* (l'expression du lyrisme), le *Livre des Documents* (l'étude de la politique), le *Livre de la Musique* (l'étude de l'harmonie), et les *Annales des Printemps et Automnes* (l'étude du gouvernement de l'humanité). Ce n'est pas un ensemble clos et immuable et la liste des Classiques ne s'arrête pas là, car il n'existe pas, ici, de texte révélé, pas de Dieu non plus, mais un corpus en constante mutation, des textes maniés et remodelés au long des siècles et qui servent toujours de référence. Pour Kim, ils constituaient comme une réserve d'expérience et de sagesse humaines : il s'y reportait pour s'assurer de la conduite à tenir, peut-être simplement pour se ressourcer, se retrouver.

Qui est mon père ?

La vie se déroule heureuse dans la grande maison. Rien ne semble menacer l'ordre régnant. Et pourtant cette belle régularité va voler en éclats. L'enfant est retiré à sa famille, à son père qui le guide, à ses frères et sa sœur qu'il aime, à l'atmosphère studieuse dont il est entouré. Non par l'effet d'une mort, mais d'une adoption : la sienne. Quand il eut huit ans, son oncle, chef de la branche aînée de la famille, comme il n'avait pas de fils, et donc pas d'héritier, demanda à l'adopter. Telle était la coutume dans cette société patrilinéaire : il fallait que la branche aînée se perpétue, que demeure ce support essentiel, un fils, quoi qu'il doive en coûter aux branches annexes – amputation et sacrifice, ce n'était pas rare. C'est pourquoi le don d'un fils, fût-il unique, n'était pas considéré comme scandaleux, tout au contraire.

Et Kim, avec le consentement de sa famille, quitte les siens, père, mère, frères et sœur – son monde, et la campagne et les tombes de ses ancêtres et sa vie ordonnée pour rejoindre son oncle à Séoul, la grand-ville. Son père devient son oncle et son oncle son père. Son oncle, il doit maintenant l'appeler : « père ». Son père, très aimé, très admiré, faut-il renoncer à lui dire « père » ? En retire-t-il une impression de trahison, de reniement ? Première confusion, il est perturbé. Qui est mon père ? de qui suis-je le fils ? qui suis-je ? sans compter la responsabilité qui lui incombe maintenant : le voici fils unique, héritier du clan entier, élevé en tant que tel, soumis par son nouveau père à toutes les exigences d'une étiquette aussi rigide que détaillée. Il devient sa fonction. Il revêt une autre identité. Il lui faudra une vie entière, ou presque, pour trouver la sienne propre. Fait significatif : la multiplicité des noms et pseudonymes qu'il utilisa, les créant selon la situation ou le moment, l'émotion ressentie, son humeur, son état d'âme… Au total on en a dénombré plus de deux cents, un record (pour Shitao, on en connaît une trentaine), tels Chusa qui signifierait l'automne, l'énergie de l'automne, fraîche et limpide et fidèle, ou Wandang, qu'il préférait parce que le mot rend hommage à un maître : c'est la « maison où l'on admire le maître Wanwon » (qui fut un pionnier dans la mise au point des « études pratiques » de l'empire Qing et ainsi découvrit de nouvelles perspectives à ses disciples), ou encore Yedang, Siam, Nogwa, Nongjangin ou Cheonchukgoseonsaeng…

Le choc est terrible, l'enfant en est durablement marqué ; c'est la première d'une suite de ruptures, elle inscrit la séparation dans sa vie. Il y fait face.

Restent de lui quelques phrases écrites dans une lettre à son vrai père alors qu'il vient de le quitter. « Comment allez-vous ? Vous me manquez beaucoup. Moi, je vais très bien, comme toujours, ne vous inquiétez pas. » Suivent des considérations sur son nouveau père, qui se rend au palais par mauvais temps (il pleut, il fait chaud), sur ses frères et sa sœur, dont il ne peut s'occuper, ce qui semble le culpabiliser. De ce « vous me manquez beaucoup », et « je vais très bien, ne vous inquiétez pas », on a tiré des volumes : la souffrance de l'enfant, contenue, dominée, réduite à quelques mots, et le désir de respecter l'autre, en l'occurrence son père, d'atténuer son chagrin, pour cela de lui cacher son propre état. Une démonstration, à huit ans, de maîtrise de soi. « Comme toujours », écrit-il : je suis le même, je reste égal à moi-même, les circonstances peuvent changer et même m'accabler, moi je ne change pas – quoi qu'il arrive, je vais très bien, d'ailleurs je *veux* aller très bien. Par la suite, à Jeju, en exil, alors qu'il est seul, gravement malade et sans perspective de retour, les lettres perdent parfois un peu de cette détermination tôt forgée.

Mais le père adoptif va bientôt mourir (en 1797). Après ces quatre années de vie réglementée, Kim réintègre son lieu natal. Il a douze ans. Loin de voir ses responsabilités allégées, il est maintenant l'homme le plus important de la famille, avant même son père, qui n'est pas l'aîné. Sur ses épaules repose l'avenir du clan. Il est dûment pénétré de l'importance de cette charge.

Est-ce cette précocité ou le goût habituel d'enjoliver les vies, il existe nombre de légendes à son sujet, l'une d'entre elles, nous la découvrons au pied du puits où la famille venait tirer l'eau. Sa mère l'aurait porté vingt-quatre mois, pas un de moins. Durant cette période le puits s'assécha, autour de la maison les arbres moururent et, non loin de là, ceux du mont Palbongsan se desséchèrent aussi. Puis Kim vint au monde. Le puits à nouveau donna de l'eau, les arbres reverdirent.

Lorsqu'il eut six ans, il orna un panneau de sa meilleure calligraphie pour annoncer l'arrivée du printemps, puis il le suspendit au fronton de la maison. Son habileté était telle que le Premier ministre du roi Jeongjo, venant à passer par là, et voyant cette belle écriture, s'enquit de son auteur. Moins introduit dans la grâce royale – il s'est fait remarquer par de célèbres critiques – le philosophe Pak Je-ga découvre lui aussi, par hasard, la calligraphie et il demande à Kim No-gyeong, son père, de faire l'éducation de ce garçon de génie. Ce qui advint quelque huit ans plus tard.

À quinze ans, suivant la coutume, on le marie. Il n'a pas sur le sujet les paroles de révolte qu'eut Gandhi, marié lui à treize ans, et dénonçant avec virulence dans ses *Mémoires* l'obsession sexuelle dont il devint la proie, elle le détourna de ses études et de ses devoirs filiaux. Au contraire, entre son maître, Pak Je-ga, et sa jeune femme, il mène une vie tranquille et heureuse. Il aime, il étudie, la vie est pleine.

Ce bonheur ne dure pas. Encore une fois, une rupture, une suite de séparations, définitives celles-là.

Sa mère meurt (en 1801, il a seize ans), elle est âgée de trente-quatre ans. Puis, quatre ans plus tard, donc très peu de temps après son mariage, sa jeune femme meurt elle aussi, subitement. Ce choc-là, comment l'accepter, comment s'en remettre ? Mais le malheur, une fois lancé, continue de rouler allègrement. C'est bientôt la reine, veuve du roi Yeongjo et devenue régente, la protectrice de la famille, voici que disparaît cette femme active, en outre fort utile. Puis c'est au tour de sa mère adoptive… La mort frappe autour de lui, une longue liste de femmes qui lui sont proches.

Ces arrivées, ces morts, ces femmes recluses dans leurs quartiers, qui meurent si vite, si jeunes, sans qu'on sache rien sur elles, sur leur misère, leur ennui, leur maladie, leur souffrance, sans qu'on sache rien de son chagrin à lui… des vies effacées. S'habituait-il au malheur ? En 1805, une nouvelle mort, celle d'un maître spirituel, Pak Ji-won. Tout s'est effondré.

Trouvait-il déjà refuge dans le travail ? On raconte qu'affecté par toutes ces disparitions, il se serait tourné vers le bouddhisme, que sa famille, loin de refuser, connaissait de près et dont il admirait la philosophie. Début, ou suite, d'un intérêt qui ne se démentira pas.

Trois ans plus tard, peu avant son départ pour la Chine, il se remarie. Il retrouve la tranquillité. Il aime sa femme, passionnément, plus encore que ses souvenirs d'une autre : « Chusa semble joyeux comme s'il avait perdu une bague en argent pour en retrouver une en or », a-t-on pu écrire sans beaucoup de finesse.

Il est reçu premier à son examen (*samasi*), ce qui le qualifie pour entrer dans la plus célèbre académie confucéenne de Corée (le Sungkyunkwan). Après quoi il pourra se présenter au concours d'État (*daegwa*) pour devenir fonctionnaire : l'un de ceux qui gouvernent le pays, on l'est chez lui de père en fils.

C'est d'ailleurs en raison de sa fonction que son père est envoyé en mission à Pékin. Il va l'accompagner. Un nouveau chapitre s'ouvre. Pak Je-ga l'y a préparé.

Le voyage en Chine

Avec l'entrée de Pak Je-ga sur la scène, tout s'éclaire d'une lumière nouvelle. Celle que jette un esprit critique et lucide sur une société percluse de fausseté, de bons principes et de malfaisance. Confucius enterré sous un amas d'arguties qu'il est urgent de débroussailler.

La belle ordonnance enseignée à Kim par la lignée familiale va être mise à mal : nuisible l'examen prestigieux (qu'il passe pourtant, tradition oblige), des bons à rien les yangban (la classe à laquelle il appartient), il faut dépoussiérer tout cela, revoir la tradition, détruire les préjugés, réviser les attitudes mentales. Des solutions sont proposées. On va s'employer à recomposer le gouvernement et l'administration. Et d'abord, à amender le contenu des examens responsables de l'inefficacité actuelle. Sans oublier de mettre au pas (ou dehors) les fonctionnaires inutiles et satisfaits d'eux-mêmes, ces fats, ces boursouflures qu'il s'agit de crever au plus vite. Une fois ces réformes amorcées, nous veillerons à abolir les privilèges et changer la structure sociale. Et aussi à créer une nouvelle division du travail : à chacun selon ses œuvres et ses mérites.

On se demande comment le jeune Kim Jeong-hui, issu d'une famille de yangban parfaitement traditionnelle, s'accommoda de ces mesures révolutionnaires. Et jusqu'à quel point il les fit siennes. Il est vrai que la marge d'action était faible et les protestations vite étouffées. Il s'agissait de garder sa liberté intérieure – et le silence.

Il existe un portrait de Pak Je-ga à quarante ans. Rien à voir avec les images officielles, qui en général nous montrent un personnage siégeant dans les atours de sa dignité, le regard lointain, un demi-sourire énigmatique sur les lèvres. Ici l'homme surgit d'une masse de plis comme chiffonnés, il a un grand éventail à la main, et sur la tête un vaste chapeau noir orné d'une plume qui vole au vent, en mouvement elle aussi. La moustache et le collier de barbe cachent peut-être un sourire. Le tout donne une impression de vie.

La Chine, un modèle mythifié

Comme son maître Pak Ji-won (1737-1805), Pak Je-ga s'est rendu en Chine. Tout vient de là. Aller en Chine, à l'époque cela se faisait déjà. Non pour y conclure des traités de commerce – des millions d'euros en vue, le triomphe de nos entrepreneurs, le but avoué des courbettes exécutées par nos politiques devant les dirigeants chinois –, mais au nom d'un très ancien système qui impliquait le versement d'un tribut aussi bien que des échanges culturels[1]. Chaque année, le roi envoyait une délégation de peintres et de lettrés dans la Chine Qing (si bien que la dynastie Joseon dépêcha quelque cinq cents de ces délégations au cours des cinq cents ans où elle régna). Et chaque année, la mission engageait, outre les artistes, des chroniqueurs, interprètes, traducteurs, sténographes, signataires (des articles du tribut), médecins (de la cour), militaires, fonctionnaires, envoyés spéciaux, coursiers (rattachés aux relais), geôliers militaires (chargés des coupables), cuisiniers, palefreniers, marchands,

1. « C'est sous les dynasties Ming et Qing que le système tributaire a atteint son apogée, il a été formalisé en une structure extrêmement ritualisée, fonctionnant comme un dispositif institutionnel qui traduisait dans la pratique diplomatique les idées, croyances et valeurs sous-tendant l'ordre chinois. » Ce système, la plupart des États de la région trouvait un avantage à l'accepter, « les dimensions culturelles et économiques s'entrecroisaient afin de créer un système de sécurité très stable ». La Chine occupait bien sûr la position centrale et dominante. Outre la Chine, on y retrouvait le Japon, la Corée, le Vietnam, la Thaïlande, l'Indonésie, les Philippines, le Laos, la Birmanie et la Malaisie… Ces États avaient le statut d'entités souveraines, exerçant l'autorité sur leur aire géographique et s'inspirant dans leur gouvernement du modèle chinois. D'un côté ils acceptaient (et, on l'a vu, admiraient) le rôle central de la Chine, de l'autre la Chine reconnaissait explicitement leur légitimité et leur souveraineté. « Il en résultait un système très dynamique et d'intenses échanges de biens, d'informations et de personnes » (Justine Colognesi, « Le système tributaire chinois sous les dynasties Ming et Qing » [1368-1911], Note d'analyse n° 22, Université catholique de Louvain, juin 2012).

négociants, serviteurs de condition supérieure, de statut inférieur, valets et aides variés… une véritable population, une nuée, qui campait sur les berges des fleuves puis les traversait, quelque trois cents personnes au total, examinées une par une, décrites et vérifiées (les chevaux également, et les colis, et les présents) au moment des deux inspections au départ.

Les artistes, qui comptaient parmi les officiels, allaient avoir accès – un honneur, c'est vrai, mais surtout la réalisation d'un rêve – à l'art et la culture chinois. Ils rapportaient livres et tableaux, conversations précieuses et parfois amitiés.

Récemment, au Musée national de Corée, on pouvait voir une exposition intitulée « Les peintres de Joseon, envoyés spéciaux en Chine ». Entre autres, elle montrait un tableau appelé « La cité de la paix suprême », une représentation de la société idéale. Les intellectuels coréens rêvaient de cette cité. N'était-ce pas le souvenir qu'ils gardaient de leur visite en Chine ? Non pas une utopie mais la réalité même – ce qu'ils désiraient pouvoir contempler un jour de leurs propres yeux en Corée.

Quel pays nous ferait aujourd'hui rêver comme la Chine le fit pour les lettrés-fonctionnaires coréens ? L'Amérique, il y a quelque temps, le « rêve américain » ? Assez terni, il faut avouer. L'Italie au XIXe siècle pour les voyageurs anglais fortunés qui allaient y chercher la lumière et l'art ? La Chine, ce n'était pas l'espoir d'une vie meilleure qui poussait les lettrés vers elle, non le désir de s'enrichir, mais l'admiration la plus grande, voire la révérence, l'idée d'un lien ancien et très fort, toujours vivant.

Dans la conception traditionnelle, la Chine n'est pas au centre du monde : elle *est* le monde. La barbarie, sur la périphérie, n'a pas de rapport avec la civilisation (au centre), sauf en lui payant tribut. Un point de vue que les Coréens partageaient entièrement. Il ne leur serait pas venu à l'idée de se situer et d'évoluer hors du monde civilisé (c'est-à-dire hors du monde confucéen, dont ils étaient également les héritiers). Et s'ils lui payaient tribut eux aussi, ce n'était pas un devoir qui leur semblait excessif par rapport à l'avantage qu'ils en tiraient.

Pendant longtemps ils ne songèrent donc nullement à se détacher de la Chine, pas plus qu'on ne songe à se défaire de son identité. Bien sûr, la défaite de la dynastie Ming (en 1644) devant l'offensive des barbares (c'est-à-dire des Mandchous) leur fut un sérieux coup, mais ils n'allaient pas se soumettre pour une bataille perdue, oublier la civilisation ni la tradition des lettrés, et pendant longtemps, alors que les Chinois, plus réalistes, continuaient de vivre en tolérant les nouveaux venus, ils refusèrent de pactiser avec l'étranger qui avait rompu les frontières de leur monde. Sans doute la fin des Ming avait-elle été dramatique, le régime perclus de vices, les dirigeants despotiques et irréalistes, incapables de défendre le pays contre les attaques du dehors, mais les Coréens, loin de considérer cette réalité-là, restaient fixés à leur rêve, à leur mythe. Ils étaient loyaux, Confucius oblige. Dans son merveilleux journal de voyage en Chine (1780), le *Jehol Diary*[1], Pak Ji-won écrit : «Les Mandchous ont envahi la Chine, renversé le gouvernement Ming et installé par la force la loi des Qing. Mais à l'est, dans notre pays, avec ses milliers de *ri* qui englobent même le fleuve Yalu, nous avons conservé les valeurs du gouvernement Ming. Ce qui signifie que la cour des Ming continue de régner à l'est, au-delà du fleuve.» Par-delà la défaite et la mort, les Ming, toujours vivants, régnaient encore; ainsi en avait décidé la Corée, bravant les regrettables réalités de l'Histoire. Et Pak Ji-won note que les Coréens persistent à donner à la dynastie régnante le nom du dernier empereur chinois, qui est mort.

Le nationalisme, ce fléau

On le voit, en ce temps-là les Coréens ne recherchaient pas encore une émancipation concertée, à caractère national. Ils se réclamaient au contraire d'un modèle révéré, voire mythifié, que pour rien au monde ils n'auraient voulu quitter. En tant que personne civilisée, on était né du Ciel, avant d'être ressortissant d'un pays

1. *The Jehol Diary*, introduction, traduction et notes de Yang Hi Choe-Wall, Global Oriental, 2010.

particulier. « Tout homme est né du Ciel. Voilà pourquoi il ne doit pas être considéré comme citoyen d'un pays mais comme citoyen du Ciel. Tout homme étant né du Ciel ne peut être soumis qu'au Ciel. En conséquence, tous sont autonomes et égaux », c'est un penseur chinois, Kang Youwei (1858-1927), qui l'affirme. Autonomes et égaux, nous avons fini par nous mettre d'accord sur ce point, dans le principe tout au moins, il a fallu une révolution pour cela, c'est le « citoyen du Ciel » qui n'a pas suivi. Reste donc la question de l'origine – si ce n'est le Ciel, c'est donc la nation, qui nous préoccupe aujourd'hui beaucoup plus que le « Ciel ».

Jusqu'à la toute fin du XIXe siècle, le nationalisme, ce fléau, n'avait pas atteint, en Corée tout au moins, le degré de virulence qu'il a aujourd'hui – ce nationalisme qu'on voit s'exalter à tout propos et dont les compétitions sportives, faussement nommées « jeux », sont une manifestation bruyante, une sorte de guerre en fait, comme le montrent les empoignades et les violences régulières. Je cède au plaisir de citer ici George Orwell, qui, au XXe, brilla par une lucidité peu partagée. « Par nationalisme, écrivait-il dans *Notes sur le patriotisme*, j'entends l'habitude de présumer que les êtres humains peuvent être classés comme des insectes et que des masses entières de millions ou de dizaines de millions de gens peuvent être catalogués "bons" ou "mauvais" avec assurance », mais, ajoutait-il, « et c'est bien plus important, je veux dire également l'habitude de s'identifier à une nation ou entité unique, plaçant celle-là au-delà du bien et du mal et ne se reconnaissant d'autre devoir que celui de pousser ses intérêts».

Pousser ses propres intérêts – pays ou individu – quitte à faire au passage quelques centaines, quelques milliers de morts, voire quelques millions, on ne va pas ergoter sur le nombre, les conférences au sommet, qu'elles portent sur le climat, l'avenir de la planète ou quelque autre grand thème, en fournissent une belle démonstration, elles n'ont pas donné tort à George Orwell.

Aujourd'hui, la Corée, malmenée entre les grandes puissances, s'est éloignée de son allégeance à la Chine et elle s'efforce, après le ravage des guerres et de l'occupation, de raffermir son identité propre. Mais à l'époque, les intellectuels coréens s'étaient fixé ce pays tutélaire pour modèle. Ce n'était pas le pays l'important, mais Confucius – pas un bout de terre limité de partout, mais des écrits qui, eux, «ne valaient pas pour une seule époque mais pour l'éternité».

La terre est ronde, elle tourne sur elle-même

Quand ils le peuvent, malgré les difficultés du voyage à cheval et d'un déplacement qui dure quelque quatre mois, ils partent en Chine d'un pied léger. Le voyage ouvre l'esprit, dit-on. Et la Corée, engluée dans le néoconfucianisme, a besoin de cette ouverture. Les idées nouvelles, on observe de façon générale qu'elles se heurtent à une furieuse résistance, on les craint, on les repousse, elles ont du mal à se faire jour. Mais en Corée les conditions sont à présent réunies : le changement est inévitable. L'Europe, on en entend parler par-delà les mers, elle est présente en Chine, justement, où ont pénétré les jésuites. De cet Ouest si lointain, on continue à se méfier. On ne sait rien de ses habitants, sinon qu'ils adorent un Dieu, ce qui est déjà assez suspect, mais on entend dire qu'ils développent à grande allure des théories scientifiques, qu'ils ont mis au point des techniques nouvelles et fascinantes, qu'ils explorent même le ciel et les astres… bref, ils ont fait des découvertes qui rendent perplexes les Coréens, eux aussi ont quelques idées sur la cosmologie.

La terre serait ronde ? Elle tournerait sur elle-même ? Qu'en penserait Confucius ? Et comment réconcilier ces notions nouvelles avec son enseignement ?

À ce propos, Pak Ji-won, le grand voyageur, a une conversation savoureuse avec un érudit confucéen, Hut'ing, à Pékin où il s'est rendu.

– Hunt'ing : « Nous, les confucéens, nous acceptons l'idée que la terre est ronde. Et pourtant, nous nous attendons à ce qu'un objet rond soit contrebalancé par quelque chose de carré et que ce qui bouge soit contrebalancé par quelque chose d'immobile, telle est la ligne directrice du confucianisme. Mais voilà que ces Occidentaux arrivent et nous troublent l'esprit en affirmant que le ciel et la terre, tous les deux, sont ronds et en mouvement. Et toi, que penses-tu de la question ? »

– « Moi, j'étais d'accord avec lui. Il n'y a rien de carré dans le ciel. Les pattes du moustique, l'arrière de la chenille, la goutte de pluie et le globule du crachat, tout cela est rond. Les collines, les rivières et le sol sur lequel nous marchons, le soleil, la lune et les étoiles, tout est création du ciel, rien de tout cela n'est carré... »

Pak Ji-won n'en conclut pas moins avec justesse que si la terre est bien ronde comme une balle, elle joue pourtant dans le ciel le rôle d'un carré par sa rotation, assurant ainsi l'harmonie. « Si elle devait rester fixe et comme morte dans l'espace, ne bougeant ni ne tournant, un bloc inerte de matière suspendue, alors les eaux pourriraient et le sol mourrait... Comment pourrait-elle rester immobile durant des âges et des âges et nourrir des myriades de créatures vivantes et alimenter les rivières et les mers sans les voir lentement disparaître ? » D'une telle rotation, les hommes de cette lointaine région du monde, l'Ouest, ne disent rien, mais s'ils ont compris que la terre est ronde, comment se fait-il qu'ils ne voient pas que les choses rondes tournent sur elles-mêmes, inévitablement ? Pak Ji-won se le demande. Et en cela, il devance les Européens, notamment les jésuites, en Chine tout au moins, qui, pourtant inspirés par Kepler, n'osent affirmer cette rotation, craignant sans doute l'ire papale et le risque qu'ils prendraient.

Et la conversation continue, pleine d'entrain et d'idées neuves : les étoiles sont plus grosses que le soleil et le soleil est plus gros que la terre, qui elle-même est plus grosse que la lune. Vus de l'une de ces étoiles, à partir de l'immensité du ciel, la terre, le ciel et la lune, c'est-à-dire notre univers, ne sont rien de plus que des mouchetures insignifiantes.

Le monde, un grain de poussière ? Alors pourquoi vouloir se limiter à un espace encore plus petit ? vivre sur son bout de terre en ignorant le reste du monde ? s'en tenir à des codes rigides qui font le malheur du peuple ? Les nouvelles techniques, venues de Chine, devraient améliorer son sort.

Les Lumières, en Asie

Ce que veulent ces penseurs dans le mouvement de réforme nommé Silhak (pragmatisme, ou études pratiques), on le voit, c'est, *sans rupture* (ces ruptures qu'en Occident on a pu lier au progrès de la modernité[1],

1. Ruptures avec la tradition, ou encore avec le « père » (cf. Peter Sloterdijk, *Des lignes et des jours*, Libella-Maren Sell, 2014). Mais comment concevoir de telles ruptures dans un pays où régnaient Confucius et sa doctrine qui insiste en premier lieu sur la piété filiale et le devoir envers le père ?

fondant sur elles son histoire), une *transformation* de la société. Le changement dans la continuité – et non une révolution, avec les éruptions de haine et les violences qu'elle entraîne. Et puis il n'est pas question de perdre l'acquis de deux millénaires : comment se diriger à travers cette forêt de réformes et de besoins nouveaux si on ne peut se reporter à une pensée directrice organisée à travers tant de dynasties, à longueur d'année, de mois, de journée, d'heure, par des centaines, des milliers, des millions de lettrés ?

Les Coréens de cette époque possédaient l'« art de la durée » – un art qui vous rend apte à éviter ces fractures et catastrophes qui ont pour noms Hitler, Staline, Mao, Pol Pot ou Ben Laden[1]. Qu'ils n'aient pas pu se faire entendre est une autre histoire.

À ceux, comme Gandhi, qui pensent que des moyens violents aboutissent inévitablement à une fin violente – ce que l'Histoire a prouvé plus d'une fois, avec pour résultat le malheur et la mort de millions d'individus –, une telle sagesse semble une forme de génie.

Le Silhak n'est pas une simple réaction d'opposition au néoconfucianisme et à Zhu Xi, devenu incontournable donc encombrant, même si la dimension critique existe fortement. C'est vrai, on ne veut plus de discours creux, de paroles vaines et non suivies d'effet. Les

1. Cf. Peter Sloterdijk, *Die Schrecklichen Kinder der Neuzeit* (Les enfants terribles de la modernité), Suhrkamp, 2014.

discussions interminables autour du *li* (le principe) et du *qi* (le souffle), les débats à propos des rites funéraires et de leur délai d'observation… bon, très bien, mais il y a plus urgent, occupons-nous du pays, qui souffre. Les gouvernants (les lettrés) ne connaissent rien de la vie des gens ordinaires, ils vivent dans leur monde à eux (un monde de privilégiés, éloigné des réalités, « un monde idéal qui relève de l'imagination », écrit Pak Ji-won dans son journal). Ils étudient une question, ils s'agitent dans le vide, ils se paient de mots, aucune conclusion réaliste ne suit. « Ils débattent d'un sujet pour le plaisir de la discussion et non pour le bénéfice pratique qu'ils pourraient en tirer. » Une caste de privilégiés s'énerve autour d'idées, très loin du réel, ignorant plus ou moins la vie du commun des mortels, trop occupée qu'elle est à jouir de ses privilèges et à conserver le pouvoir. Un schéma inusable, comme on le vérifie.

Mais pourquoi ne pas s'y attaquer ? Non par une révolution, mais avec des réformes ? Il faut en revenir à la réalité, telle qu'on la vit au jour le jour. Il faut partir des *faits*, et non d'idées recuites et inopérantes. Le Silhak[1] croit au progrès, aux techniques nouvelles – à un bonheur possible.

1. Si l'on désire quelques précisions historiques sur le mouvement du Silhak et sa durable influence (elle s'exerce aujourd'hui encore), on peut se reporter à l'annexe 2, p. 362.

Un esprit révolutionnaire

Pak Je-ga, l'un de ses chefs de file, ne pouvait occuper de position officielle dans le gouvernement : il était un fils illégitime, né d'une concubine. Néanmoins, le roi Jeongjo, sachant reconnaître en lui un homme de talent, lui confia plusieurs missions en Chine. Il partit le pied léger, il fut très impressionné. Au point qu'à son retour il adressa au monarque une sorte de bilan (une longue lettre bourrée de conseils) qui aurait bien pu le faire pendre. En bref, la Corée était passéiste, sclérosée, rétrograde, paralysée par les préjugés. Au lieu de mépriser les Qing, elle ferait bien de s'inspirer des nouvelles techniques par eux adoptées. L'agriculture, la science, l'économie, l'astrologie… tout était mieux en Chine, plus avancé, plus moderne, et le peuple en conséquence moins malheureux. Le villageois coréen n'a même pas le temps, tant il travaille, de ramasser les fruits dans son jardin, tandis que le Chinois, lui, s'amuse à chasser avec un arc et des flèches quand il ne va pas aux courses de chevaux. Les yangban sont des paresseux qui mangent tout leur content sans rien avoir à faire, ils ne gagnent pas leur vie mais s'engraissent aux dépens des pauvres – autrement dit des parasites. On devrait les autoriser à se lancer dans le commerce, chaque jour ils s'échineraient à faire un profit, « ainsi se débarrasseraient-ils éventuellement de leur habitude de paresser et manger, ils auraient l'esprit plus ouvert et perdraient un peu du sens de leur supériorité». Quant aux fonctionnaires, ils sont encroûtés, ronronnants, sectaires et chamailleurs, pris dans leur routine, en proie à l'inertie. Si l'on veut avoir des hommes de vision, il faut «se laver de l'esprit petit-fonctionnaire».

«Petit», il faut prêter attention au mot «petit», surtout quand il est joint à celui de «fonctionnaire».

Et puis cette défense de la consommation – déjà – pour faire marcher l'économie : «Certains pays sont en faillite, leurs dépenses excessives en sont la cause; le nôtre est en déclin, son absence de dépenses en est responsable. Pourquoi? Nous ne portons pas de vêtements de soie, il n'y a pas de métier à tisser la soie dans notre pays, et en conséquence l'artisanat s'appauvrit. Nous utilisons des bateaux qui font eau et nous montons des chevaux hirsutes, nous mangeons dans des plats ébréchés et vivons dans des masures de terre – le savoir-faire manuel, l'industrie agricole et l'art de la poterie ont disparu. Le résultat, c'est que les terres cultivables sont délaissées, les bonnes méthodes d'élevage se sont perdues, le commerce est méprisé et les affaires marchent mal. Les quatre catégories de population – intellectuels, paysans, marchands et artisans – sont dans le dénuement et incapables de s'entraider.»

Enfin, une magnifique citation d'un sage de la dynastie Han qui vécut un siècle avant notre ère : «Gouverner ne consiste pas à produire une multitude de mots. Cela consiste seulement à exercer ses efforts dans l'action. » À retenir.

Il termine sa missive en demandant dix calligraphes qui l'aident à communiquer au monarque, respectueusement, tout ce qu'il a à l'esprit. Et puis qu'il soit condamné à mort, il s'y attend.

Kim Jeong-hui devient donc à quinze ans l'étudiant de cet homme à l'esprit indépendant. Kim ne s'insurge pas contre ses idées, tout au contraire, il en voit la justesse. Quant à lui, il va s'arranger pour cumuler les avantages des deux mondes – celui de la tradition et celui de l'innovation. Ce qui, on le constate, n'est pas forcément contradictoire, pourvu que l'on n'ait pas l'esprit sectaire.

Pour l'instant, c'est de s'aventurer sur la carte, d'y mesurer son esprit, de l'étirer dans toutes les directions qui le fascine, bien plus que la pensée d'une carrière dans le gouvernement. D'avoir un contact direct avec les auteurs qu'il admire, de se faire des amitiés là-bas, et de les conserver, c'est d'ailleurs le but de telles expéditions. Il est très jeune (vingt-trois ans), brûlant de curiosité, il a longuement étudié les Classiques chinois, qui vont prendre vie, il a conscience de ses capacités, et voici que le monde s'ouvre à lui. Ce voyage il le désirait depuis longtemps, plus que tout.

Il accompagne son père. La tradition le sert, rien de révolutionnaire là-dedans.

« Aujourd'hui nous partons vraiment »

Il part le 28 octobre du calendrier lunaire, ce n'est déjà plus la belle saison, mais l'arrivée du long hiver avec les vents glacés venus de Sibérie, la neige, la glace, le froid qui peut atteindre jusqu'à moins quinze degrés. « La neige s'était arrêtée, mais le ciel de couleur gris cendré, lourd et bas, semblait morne, et le froid vous pénétrait jusqu'aux os… Le champ de neige, dont on ne pouvait distinguer si c'était le fleuve, un champ ou une colline, était encombré d'hommes, de chevaux et de paquets, et les chargements et les hommes et les chevaux qui arrivaient encore d'Uiju s'étiraient sans fin, comme traçant une ligne d'encre sur la neige » (c'est la description d'une mission en Chine, en 1816, par la romancière Hahn Moo-Sook)[1].

Tout au moins échappe-t-il aux pluies torrentielles de l'été qui noient le paysage, voilent l'horizon, enflent les fleuves au point que leur traversée représente un danger de chaque instant. Ces pluies, il les trouvera sans doute au retour, au printemps, quand le paysage change et que tout devient vert, c'est à cette époque qu'il quitte la Chine où il est resté pendant deux mois.

---

1. *Rencontre*, traduit par Philippe Thiébault, Autres Temps, 2005.

Pak Ji-won est parti, lui, en juillet 1780 pour Beijing, avec toute une délégation. Dans le *Jehol Diary*[1], il raconte le véritable exploit que constitua la traversée du fleuve Yalu. Les pluies l'avaient gonflé à tel point que l'île, à l'endroit de passage, avait disparu sous les eaux, et le courant était violent, si violent que la moindre erreur de navigation vous précipitait dans l'eau furieuse. Plutôt que de risquer la noyade par dizaines, Pak et ses compagnons décidèrent sagement d'attendre et de profiter des ressources de l'auberge voisine où ils s'enfermèrent. Dix jours passent. L'eau est encore déchaînée. Enfin le signal du départ est donné et les voyageurs, à bout d'impatience et d'ennui, poussent des cris de joie malgré le danger. Un seul reste plongé dans ses pensées. «Nous ne pouvions rien faire d'autre que partir. Je me détournai d'eux, je rentrai en moi-même et je tentai d'évoquer la maison que j'avais quittée. Dans la distance, les montagnes couronnées de nuages semblaient si lointaines que je ne pus m'empêcher d'éprouver de la tristesse, et, de façon fugitive, l'envie me vint de rentrer. À vrai dire, cette aventure, je l'envisageai comme mon "grand tour". Souvent je m'étais dit qu'il fallait avoir fait ce voyage au moins une fois dans son existence. Mais je pris soudain conscience que le moment était venu et

1. J'utilise des extraits de ce *Journal* pour décrire l'expérience que vécut Kim Jeong-hui au long du même trajet, exactement, si ce n'est durant la même saison.

cette conscience enlevait de l'importance au désir de toute une vie. »

Et cette conclusion : « La banale petite phrase : “Aujourd'hui nous partons vraiment” prenait le sens du regret – celui du départ inévitable – plus que celui du plaisir qu'on ressent au moment de partir. »

Est-ce un tel mélange d'excitation et de nostalgie que ressent le jeune Kim Jeong-hui en chemin vers la Chine ?

Nous sommes avec Pak Ji-won au milieu de l'année 1780. Ce regret ne dure pas, ce n'était qu'un pincement au cœur. Un peu plus tard, au tournant du mois, c'est au contraire la joie, une joie diluvienne qui l'envahit au spectacle de la Pagode blanche. Elle était cachée au regard par la pente de la colline. Il lance son cheval au galop, soudain aperçoit le monument, il en a comme un vertige : une boule noire lui saute devant les yeux. « Quand je retrouvai la vision, je me rendis compte pour la première fois qu'il n'était aucun endroit au monde où je voudrais me fixer pour la vie maintenant que je connaissais l'émerveillement d'avoir au-dessus de la tête le ciel sans limite et sous les pieds toute l'étendue de la terre. » Libre.

La sensation est si forte que lui vient l'envie de pleurer. « Voici un excellent endroit pour pleurer ! Cela vaut vraiment la peine de pleurer, ici. » Et aussi celle de philosopher – sur le plaisir d'être en vie et d'être libre. « Demandez au nouveau-né ce qu'il a ressenti au moment de sa naissance (Lord Pak, comme on l'appelle, n'a pas lu Freud, il ne connaît pas non plus son école et ses prêtres, il n'a donc aucune idée du traumatisme qu'est censé constituer la naissance). Il a passé des jours et des mois enfermé dans un habitacle étroit et obscur et voici que soudain il peut étendre les membres, crier tout son content, entendre sa propre voix ; de plus, il voit le soleil et la lune et le vaste monde tout brillant... Si une telle joie dure jusque dans la vieillesse, il n'y a aucune raison d'être jamais triste ou fâché : on devrait au contraire rire et se réjouir à longueur de journée.

« Mais en réalité, constate-t-il avec regret, nous sommes constamment en train de nous plaindre et de brailler, comme si le ressentiment était la seule émotion à trouver place dans notre cœur. C'est dommage. » Le ressentiment, écrit-il. Il a le sens du mot exact, de l'émotion la mieux partagée, il est précis, fin psychologue, c'est son métier de voyageur.

Il regarde vers Shanhaiguan, au travers de la plaine de Liaodong, rien ne fait obstacle à sa vue, il ne voit que les nuages, les merveilleux nuages qui semblent collés, ou cousus à gros points sur le ciel d'un bleu profond. N'y a-t-il pas de quoi crier de joie ?

Dans les sacoches de son cheval il a mis ce qui est essentiel à sa vie : dans celle de gauche une pierre à encre, dans celle de droite un miroir, une paire de pinceaux, un bâton à encre, quatre carnets et un rouleau de papier pour son journal de bord. Pour lui qui ne parle pas le chinois mais l'écrit bien, l'écriture sera le moyen de converser et de se faire connaître comme érudit. Chez un marchand de soie, par exemple, où une petite foule s'est rassemblée autour de l'étranger, on lui demande de tracer quelques caractères. « Avec une encre épaisse et un pinceau soyeux, les traits ont surgi de façon magnifique. » Les spectateurs sont émerveillés, c'est à qui lui fournira du papier, il faut qu'il fasse un nouveau dessin, chacun veut le sien. Il trace un dragon noir, secoue son pinceau, les taches d'encre ressemblent à des nuages lourds, mais non, on dirait les gouttelettes d'eau d'une soudaine averse. De la méfiance envers le nouveau venu, on est passé à une admiration sans réserve.

Le voyage dure un mois environ, le plus souvent c'est quarante jours. Enjambons d'un grand pas les deux mois que Chusa passe en Chine, imaginons-le sur le chemin du retour, la saison a changé, nous sommes au printemps.

Parfois il tombe une pluie torrentielle, l'eau s'infiltre dans les tentes par le sommet, elle ruisselle sur le sol. Nulle part où se réfugier. Mais bientôt le ciel s'éclaircit et l'air est si pur qu'il a l'impression de pouvoir toucher du doigt les étoiles.

Parfois le brouillard se met de la partie, épais au point de bloquer le regard, soudain, à l'ouest, il s'éclaircit et un rai de lumière s'insinue « comme un soleil très fort par une petite fenêtre de verre ». Chaque jour il guette le lever du soleil et chaque jour il observe que le globe rouge est un peu différent au-dessus de la grande plaine de Liaodong. Il s'émerveille des effets de lumière et de la fantasmagorie qu'ils créent. Dans le ciel se forme comme un étang d'eau claire. « Une chose qui n'était ni haute ni basse, ni de la fumée ni du brouillard, encerclait les arbres et tournait, tournait, claire et brillante. » Le ciel est peu à peu envahi par ces radiations. Du spectre des couleurs, il reçoit de l'énergie.

Parfois aussi le rythme du voyage est ralenti par la difficulté à remonter le courant des fleuves. « Les nuits se traînent. Un coucou chante, un singe hurle. Les grues pleurent, les faucons rient. Telles sont les scènes qui se déroulent au-dessus de l'eau silencieuse, éclairée par la lune. Puis de lourds rochers se détachent des collines et tombent dans la rivière les uns contre les autres et le choc retentit tandis que frappe l'éclair. »

En chemin, il a l'occasion de vérifier la bonne utilisation des techniques les plus modernes : dans les champs, avec l'irrigation des terres, dans les villages, avec le tissage de la soie, sur les routes, avec l'usage de la roue – réellement ronde cette roue, pas comme en Corée –, sans compter le moulin à vent, l'extincteur à incendie, l'architecture des maisons…

Mais à la différence de ses maîtres, Pak Ji-won et Pak Je-ga, ce ne sont pas tant les techniques qui intéressent Chusa, l'intellectuel, pas tant la vie pratique que l'écriture et la recherche. Sous la direction de Pak Je-ga, il a étudié les différents styles de calligraphie et les Classiques chinois depuis les années d'avant notre ère jusqu'aux Qing. Nul doute, il a déjà entendu parler de « l'école des études critiques » qui va exercer une si grande influence. Dès le XVIIe siècle les historiens chinois, insatisfaits de recevoir de façon passive les textes classiques accompagnés des commentaires officiels de Zhu Xi, avaient exprimé la volonté de les relire dans un esprit critique, en mettant de côté la présentation moralisante pour retourner à l'authenticité de l'origine. Ils pratiquaient l'exégèse, prônaient des méthodes scientifiques, et on venait de Corée pour s'instruire de cette lecture neuve – et corriger l'Histoire.

À Beijing

Et voici qu'à Beijing il va rencontrer ses maîtres en ce domaine, découvrir la « recherche par les faits », c'est-à-dire l'interprétation qui se fonde sur la lettre des textes, telle que les Qing avaient commencé de la pratiquer. Mieux encore, il va se lier d'amitié avec eux. C'est un sommet de sa vie. Un jeune blanc-bec de vingt-quatre ans, fraîchement débarqué de Corée, royaume sous domination chinoise, rencontre ses maîtres, de grands esprits, des Chinois qui plus est, reconnus et célébrés, et voici qu'il entre en conversation avec eux, c'est incroyable, et qu'il révèle sa propre science – mieux : qu'il fait oublier la différence d'âge, de renommée, de pays, un fossé pourtant difficile à franchir. Il les impressionne et se fait apprécier d'eux. «Le premier du pays d'au-delà des mers (la Corée) touchant l'étude des classiques de la littérature», dira de lui Weng Fang-gang (1733-1818), alors âgé de soixante-quinze ans, célèbre calligraphe chinois et grand spécialiste d'épigraphie (qui sera l'une des passions de Chusa). Il devient leur ami, il le restera tout au long de sa vie. Le monde s'ouvre.

La rumeur court, la réputation de Wandang (c'est alors le nom qu'il préfère) est déjà établie. Qu'un Coréen soit reconnu par les maîtres chinois, placé par eux en tête des lettrés de leur pays, et cela si jeune, voilà qui ne va pas passer inaperçu dans sa terre d'origine dont la fierté est certes flattée. Il en tirera des honneurs et, comme il se doit, s'attirera beaucoup de jalousie, voire de la haine. Une haine agissante, efficace.

Sa rencontre avec Ruan Yuan (1764-1849) est déterminante. Pour Chusa elle ne peut être un simple hasard. Il y voit une marque du destin, une étape essentielle dans son existence. D'une certaine manière, malgré les tragédies passées (et celles à venir), ce destin existe dès lors, il le sait, tout va désormais s'enchaîner. Et tout part du voyage en Chine, des amitiés qu'il y noue, en particulier de sa relation avec Ruan Yuan.

Ruan a quarante-cinq ans, il est en pleine créativité. C'est un esprit encyclopédique, versé aussi bien en histoire de la peinture, en mathématiques, qu'en philosophie classique et épigraphie, qu'en histoire régionale… En 1820 il fondera « l'académie de l'Océan d'érudition » (selon l'appellation d'un célèbre exégète, qui convient tout aussi bien à Ruan). Pour l'instant, il achève la réédition du monumental ouvrage d'exégèse (des Han aux Song) sur les Treize Classiques, commentaires et sous-commentaires à l'appui : deux cent quarante-cinq volumes d'une œuvre considérée comme un trésor. Il les donne à Wandang, qui les emporte en Corée. Ruan prépare maintenant son grand livre de *Commentaires critiques des Classiques* (une compilation de la somme d'érudition critique des Qing sur les Classiques) qui paraîtra vingt ans plus tard, en 1829. Il l'envoie alors à Chusa. Le temps ni la distance n'ont eu raison de l'amitié. La passion de l'étude n'en finit pas de les lier, vingt ans durant, ils correspondent, ils échangent des idées. Des esprits amis.

Ruan a donc pour méthode de « ne rechercher le vrai que dans les *faits réels* ». C'est maintenant la règle de Wandang, et va le rester. Importe tout d'abord la connaissance objective du texte : le décaper de ses commentaires bavards, lui restituer le sens originel. Mais Ruan ne veut pas pour autant éliminer tout à fait l'apport que constitue l'interprétation des sages : après tout, ce qu'ils ont ajouté, c'est un reflet de leur expérience propre, quelque chose de vrai donc, et le rayonnement de ces textes au cours des âges, l'aura mystérieuse dont ils sont entourés, provient en partie de ces couches accumulées de temps et d'expérience.

Ruan a voulu concilier les deux dimensions, les harmoniser. Le texte dans sa précision sèche, la profondeur conférée par sa fréquente recréation. Il avait dans sa vision un peu de celle de Proust.

Sur le chemin du retour

Quand Kim Jeong-hui quitte la Chine, en 1810, un banquet est donné en son honneur. On y échange, littérature oblige, calligraphies et poèmes. Un peintre chinois est là, il en fait un tableau. On voit le mur d'enceinte, les pins qui ombragent la maison où il se tient assis, coiffé de son grand chapeau, en compagnie de ses amis qui lui portent un toast. La scène est joyeuse, tout ce monde s'amuse, on se promet qu'on va s'écrire, échanger des découvertes, des livres et des poèmes, et conserver une amitié si bien fondée.

Voici le poème que compose Wandang sur le chemin du retour. C'est allusif, symbolique, axé sur l'univers, comme il se doit. Si heureux que l'aient rendu voyage et amitiés, on en tire l'impression que le tourment n'est pas effacé – la tension entre l'immensité qu'il vise et l'étroitesse de la réalité qu'il voit.

« Je vois un champ à perte de vue devant moi / L'horizon est dérobé au regard / J'ai remarqué que la terre est vraiment ronde / La limite que j'observe semble être celle du ciel / Mais même ici je ne peux voir où le ciel se termine / Le soleil et la lune ne surgissent pas de la mer / Tout paraît s'élever et retomber à partir de la terre / Une falaise pousse comme une tête de champignon / Comment un champ si vaste peut-il se placer en cet endroit ? / J'emprunte l'ancienne route / La voie de la vie me semble tellement étroite[1]. »

Étroite, sans doute, la route de la vie, elle le conduit pourtant en ligne droite à la reconnaissance qu'il souhaite. Mais à ce moment il n'est pas prisonnier du personnage qu'il va bientôt devenir, pas dupe de son importance – le sera-t-il jamais d'ailleurs ? Ses titres en tout cas ne lui importent pas. Mais peut-être le désir d'être le premier dans le domaine du savoir, le sien, et de marquer l'Histoire, d'y inscrire ses dons remarquables et l'activité incessante de son esprit ?

Voici ce qui pourrait le faire croire. Un écriteau qu'il afficha lui-même : il se flatte d'être le meilleur esprit au monde au cours de trois mille ans d'histoire. En fait il s'agit d'une allusion (les mots utilisés sont les mêmes) à une plaque toute semblable écrite en l'honneur de trois érudits chinois qui vécurent au XVIIe siècle, trois personnages qu'on tenait pour les plus grands intellectuels à la

---

1. Les extraits de lettres et de poèmes de Kim Jeong-hui proviennent de *Biographie critique de Wandang* (en coréen), de Yu Hong-jun, traduction par Kim Soobin et Christine Fordis, éd. Haggojae, 2002.

fin de la dynastie Ming et au début des Qing. Les uns et les autres avaient recherché la vérité à partir des faits. Wandang voulait-il exprimer son souhait de s'inscrire dans cette lignée, d'aller plus loin encore dans la méthode employée (on ne mentionne dans leur cas que cinq cents ans d'histoire, alors que Wandang s'en accorde trois mille) ? Vantardise, plaisanterie, ambition réelle, pari qu'on se fait à soi-même ? Notons cependant que l'étendue de terre où il jouit de cette célébrité est inférieure dans son cas à celle mentionnée pour les trois sages.

Pour l'heure, sur le chemin du retour, il regarde la scène sur laquelle il s'est engagé, il la juge, il la trouve « étroite ».

En Corée, de nouveau

De retour chez lui, des liens, multiples, variés, se tissent entre Chine et Corée. Tout un courant d'échanges jusque-là inconnu, difficile à pratiquer à l'époque. Wandang est actif, à lui seul, a-t-on pu dire de son vivant, il relie deux pays, deux communautés. Le premier, il établit pour les joindre une large route à double voie, une circulation continue qui a lieu dans les deux sens, informations et découvertes sont diffusées, tant dans les arts que les sciences, les connaissances nouvelles ne sont plus l'apanage de la Chine, elles arrivent en Corée, essaiment et repartent, commentaires à l'appui. Il écrit, envoie des présents, en reçoit. Mieux : il commence à propager en Corée les méthodes d'investigation scientifique découvertes auprès de ses amis chinois. S'étant bientôt fait des disciples, c'est eux qu'il envoie maintenant faire leur grand tour en Chine, eux qu'il charge de transmettre sa pensée à ses amis, rencontres et présents, des calligraphies sont apportées, des tableaux, des produits spécifiquement coréens, le ginseng par exemple…

Il reçoit un portrait de Weng Shu-kun, un ami qu'il chérit. Décrivant le tableau qui représente l'ami généreux, il lui écrit : « Il agit de façon droite, il a également du courage / Il est solide comme le roc, en outre il a en lui de la douceur / Votre portrait est arrivé chez moi… »

La Chine pourrait bloquer l'horizon, eh bien non, c'est la Corée qu'on va maintenant découvrir, à commencer par son histoire. Wandang s'y emploie. Il s'agit non plus d'admirer, de rêver, de mythifier, mais de s'emparer de la réalité la plus proche, la mettant au jour. Les stèles, les vieux monuments, plus ou moins oubliés, en ruine pour la plupart, recèlent, avec leurs longues inscriptions gravées relatant les hauts faits des rois anciens, une vérité historique qu'il va s'efforcer de déchiffrer. Il se rend sur le terrain pour appliquer sa science toute neuve, part à la recherche des monuments élevés à Pukhasan, au nord de Séoul, en l'honneur du roi de Silla, Jinheung, qui avait considérablement étendu le territoire, il retrouve l'un d'eux, étudie les inscriptions difficilement lisibles, un véritable exploit, la même année, en 1817, il se rend dans l'ancienne capitale de ce royaume, y effectue des fouilles, rencontre là encore un plein succès.

C'est une véritable révolution : les méthodes coréennes traditionnelles sont abandonnées, on va étudier l'histoire de la Corée muni des plus récentes techniques de recherche. Le renom de Wandang se répand, il n'a même pas trente ans.

« Il convient de chercher la vérité uniquement en s'appuyant sur les faits réels. Il n'est pas correct de présenter des discours vides en se cachant derrière des positions erronées », écrit-il dans une étude sur la question.

Et ce théoricien prend pour comparaison un palais dont la grande salle est le but à atteindre (c'est le « Tao des sages »). « Le maître réside toujours dans la grande salle et sans en trouver le vestibule on ne peut y entrer. Eh bien les interprétations exégétiques sont ce vestibule. » C'est évident, on ne peut rester éternellement affairé dans cette première pièce, si nécessaire soit ce passage, ou alors on ne gagnera jamais le temple. L'exégèse ne sert qu'à avancer vers la grande salle sans commettre d'erreurs. Demeurer dans le vestibule, comme un valet, serait aussi néfaste que de viser d'emblée des lieux transcendants, mystérieux et lointains : dans ce dernier cas on foule le vide, on remue des pensées creuses, on confond l'ombre et la lumière, on est livré à ses propres interprétations, et on ne peut rien voir vraiment. Il faut marcher sur un sol solide, c'est-à-dire « vrai », pour avancer.

Puis il s'attaque à ceux qui se battent les uns contre les autres pour défendre une théorie échafaudée dans le vide – arguties sans fin, débats mesquins qui ne mènent à rien et que pratiquent volontiers ses compagnons, les lettrés néoconfucéens, soucieux à travers ces discussions d'affirmer leur pouvoir. « On ne pourra distinguer ce qui est juste de ce qui est faux, et l'on perdra complètement de vue la signification essentielle.» L'important étant bien sûr de progresser dans la recherche de la vérité « en s'appuyant sur des faits réels », sur la lettre des textes.

Réécrire l'Histoire

Il est devenu un maître dans l'école des faits réels – la « recherche de ce qui est correct, vrai » – qui est entrée en lutte contre l'orthodoxie d'État rigide et conservatrice, fondée sur l'autorité des commentaires. Telle est maintenant sa spécialité reconnue, telle est aussi l'originalité qui le rend inclassable. Car ce n'est pas dans les domaines de l'économie ou de la science, ni du progrès technique, qu'il pratique l'approche pragmatique adoptée par ses prédécesseurs, Pak Ji-won et Pak Je-ga, mais dans celui des textes anciens et de l'épigraphie, devenue pour un temps sa passion dominante. Il réécrit l'Histoire. Il veut étudier, dit-il, de façon « ample » et « sincère », il balaie petitesses et dissensions, néglige clans, querelles, frontières, oublie les différences entre Zhu Xi ou les frères Cheng et Wang Yang-ming qui ont agité des générations de penseurs et, notamment, son ami Tasan… Et il applique sur son mur une citation provenant d'une lettre de son maître chinois, le calligraphe Weng Fang-gang : « Éclaircir les faits, nous le pouvons par le livre. Éclaircir la raison, nous le pouvons par l'esprit. On examine l'ancien pour comprendre le nouveau. Alors la montagne est haute et la mer profonde. »

Ni haute ni profonde s'il s'arrêtait là. Il a la passion de savoir. Et la volonté d'établir sa propre méthode. Aussi n'hésite-t-il pas à contester ses maîtres. Tout examiner, tout embrasser, tout rapprocher – et établir des analogies. Il va dépasser les frontières, s'adresser à l'Asie entière, aux publications du Japon comme à celles de la Chine, la littérature, la poésie, les Classiques, leur évolution dans le temps, une mode ou un style en remplaçant un autre... C'est dans cette perspective indéfiniment ouverte qu'il avance. Il lit, observe, discerne, compare, relie, critique, approuve – comprend. Une curiosité sans limite. Et la volonté très précise d'éviter les limites, justement, pour aller le plus loin possible, au plus vrai possible[1].

L'art et la vérité

Bientôt, son jugement, comme un couteau, tranchera, catégorique. Il sait. Il est allé à Beijing. Il a rencontré les

1. Si bien qu'aujourd'hui à l'université, où l'on s'est plaint d'une certaine sclérose – serait-elle inhérente à cette institution ? –, on le cite en exemple. Un colloque-anniversaire a eu lieu sur son œuvre. Il est devenu un modèle. Celui, justement, qui, franchissant les limites posées par les spécialités, a su ouvrir et combiner les champs du savoir. Établir des liens, découvrir rapports et points communs, franchir et rassembler – voir large, une question de vision, en effet.

sages chinois. Il a lu les textes, il en a discuté avec eux. D'autres, qui n'ont pas fait le voyage en Chine, émettent sur les Classiques un avis d'après lui moins bien fondé. Il s'insurge : « selon moi, qui ai pu voir les choses sur place, écrit-il, c'est faux ». C'est faux, tout simplement. Inutile de dire que les chercheurs concernés ne lui pardonnent pas un avantage (le voyage en Chine qu'ils n'ont pas fait) dont ils font en outre les frais.

Il est sans pitié : la pitié n'a rien à faire avec l'art ou la vérité. Lui, il sert l'art, la vérité des textes et celle de l'art. Quand dessin ou calligraphie lui semblent n'être qu'imitation, un tracé habile et séduisant vide d'esprit, il les refuse, et il le proclame haut et fort. Il recommande à ses disciples de ne pas suivre cette voie-là. S'ils ne veulent pas avoir l'esprit perturbé, qu'ils évitent de regarder de telles croûtes, elles agitent le trait en surface – et n'atteignent rien que la surface.

Dans ses lettres il donne des exemples, des noms, cela se répète, cela se sait, la rumeur court, des réputations sont atteintes, il se fait des ennemis : aujourd'hui encore lui reste une réputation d'arrogance. Si, commettant un anachronisme, on le considère avec les yeux actuels que le seul mot « élitisme » fait voir trouble, alors il a en effet tout contre lui : la naissance, les privilèges qui lui sont liés, le pouvoir, la puissance familiale qui le renforce, le savoir, l'usage qu'il fait de ce savoir – il est un maître, il a des élèves –, enfin l'assurance que lui donnent une force et une ambition intellectuelles peu communes. Oublions donc un instant nos façons de penser. Nous sommes au XIXe siècle, dans une société foncièrement inégalitaire, et la notion de mérite y revêt une signification toute différente de celle qu'elle a pour nous.

On ne manque pas non plus de l'accuser d'avoir pris l'art, la perfection atteinte dans l'art, comme seul critère de jugement, et d'avoir décerné ses appréciations sans ménagement. Vous êtes le meilleur, vous n'êtes qu'une pâle copie. Une flèche mortelle.

Pourtant, quand on emploie les mots « art », ou « esprit », il ne s'agit pas ici seulement d'habileté, ni d'intelligence, ni de puissance intellectuelle, sens auxquels nous aurions tendance à nous limiter. C'est quelque chose de bien plus vaste qui est impliqué : c'est toute une démarche intérieure, la préparation à l'acte de peindre, et c'est sur ce *tout* de l'homme, *tel que l'art le traduit*, que porte le jugement de Chusa.

« Dessiner une orchidée ou tracer des caractères, c'est la même chose… Il ne faut pas utiliser la technique du dessin à la manière de Joo Hee-loeng. Lui n'a pas employé la bonne méthode, bien que j'aie tenté de la lui enseigner. Ce qui signifie que lui a manqué l'apprentissage de l'esprit-cœur. » La technique de ce disciple de Chusa était excellente et ses orchidées ressemblaient à s'y méprendre à celles du maître, mais, selon Chusa, manquait l'essentiel, qui est la vie, le souffle transmis – et la transparence voulue pour en être traversé.

Le seul critère est donc l'art : ni la position sociale, ni le statut, ni l'importance, ni le pouvoir, il les ignore, ce qui était rare, voire exceptionnel à l'époque (et l'est peut-être aujourd'hui). Il ignore le tissage minutieux des relations auquel on se livre dans le but de se placer ou se hisser, le choix judicieux des amitiés, la lente ascension au long de l'échelle, un barreau après l'autre, les chutes et les reprises, l'âpreté de l'effort, la volonté tendue vers un but unique, l'obsession d'« arriver ». Lui se moque des barreaux, des barrières, celles de statut autant que des autres, il va vers les esprits amis, où qu'ils se situent, dans la classe moyenne (*jungin*), peintres professionnels, interprètes, médecins…, ou dans la plus basse (*cheomin*), à laquelle appartiennent les moines.

Et dans l'art, selon lui, que ce soit peinture ou poésie, la base véritable n'est pas la technique, mais le souffle, ou l'imagination, ou l'inspiration. Et cela – le souffle – appartient à tout être vivant, hors considération de catégorie. Ces cases, ces étiquettes qui vous réduisent et vous emprisonnent sont en réalité artificielles et négligeables, il a pu le constater : son maître si respecté, Pak Je-ga, étant un enfant illégitime fut, en tant que tel, écarté du pouvoir. Or il existait une véritable discrimination entre yangban et jungin (c'est-à-dire un gouffre entre Chusa et Pak Je-ga). L'idée que ni la peinture ni la poésie ne peuvent être jugées en tenant compte de telles différences, mais qu'elles ont pour fondement le souffle-esprit, et que c'est à partir de cet essentiel qu'il faut juger du reste, cette idée était neuve, elle instaurait une forme d'égalité entre les hommes, elle convenait aux jungin qui l'accueillirent avec enthousiasme.

Arrogant peut-être. Conformiste, étroit d'esprit, respectueux d'une hiérarchie – sûrement pas.

Tout juste peut-on dire que, dans sa jeunesse triomphante, ayant atteint à force de travail une forme de certitude et connaissant à fond le pouvoir de son esprit, il l'utilisa sans réserve. Impatient, irrité par l'erreur, désireux d'imposer la vérité telle qu'il la conçoit. Mais d'attitude il va changer, étant un jour privé de tout, et ce changement aussi, cette humilité tardive, on se plaît de nos jours à la souligner.

Au pouvoir : l'ascension

Kim vient d'être reçu haut la main au concours final de recrutement des fonctionnaires (*gwageo*), il entre au service du roi, une carrière prometteuse s'ouvre devant lui, sa vie paisible va changer. Nous sommes en 1819, il a trente-quatre ans. Vingt ans durant, malgré une brève interruption, il se rendra au palais, auprès des princes, il va peu à peu monter dans la hiérarchie.

Le jour de l'épreuve, il a, dans le jardin secret – une oasis de verdure et de bassins paisibles à petite distance de l'agitation de la cour –, rejoint le pavillon où sous l'œil vigilant du roi se déroulent les examens. Sur les bords de l'étang aux lotus, dans le cercle abrité des grands arbres, il a parmi beaucoup d'autres candidats montré sa connaissance des Classiques chinois. Elle est grande, grand aussi son sang-froid. Puis il a franchi le dernier obstacle, passé la porte d'un monde nouveau, et ce monde s'ouvre maintenant à perte de vue devant lui : celui du pouvoir. Celui du danger aussi. Il ne peut ignorer l'histoire horrible, longtemps tenue secrète, du prince héritier Sado, le fils du roi Yeongjo, ce même roi qui a veillé à la fortune de son aïeul et dont il est un descendant. Un roi juste, disait-on, un roi admiré, loué pour son impartialité dans la lutte contre les factions, attentif à l'équilibre entre les partis au pouvoir, cruel au besoin, il le fallait : pour la démonstration de force. Ainsi s'intéressa-t-il de près à la description des « tortures de sept mois » infligées aux responsables d'une lettre critiquant le souverain – bref, c'était l'image même d'un roi fort, en outre immensément cultivé, amateur passionné de calligraphie et de poésie.

Au Musée national, je regarde les traits fins, arrondis, réguliers, tracés par son pinceau sur le papier : son écriture et son poème, élégance et douceur. Je regarde, à côté, son portrait en somptueuse robe rouge et haut chapeau noir, les lèvres pincées, le regard impitoyable, sagesse et dureté (ce qui ne l'empêche pas, à soixante-six ans, un âge avancé pour l'époque, de mettre la main sur une jeunesse de quinze ans et, pour en disposer à sa guise, de la faire reine).

« Aucun autre roi dans les générations précédentes ne peut lui être comparé » (écrit comme il se doit sa belle-fille). Il est sujet sans doute à des bizarreries, à des accès de colère, livré aux extrêmes de l'amour et de la haine, mais qui sait, la décision de faire tuer son fils, le prince Sado – et de quelle cruelle façon –, fut peut-être dûment soupesée, longuement agitée avec ses conseillers.

Une boîte à grains pour cercueil

L'épouse du malheureux Sado, Lady Hong, après avoir assisté au meurtre de son mari en compagnie de leur jeune fils, fut honteusement renvoyée dans ses foyers. Dans ses *Mémoires*[1], elle a raconté l'histoire. Un document rare : à cette époque de la dynastie Joseon les femmes ne livraient pas leurs états d'âme, pas même au papier, n'ayant la plupart du temps appris ni à lire ni à écrire. Ce journal, écrit, abandonné, repris cinq fois, c'est dire son hésitation, s'intitule *Hangjungnok*, soit « Rapport écrit dans les moments de loisir », ou encore, ce qui est plus significatif, *Euphyeollock*, « Rapport des larmes de sang ». Il est rédigé en hangeul dans une belle petite écriture régulière et ronde, alignée, obéissante, aucun signe intempestif pour déborder la ligne.

On l'avait mariée à dix ans (en 1745) au prince Sado, puis placée à la cour où la première règle pour les femmes était la soumission. Là elle fut instruite (endoctrinée serait plus exact) des vertus qu'elle devait cultiver : la soumission, rien d'autre. Sa vie familiale l'y avait préparée. Elle raconte que sa grand-mère était une femme « intelligente et vertueuse », bien sûr, mais voici l'essentiel : elle « traitait son mari avec tout le respect dû

1. *Mémoires d'une reine de Corée (1735-1815)*, traduit par Claude Bouygues, Picquier, 1996.

à un hôte important». Sa mère, pourtant mariée au fils aîné d'une famille puissante, «n'avait pas même un vêtement de soie dans sa garde-robe, peu de bijoux, un seul vêtement pour chaque saison», qu'elle lavait elle-même la nuit, discrètement, quand il était trop sale. «Elle était frugale, ordonnée, disciplinée.» Malgré sa fermeté sur les principes, elle se montrait en général placide, n'étant remuée de façon excessive ni par la joie ni par la colère. Voilà donc le portrait de la femme parfaite selon l'idéal confucéen. Au fond, un modèle de sagesse (on pense à la phrase de Boileau : «La sagesse? Une égalité d'âme que rien ne peut troubler, qu'aucun désir n'enflamme»). La pauvre princesse, soumise au palais à des contraintes autrement plus dures, s'efforça de s'y conformer. «Les règles suivies à la cour sont si strictes, écrit-elle, et l'étiquette royale si imposante qu'on n'y a pas le moindre respect pour la personne.»

Quant au prince Sado, il avait, comme il se doit, du respect envers le roi son père, qui lui ne l'aimait pas, lui préférant sa sœur. Et, comme il se doit, de la dévotion envers sa mère. Laquelle, après qu'il fut nommé prince héritier, à quinze ans, le traita avec tant de rigueur qu'il en vint à ressentir de la terreur en sa présence – une peur larvée, continuelle, et le sentiment de son insuffisance : jamais il ne pourrait les satisfaire, le roi son père, sa mère la favorite. Et le roi, sous prétexte de l'aguerrir, mais peut-être simplement pour le brimer, lui délégua son rôle à la justice, le forçant à assister au supplice des criminels interrogés. Le prince avait manifesté les premiers signes d'une maladie mentale qui alla s'aggravant, ce n'est pas étonnant. Les brimades augmentaient, et les persécutions sous l'effet d'une haine insidieuse, et les infractions du prince se multipliaient, bientôt des crimes, le palais bruissait de ces méfaits. Si bien que le roi son père prit finalement la décision de le faire mettre à mort.

Un jour Lady Hong entend des éclats de voix inhabituels produits par la colère la plus violente. Son envoyé lui raconte alors que le prince, prosterné devant le roi, est dépouillé du manteau royal. Pressentant une catastrophe, elle fait chercher son fils et tous deux restent enlacés, cloués sur place par la terreur. « À quatre heures environ, on apprit qu'un eunuque était venu chercher en cuisine une grande boîte à riz », requête difficile à interpréter et qui les plonge dans la plus vive agitation. L'enfant, lui, a deviné la suite, il se précipite vers le roi en le suppliant d'épargner son père. La réponse qu'il reçoit : « Va-t'en. » On s'attend à la suite, l'histoire ne faiblit pas dans l'horreur. La princesse saisit une épée, elle essaie de s'en transpercer, on l'en empêche et elle doit quitter les lieux. « Tout ce que j'entendais c'étaient les coups que donnait le roi contre le sol avec son épée et le prince qui disait : "Père, père, pas cela, je vous en prie." » Rien n'y fait. Le prince est enfermé dans la boîte à riz, un simple casier noir en bois épais, plus exigu que les cages de fer où Louis XI retenait ses prisonniers, et sans une ouverture par où respirer.

Le 6 juillet la princesse apprend que le roi est « retourné au palais, laissant la boîte à grains étroitement fermée, enterrée sous une épaisse couche d'herbe ». Dans la nuit du 11 juillet, on lui annonce enfin que c'est fini. « Quand je pense qu'il devait être sur le point de mourir au moment où éclata l'orage (il craignait la foudre), je ne peux imaginer la souffrance d'une telle mort et tout mon corps est tenaillé de ressentiment. »

Et voici donc la fin de l'histoire. Tout du moins les cris du prince furent-ils étouffés.

Bien sûr on donna raison au roi : la soumission doit être absolue, aucune réserve n'est possible. Sa colère n'étant pas apaisée, pas tout à fait, malgré l'ignominie de cette mise à mort, celle de son fils, il fit assassiner les proches du prince et ceux qui l'avaient servi, l'eunuque, les gardes du palais, les ouvriers et les chamans, épargnant seulement la princesse, sa femme. Laquelle se montra reconnaissante de cette bonté : ni elle ni son fils ne seraient donc sacrifiés. Quant à la mise à mort des serviteurs, elle ne put que l'approuver, c'était en effet la coutume. « Je n'oserais pas la critiquer », écrit-elle.

Mais il existe une tout autre version de cette tragédie, plus politique, et plus vraisemblable.

En ce temps-là, la cour était déjà divisée en factions. S'opposaient les Noron (les Anciens, disons, pour simplifier, des intégristes) et les Soron (les Modernes, qui voulaient un progrès, des réformes). Le jeune prince Sado aurait prêté une oreille complaisante à ces derniers.

Ce que les Noron, proches du roi, voyaient d'un fort mauvais œil. Et si, à la mort de Yeongjo, Sado accédant alors au trône, leur clan venait à s'effondrer ? Et si leur pouvoir venait à s'émousser ? Il fallait absolument empêcher une telle catastrophe et convaincre le roi qu'il était en danger. Ils s'y employèrent, avec le succès qu'on sait. Mais à propos de l'assassinat de Sado, les Noron s'étaient eux-mêmes divisés en deux sous-factions : les Sipa, qui voulaient la clémence, les Byeokpa, qui voulaient sa mort.

Or le père de Lady Hong était un Byeokpa, partisan de la ligne dure et proche ami du roi. Il aurait placé sa fille auprès de Sado pour mieux le surveiller : quelle meilleure position que celle d'épouse pour espionner et rendre des comptes ?

Il y a donc un mystère Lady Hong. Fut-elle une victime, ballottée par les événements, incapable d'y rien changer, obligée de se soumettre ? C'est probable – instrumentalisée, jouée, flouée, c'était l'habitude. Moins banale, la question se pose : était-ce une épouse, sage et malheureuse, qui aimait sincèrement son mari, comme le donne à penser son journal intime ? Ou, comme le croient certains, une femme ambitieuse et froide, qui servit les ambitions familiales, les faisant passer avant son rôle d'épouse, et répandit à la cour les rumeurs sur la folie de Sado, contribuant ainsi à sa mort ?

Le mari, ou le père ? auquel va l'amour le plus fort ? auquel la fidélité ? Un thème pour un roman freudien.

Malheureuse en tout cas, victime de toute façon, et traître par la force de volontés qui n'étaient pas la sienne : à son époux ou à sa famille.

L'enfant qui avait assisté au supplice de son père devint roi en 1776, sous le nom de Jeongjo. Un roi éclairé, ennemi des luttes de palais – et pour cause –, enclin à la tolérance, qui voulut réhabiliter la mémoire de son père sans pour autant condamner à mort ses ennemis. Il fallait mettre fin à la division des clans. Il sut discerner le génie de Tasan et le protégea contre les intrigues au long de son règne, trop tôt achevé. Tasan paya le prix de sa mort – par l'exil.

Au palais

C'est quelques années après cette fin que Kim Jeong-hui arrive au pouvoir, en 1819. Un autre monarque gouverne alors la Corée : le roi Sunjo (1800-1834).

Nous pénétrons dans le palais à la suite de Kim Jeong-hui. Le portail d'entrée en est imposant, c'est un pavillon à deux étages et deux toitures superposées, précédé d'une terrasse avec sa rangée de piliers ronds qui ferment résolument l'interminable mur d'enceinte et protègent l'ensemble des bâtiments. Lequel est si vaste, et le parc si étendu que le touriste fatigué renoncerait pour un peu à suivre le ministre des princes dans les complexes circuits quotidiens qui le mènent des pavillons au jardin.

Nous entrons à présent dans une vaste cour pavée. Une allée la traverse, montant en douceur vers une double terrasse que couronne une volée de marches. Devant nous s'impose, écrasant de grandeur et de magnificence, affirmation d'un pouvoir absolu, n'étaient la beauté des proportions et l'envolée des toits, isolé sur le fond vide du ciel et nous dominant de son immensité : le pavillon du trône. Le double toit n'est qu'une feinte propre à rehausser la puissance du souverain et à impressionner ses sujets, car l'intérieur est constitué d'une seule haute pièce dont le plafond s'élève jusqu'aux étoiles. Celles qui ornent les caissons surplombant le dais et le trône royal, une construction majestueuse, posée sur un large piédestal, à laquelle on accède par un escalier raide ; alors, il ne voyait plus, au-dessus de lui, que la somptueuse ornementation et, au-dessous, les têtes courbées de ses sujets. C'est là qu'avaient lieu, entre autres occasions d'importance, le couronnement d'un nouveau roi et la réception des envoyés étrangers. La routine, les discussions entre ministres, les assemblées ordinaires se tenaient dans un bâtiment plus modeste (le bureau du roi, Seonjeongjeon), on s'y retrouvait entre initiés chaque matin et on y débattait des questions du jour. J'adresse une pensée à Kim Jeong-hui qui, parmi les fonctionnaires de haut rang, marchait, concentré, au long de la colonnade pour atteindre la salle au toit bleu.

Cependant cet entre-soi incluait encore beaucoup de monde, et puis le roi aimait à se tenir dans ses appartements à lui, qui n'étaient pas si loin de là. C'est donc sa chambre à coucher, un peu transformée pour les besoins de la cause, qui devint le lieu de travail et de réunion, le centre de la vie au palais, le pouls des affaires du royaume. C'était un bâtiment élégant, me dit-on, perché sur ses colonnes de pierre, avec un bassin d'eau dans la cour pour se délasser les yeux et reposer l'esprit. Il a été détruit par un incendie durant la première guerre et reconstruit de manière entièrement différente. Si nous nous arrêtons devant lui, c'est que le prince héritier Hyomyeong (1809-1830) y est mort. Et que Chusa lui-même fut chargé de faire de ce prince un « homme de bien ».

Les « Arts nobles »

En 1819, ayant réussi son examen, il fait donc son entrée à la cour. On le nomme au bureau chargé de l'éducation des princes. Il y occupe tout d'abord un emploi temporaire (*gwonji*), mais rapidement il prend du galon et se hisse au niveau suprême, celui de *seolseo*, il n'y en a qu'un, le voilà responsable de l'enseignement par excellence : histoire, morale, doctrine confucéenne. Tout concorde : un prince de dix ans, proclamé cette année-là prince héritier, accueille le fonctionnaire débutant. Un tableau dont une brochure montre une reproduction minuscule représente l'enfant lors de la cérémonie d'investiture à l'académie confucéenne. Comme une comparution en justice : c'est écrasant, de quoi vous mettre en tête à tout jamais (surtout si l'on n'a que dix ans) la grandeur du rôle et de la mission dévolus.

Désormais, trois fois par jour, il va écouter attentivement son mentor et étudier les Classiques sous sa direction éclairée. Quand il n'étudie pas, il monte à cheval et pratique le tir à l'arc, l'un des arts nobles. Très important le tir à l'arc, on s'y exerce dès l'enfance, comme à la calligraphie : concentration, contrôle de soi, précision du geste, justesse du tir, atteindre son but. Le roi Yeongjo est maître du tir à l'arc, il n'a jamais manqué sa cible, même à l'âge de soixante-dix ans, un exploit qui relègue totalement dans l'ombre le meurtre de son fils. Son petit-fils, le roi Jeongjo, dûment traumatisé, lui, par cet événement, n'en sera pas moins un maître en cet art, manquant pourtant une fois, une seule, sa cible, et les annales rendent compte de cette défaillance. Il encourage les lettrés-fonctionnaires à bien viser, tirer, mettre dans le mille, réussir chaque tir, surveillant leurs performances dans son camp militaire. Comme son ami Tasan se montre plutôt maladroit – il vise mal, s'il pense juste –, il le condamne à rester emprisonné jusqu'à une pleine réussite. Et Tasan, après dix jours d'entraînement intensif, atteint enfin la cible et peut sortir de sa cellule. Être un intellectuel exige quelques dons et comporte des risques.

On était roi ou prince, maître du tir à l'arc et excellent calligraphe, forcément. Forcément puisque les deux exercices étaient liés. Le Musée national, qui possède une magnifique collection de calligraphies royales, s'est attaché à montrer la précocité des rois en la matière. Sous mes yeux, une calligraphie du roi Sunjo à six ans : quelques taches tombées du pinceau, une belle assurance pour le reste. Une autre du roi Cheoljong, le « roi idiot », fraîchement débarqué de sa campagne et considéré comme un benêt ignorant (très mauvaise note, le manque de culture). Je vois pourtant une belle calligraphie, un peu lourde, un peu appuyée sans doute, mais… était-il vraiment si ignare que ça ? pauvre peut-être, provincial en sus, n'empêche qu'à quatre ans, si l'on en croit les annales de la dynastie, il empoignait déjà les Classiques dans l'espoir de se mesurer à eux. Du prince Ikjong (Hyomyeong, l'élève de Chusa), à huit ans, une page consciencieuse, appliquée, avec pleins et déliés, des traits fins et d'autres plus épais ; il voulait devenir un sage confucéen, un monarque savant, comme les rois Sejong et Jeongjo, aussi lisait-il nuit et jour et Kim Jeong-hui avait en lui l'élève rêvé, nul besoin de titiller un intérêt absent, le petit roi redemandait des leçons, toujours plus, et du savoir. Un peu pédant peut-être ? Mais après tout, la culture, cela se montrait : à onze ans, pénétré de l'esprit des sages chinois Yao et Shun, il calligraphie un passage du chapitre VI des *Entretiens* de

Confucius : « L'homme sage est joyeux, l'homme bon vit longtemps. » À méditer.

On peut s'amuser à considérer les rois selon leur calligraphie : sérieuse et appliquée, voire laborieuse, élégante et assurée, ou régulière et obéissante (en général, celle des femmes), ou hardie et raffinée à la fois, comme celle de Jeongjo, le fils du roi assassiné, il avait tout lu, c'était un érudit, et sa calligraphie en écriture semi-cursive est une merveille d'audace et de finesse. Je ne vois pour lui être comparée que l'écriture d'herbe (cursive) du roi Hyojong, ex-prince Bonglim, qui court au long des feuilles étroites d'un paravent, griffures et traits d'encre plus que lettres, abstraction des signes où l'on peut voir insectes et plantes, serpentins de fête, vrilles de la vigne, points d'interrogation ou hippocampes, jets d'une affirmation péremptoire, caprices et bizarreries : l'écriture en liberté, pour la beauté – le sens est la beauté.

Vers le jardin secret

On a décrit le prince Hyomyeong comme un lecteur avide, hautement intelligent et doué pour le pouvoir : il a le souci d'innover, l'aptitude à prendre des décisions et la volonté de les mettre en pratique, les siennes seront suivies d'effet.

Dans l'enceinte du palais, nous partons maintenant à la recherche de sa résidence. Nous longeons des murs, des portes closes, des panneaux coulissants qui ouvrent sur des visions de paradis, fleurs, tourelles et colonnades, entrons dans des cours vides, bâtisses à un étage, tout de blanc et de brun vêtues, chaleur du bois, fraîcheur du blanc, elles sont montées sur leurs pilotis et longées de *maru* où nous nous effondrons pour un peu de repos et l'examen du plan. Nous sommes dans le Seongjeonggak, le bureau du prince, qui a une particularité architecturale, c'est qu'il est composé de deux bâtiments enchâssés et reliés à angle droit. Se tenait-il dans cette tour aux volets grillagés de vert, dont le toit, comme des ailes qui se déploient largement, semble annoncer le prochain envol, ou, quand il faisait beau, assis en lotus sur le petit balcon de bois pour y lire les Classiques en compagnie de Chusa ? On apprend que nombre des maisons de ce vaste ensemble ont été détruites, la résidence du prince était spacieuse, n'en reste qu'une petite partie, mais un merveilleux pavillon se dresse non loin de là et nous surplombe, une tour ornée et secrète dont le toit hexagonal s'ouvre comme une fleur, elle se nomme Samsamwa et laisse imaginer l'ancienne splendeur des lieux. On y entreposait des livres comme dans les deux autres bâtiments qui subsistent, autrefois joints par une suite de couloirs, aujourd'hui obstinément cadenassés, refermés sur leur mystère.

Le jeune prince, soucieux d'établir sa réputation et d'honorer le roi son père, fit élever en 1827 un nouvel édifice dans le parc. Il est construit sur le modèle des demeures de l'aristocratie, le quartier des femmes étant séparé de celui des hommes, pourtant relié à l'intérieur par des couloirs et passages réservés. Aujourd'hui, une guide en robe coréenne traditionnelle, longue jupe rouge ballonnante et courte veste blanche, coiffée d'un grand chapeau souple, semble, de l'escalier où elle est perchée, distribuer d'un geste large les graines de son savoir aux dizaines de touristes qui accourent et se pressent à ses pieds. Elle leur décrit la maison noble où ils vont pénétrer et – chose incroyable – la division des lieux entre hommes et femmes. Ils sont là, les touristes, assis sur le *maru* en rangs serrés tels des volatiles sur leur perchoir, méditant sur un siècle où ils ont eu la chance de ne pas naître. Le prince venait habiter dans cet endroit et alors, il s'habillait, mangeait et agissait en tous points comme ses sujets, les hauts fonctionnaires, les érudits, qui tenaient les rênes du pouvoir, et ainsi il avait une idée de la façon dont se déroulait leur existence quotidienne. Lui manquait encore l'expérience de la vie des paysans dans leur masure, telle que l'a décrite Tasan, c'est vrai. Mais l'idée n'est pas mauvaise, que les dirigeants, quittant un moment leurs privilèges et leurs dorures, leurs voitures, leur chauffeur, leurs sirènes, leur tintouin, leur importance – tout ce faste et ce tapage abusifs –, partagent la vie et les lieux des gens ordinaires, métro, attente, ras-le-bol, et le retour, le soir, dans un trois-pièces exigu et non dans les trois cents mètres carrés de fonction payés par le contribuable.

Nous pénétrons maintenant dans le jardin secret. Qui est en fait un parc immense fait de jardins intimes et d'autres plus grandioses, de niches, de recoins, d'étangs, de pièces d'eau, de rivières, de forêts, de bosquets, de rocs et de haies et de pavillons petits et grands, coiffés de leurs toits changeants, avec ou sans chaume, un toit en forme d'épervier, un autre en forme d'éventail, un autre à deux étages dont les bords sont légèrement relevés, comme pour un envol. On venait y méditer, réfléchir, lire et converser, composer des poèmes, en échanger, ainsi que des calligraphies. L'artifice, nous dit-on, n'a pas été utilisé pour modifier le relief, ou très peu ; rien à voir avec les parcs anglais conçus pour exprimer des états d'âme, ni les jardins à la française, réglés, rythmés, contrôlés, la nature mise au pas. Ici on s'est arrangé des accidents de la topographie, de ses détours naturels, pour y installer ces abris minuscules d'où l'on peut, en pivotant sur soi-même, contempler le paysage dans toutes les directions. Le roi y donnait des réceptions ; entre deux poèmes, on jetait les gobelets de vin dans la rivière et le courant les emportait, on les regardait s'éloignant, des pensées vous venaient sur la fugacité du moment et la beauté des poèmes composés.

C'est l'étang de Buyongji que je préfère, celui que surplombe la grande bibliothèque surmontée de la salle de lecture, le plus secret de tous, caché par une épaisse végétation, qui au détour d'un sentier se dévoile aux regards. Est-ce l'île en son centre, une pastille fourrée de verdure d'où surgit comme une aile un arbre poussé hardiment à l'oblique, ou le pavillon vert et rouge, à demi perché sur ses pilotis et qui semble flotter, d'une taille si réduite qu'on l'imagine destiné à la solitude ? L'intimité de ce lieu. Il a un charme étrange, il invite à la contemplation, au repos, à l'immobilité. On entre dans le pavillon aux quatre toits retroussés, on s'assied sur la terrasse en équilibre sur l'eau brune, le regard plonge dans le vert dont les couches reculent, se brouillent, se perdent – on est bien, en paix avec soi-même, dans ce guet silencieux au bord du monde.

Le prince, décidément, avait le goût des retraites et du secret. Pour satisfaire cette disposition, il bâtissait, il innovait. Non loin de là, auprès d'un autre étang aux lignes tout aussi nettes, il se fit construire un cabinet de travail, sans décoration ni peintures celui-là, aussi sobre que possible, et entouré d'une barrière : nul ne viendrait y déranger sa méditation. À côté de ce lieu solitaire, il fit poser une toute petite maison constituée d'une seule pièce, la plus petite du palais, dit-on. Elle est nommée Ungyeonggeo. Pensait-il y fuir, s'y enfermer, se protéger de la férocité de la cour, vivre comme l'ermite dans sa grotte, dans un espace restreint et clos ?

Ce prince si prometteur devait hélas mourir peu après, en 1830. Et son précepteur, le *seolso* Kim Jeong-hui, vivra, lui, encore bien d'autres aventures.

Du jour au lendemain, quittant le champ de l'étude, son domaine de prédilection (il le restera toute sa vie), il est devenu un grand personnage, chargé de la plus haute mission, l'éducation d'un roi. En traversant ces cours solennelles, ces bâtiments impérieux, somptueux ou plus modestes, en une suite de tours et de détours, de gestes et d'attitudes immuables et réglées, qu'éprouve-t-il ? Se sent-il devenir son rôle ? Celui d'un homme important dont dépend la destinée du pays ? Quelle distance entre lui, le savant consacré à son étude, et ce personnage public occupé des affaires de l'État et devant lequel on s'incline ?

« Il faut jouer dûment notre rôle, mais comme le rôle d'un personnage emprunté. Du masque et de l'apparence, il n'en faut pas faire une essence réelle, ni de l'étranger le propre. » Ce personnage emprunté, le ministre, savait-il, comme Montaigne que je cite ici, où était le masque – celui du pouvoir –, où était l'essence réelle, savait-il « distinguer la peau de la chemise » ? Ou s'était-il si bien « enfariné le visage » qu'il s'était du même coup enfariné l'esprit ? Je ne crois pas que Chusa fût jamais tenté de confondre la fonction avec l'homme qu'il était. Comme beaucoup des penseurs de cette époque, il aimait moins le pouvoir, avec ses obligations multiples, ses intrigues, ses dangers, que l'exercice de la pensée, qui exige retrait et solitude. Mais Confucius avait enseigné la nécessité de l'engagement, et engagé, il l'était, non loin de Confucius d'ailleurs, qu'il enseignait au prince.

C'est aussi dans l'enseignement – la transmission de son art – qu'il se sentait vraiment lui-même, tout entier. Dans son art.

Et c'est par son art qu'il continue à vivre, va continuer à vivre, continuera à vivre, il le savait. Son rôle politique est en revanche oublié, si importantes que soient les fonctions qu'il a occupées.

Inspecteur royal secret

Son travail auprès du prince ne le requiert pas entièrement puisqu'on lui confie ces années-là divers postes dans l'administration : il voyage d'une institution à l'autre, pour être exacte dans trois organismes tour à tour (Saganwon, Saheonbu, Hongmungwan), qui ont à peu près le même rôle, on n'est jamais trop prudent. Il a la responsabilité, dangereuse, de critiquer les agissements des politiques, de recueillir les rumeurs (et d'en faire part au roi), de dénoncer entre autres les abus de pouvoir. Méfiance, intrigues, vengeance, tel sera son lot. Une compensation : en 1823, le roi le convie à la Très Grande bibliothèque de Gyujanggak où il pourra argumenter et travailler tout son content, protégé par les arbres du jardin secret, et veiller à la gestion des livres royaux, des écritures et des tableaux du roi, quel honneur ; de 1825 à 1834 il y tiendra les fonctions les plus hautes, menant de front bien d'autres tâches, progressant peu à peu dans la hiérarchie, ainsi le voulait le système.

Au printemps 1826, il est fait « inspecteur secret du roi ». Tasan le fut avant lui. Un titre ancien, honorifique, porteur d'un pouvoir exorbitant, qui implique de grands dangers et une prudence de chaque instant, avec au bout du compte des ennuis garantis et, dans bien des cas, la mort.

Le voilà parti vers sa province de Chungcheongnam-do. Pour remplir le rôle d'inspecteur, on sort de la capitale, on se rend dans les campagnes. Autant dire, si on est fonctionnaire du roi, qu'on se jette dans la gueule du loup. À l'époque, les paysans sont réduits à un état de pauvreté effroyable. Que la récolte vienne à être mauvaise, et la famine s'installe, des milliers de gens meurent de faim. Obligés de quitter leur village, ils errent dans les campagnes, vagabonds en guenilles, nourris de racines et d'herbes, ou bien grimpent dans la montagne, brûlent la végétation rase – on les appelle les « gens du feu » –, cultivent ce qu'ils peuvent le long de la terre pentue. Mais même pour ceux-là, les errants, les démunis, les crève-la-faim, il y a un impôt, le percepteur attitré, avide de bénéfice, les pourchasse afin de tirer d'eux l'argent qu'ils n'ont pas.

Si bien que les paysans se sont révoltés. Dans un premier temps, on voit flotter des bannières qui dénoncent les abus et la corruption des princes de ce monde. En 1826, l'année précisément où Chusa est fait inspecteur, une bannière de ce genre, particulièrement venimeuse, est accrochée dans la région de Jeongju, le gouvernement y est maudit… Et la région, rayée de la carte, devra changer de nom. Rien n'y fait. Les paysans, maintenant résolus, changent de tactique, s'organisent en bandes (qui iront grossissant), écument les campagnes, pillent et volent et saccagent, bientôt armés de mousquets et montés à cheval. On les appelle non plus les « gens du feu » mais les « brigands du feu », ces hommes sans terre et abandonnés à l'errance. C'en est fini de la paix.

En 1811, quelques années avant que Chusa, l'intellectuel, l'érudit, ne s'aventure, à cheval lui aussi, dans cette campagne sauvage, un noble déchu, exclu de la carrière officielle et mécontent de son sort, Hong Gyeong-nae, se regroupe avec d'autres insatisfaits déboutés du pouvoir – les provinces en regorgent, fermiers, marchands ou commerçants – pour s'élever contre les discriminations dont le peuple est victime. « Contre l'État, sa rapacité, son injustice, sa tyrannie », déclarent-ils. Et comme le peuple en question (celui de la province de Pyeongan, au nord de la Corée) est à ce moment tourmenté par une famine sévère et livré aux brigands du feu, plus nombreux et actifs que jamais, on a bientôt affaire à un soulèvement général – à une révolte en bonne et due forme.

Hong, comme on appelait leur chef, était un héros, un dieu, un mythe vivant, il allait sauver le peuple. Depuis sa jeunesse, les histoires les plus folles couraient sur son compte, sa force était surhumaine, les gamins des villages racontaient ses hauts faits. On était prêt à mourir pour lui, sans hésiter, sans marchander.

Hélas, Hong le tout-puissant fut piégé à Jeongju, bien loin de sa région natale. Au bout de quelque six mois de lutte et de grande détresse, les soldats du roi soufflèrent les murs de la ville, Hong le chef fut tué et sa tête séparée de son corps. La boîte à magie était en pièces, la musique peu à peu s'évanouit.

Les enfants de Corée peuvent encore lire une histoire qui rappelle un peu celle de Robin des bois : « De haute taille, plus de deux mètres il mesurait, avec la tête d'un lion, le corps d'un loup, le gosier d'un oiseau, la patte d'un singe et une voix qui résonnait comme le tonnerre, il avait tous les dons et une sagesse sans borne. À l'arc il tirait avec une telle précision que les démons et les esprits le regardaient stupéfaits. »

Après cette mort, le mécontentement populaire ne fit que grandir. Hong, toujours vivant, allait bientôt revenir, la rumeur se répandait, et des bandes de rebelles surgissaient çà et là se réclamant de son autorité, elles s'étaient battues sous ses ordres, ne déposeraient pas les armes, elles continueraient la lutte…

Au long des années c'est tout le pays qui fut secoué par ces éruptions de colère. Et Chusa, ne sachant encore ni où il se rend ni ce qu'il va y faire, s'apprête pourtant à affronter bravement ces campagnes truffées de rebelles.

Il porte un pli de Sa Majesté, qu'il n'ouvrira qu'après avoir quitté Séoul. Comme il est en mission secrète, il ne connaîtra son rôle qu'en le lisant, et sa destination en même temps. C'est l'aventure. Il voyage incognito. Il se cache. Il se déguise. En paysan ? En mendiant ? Personne ne doit savoir qui il est ni ce qu'il fait, surtout pas les petits fonctionnaires locaux qu'il est chargé de surveiller et qui besognent peut-être à s'emplir les poches aux dépens du peuple et du roi.

Il se rend au poste officiel de la localité, réquisitionne un cheval, il en a le droit, un certificat le précise, et embauche peut-être quelques assistants, tous muets comme la tombe. On le voit chevaucher dans la campagne, déterminé à faire son devoir, c'est un confucéen dans l'âme. Sa mission l'amuse-t-elle ? se cacher, espionner ? nul ne sait. Il s'installe, observe, guette, espionne, il faut surprendre le fonctionnaire véreux la main dans le sac. Une fois ses conclusions établies, il rejette l'habit d'emprunt et se révèle dans toute la majesté et l'éclat de sa fonction : il est envoyé du roi, chargé de rétablir la justice et de venger le pauvre – d'instaurer le bien là où était le mal. On imagine la tête des pouvoirs locaux qui, loin de ce prince, œuvraient paisiblement à se mettre un magot de côté.

S'étant fait reconnaître, il examine les dossiers et la comptabilité, les rapports, les plaintes, les procès. Il découvre une injustice, une erreur, une malversation ?

Un autre procès a lieu, sur-le-champ, les torts sont dénoncés.

Pour exercer ce genre de missions, d'ailleurs brèves, le roi choisissait de préférence des hommes jeunes. D'une part il leur fallait voyager par tous les temps, parfois coucher dehors, à la dure, chevaucher de jour comme de nuit, autant ne pas ajouter l'âge aux risques de chute ou de maladie. D'autre part on pouvait espérer que, chez les jeunes, le sens de la justice ne serait pas encore totalement émoussé et puis, étant frais émoulus de l'université, ils n'auraient pas eu le temps de se lier avec les officiels du coin, et donc ne seraient pas tentés de trop les ménager.

Ce système contribua magnifiquement à réduire la corruption galopante dans les provinces. Mais pour l'inspecteur secret, qui devait avoir, chevillé au corps, le sens du bien commun et du sacrifice, la vie n'était pas rose. Quand il survivait à sa mission, il était exposé à toutes les haines, à la vindicte des petits chefs, à leur vengeance au cas où ils réussiraient à se hisser à nouveau au pouvoir. Selon un rapport (dont je ne garantis pas l'exactitude) seuls trente pour cent des inspecteurs secrets restaient en vie une fois le travail accompli. Chevauchant à travers la forêt sauvage, bravant les branches basses, la pluie, le vent, ils étaient attaqués et dépecés par les animaux, volés ou tués par des bandits, ou encore assassinés par l'envoyé de quelque fonctionnaire corrompu. Aucun salaire d'importance ne venait compenser de tels risques, si bien qu'on vit parfois des inspecteurs en guenilles mendier dans les hameaux, et ce n'était pas tant le souci de se déguiser qui motivait la main tendue que la simple nécessité.

C'est évident : l'inspecteur secret a tout pour enflammer l'imagination, sa seule mission en fait un personnage romanesque, une sorte de Robin des bois, de Zorro, un représentant des pauvres, le vengeur du peuple exploité par des seigneurs véreux et cruels. Et puis il est jeune, il est pauvre, il est brave… On fit de lui un héros de légendes et de contes populaires. Ses exploits ont été pris comme thème de romans à succès. Récemment, à la télévision, une série retraçait la vie de l'inspecteur Park Mun-su, qui s'illustra au XVIIe siècle, sous le règne du roi Yeongjo, un brave qui avait belle allure, l'air sérieux, résolu, une fine barbichette en pointe et la moustache tombante : le physique de l'emploi, rien à redire et, sur le portrait que je regarde, une belle robe rouge pour ajouter à sa prestance. Plusieurs séries encore, et des films…

Kim Jeong-hui n'a plus tout à fait la jeunesse du héros type, mais il en a l'intégrité et le courage. Là, dans sa province de Chungcheongnam-do, il repère parmi d'autres un bel exemple de corruption : profitant de son petit pouvoir, Kim Woo-myeong, un homme de sinistre mémoire, ratisse l'argent des pauvres et s'emplit les poches à mains pleines. Revenu à Séoul auprès du roi Sunjo, Chusa rapporte comme il se doit les cas de corruption. Il y en a plusieurs, les fonctionnaires, tête basse, sont condamnés à des peines diverses selon la gravité du méfait. Quant à Kim Woo-myeong, un habitué de la fraude, du vol et du mensonge – le « vilain » parfait, après tout il en existe –, il est destitué de son poste. Va-t-il revenir au pouvoir et se venger ? Histoire à suivre.

Les femmes

« Le premier plaisir est l'étude, le deuxième, ce sont les femmes, et le troisième, l'alcool » : une belle calligraphie de Chusa.

L'alcool, un péché de jeunesse dont il se serait, dit-on, détaché avec le temps ; les femmes, il s'en est occupé activement ; l'étude, elle fut toujours sa passion dominante.

Pour l'instant – nous sommes encore à la fin des années 1820 –, entre autres activités, il observe les femmes. Des avancées, plus visibles, plus palpables, suivent sans doute ce regard, mais l'époque sur le sujet reste discrète. Il est marié, on le sait, il aime sa femme, c'est certain, des lettres en témoignent. Rien d'effusif, mais on lit entre les lignes. Ainsi cette lettre datée de 1818. Il est parti rendre visite à son père qui a été envoyé en mission. « À ma dernière lettre je n'ai pas encore de réponse, bien qu'il se soit trouvé un messager pour vous la transmettre. Peut-être vous sentez-vous un peu gênée ? Peut-être ne savez-vous comment faire ? Je suis profondément déçu. Quoi qu'il en soit, ici je suis très heureux, étant en compagnie de mon père. » Mêlé à la vieille supériorité masculine, qui ne peut être remise en question, Confucius oblige, un ton de taquinerie pour atténuer l'impatience. Mais, comme chacun sait, aimer sa femme n'implique pas qu'on lui soit fidèle. La fidélité est réservée aux femmes. Qu'elles restent dans leurs quartiers réservés, observant la stricte séparation des sexes et une dévotion respectueuse envers leur époux, c'est la loi générale (rappelons qu'il est encore des pays où le chef de l'État ne craint pas de l'énoncer haut et clair, cette loi).

Aux femmes la loyauté, la fidélité, aux hommes les concubines et, plus libres encore – donc situées plus bas dans l'échelle sociale –, les kisaeng. Elles sont à la Corée ce que les geishas sont au Japon. Ainsi les divers besoins de l'homme sont-ils respectés, voire satisfaits, séparément sans doute, ce n'en est que mieux. Qui pourrait penser qu'une femme, une seule, parvienne à les combler tous quand ils sont si multiples et contradictoires : sexe et sécurité / amour et reproduction / sexe et plaisir / mariage et bienséance... Divisée de cette façon, la vie, loin d'être monotone, se renouvelle de l'une à l'autre, de l'épouse à la concubine, de la mère à la kisaeng, aucune ne trouvant à redire à ces passages, à ce cumul, ces existences parallèles.

Toujours est-il que Kim Jeong-hui, qui n'avait pas d'enfant de sa femme légitime, eut en 1817 un fils d'une concubine. Ce fils, le seul qu'il eût jamais, il l'appela

Kim Sang-woo, l'aima profondément, l'instruisit, veilla à sa formation. On voit dans le musée Chusa, le guide de conduite morale qu'il composa pour lui, un très beau petit livre, soigneusement cousu et calligraphié. Il lui destina lettres et conseils dans l'apprentissage de son art, comme il le faisait pour ses disciples. Bien plus tard, alors qu'il était en exil, il avait cinquante-six ans, sa femme adopta un fils, Sang-moo. Une seule lettre sépare les deux fils, et bien plus encore, on s'en doute, quoique Kim Jeong-hui se montrât très heureux de cette décision.

Les biographies ne disent rien de la femme cachée (une ? plusieurs ?), de la mère de son fils unique, ni lettres, ni documents, pas de traces. Ayant rempli son rôle, elle fut oubliée. Ou bien Chusa l'aima-t-il ?

À peu près à la même époque, alors qu'il était à Pyeongyang, encore une fois en visite auprès de son père qui était affecté dans la région en tant qu'inspecteur, il fit une rencontre. Celle d'une kisaeng belle, douée, brillante, au point que l'histoire a retenu son nom : Jukhyang. Les lettrés, les peintres, les poètes en oublièrent la retenue confucéenne, mais non leur art : elle-même était une artiste, une vraie, le temps l'a confirmé, ils surent le reconnaître. Ils y allaient de leurs poèmes et commentaires, chantant la kisaeng en vers et ajoutant à ses œuvres peintes leur précieuse écriture.

Ce n'était pas chose courante. Les femmes restaient en marge de l'histoire, les registres ne gardaient pas leur nom, ni les mémoires, ou alors si secrètement. Quelques-unes pourtant surent contourner les codes rigides de cette société et manifester leurs dons, imposer leurs talents[1]. Elles le firent grâce aux hommes, à des pères, des frères, des époux à l'esprit plus ouvert et généreux que la moyenne, qui surent remarquer leur intelligence et les soutenir, voire les faire connaître – telle était la seule voie possible vers l'expression de soi. Ajoutons que dès le XVIIe siècle il y eut tout de même des femmes pour commencer à pratiquer le hangeul, le lire, l'écrire, puis, de plus en plus, dans des familles de lettrés, pour se mesurer aux caractères chinois et, de ce fait, aux Classiques.

Ainsi la mère de ce philosophe confucéen des plus connus, Yulgok. Elle s'appelait Shin Saimdang (1504-1551), elle était belle et douée, son père, qui l'admirait, lui avait enseigné à lire le chinois et fourni les livres qui comptent. C'est comme peintre qu'elle s'est illustrée : ses grappes de raisin peintes à l'encre de Chine étaient si rondes, si translucides et vivantes que son fils, le grand philosophe, les chanta. On ne sait si c'est ce chant d'un homme très admiré ou la beauté des raisins qui marqua le plus les esprits. Les disciples de Yulgok, tout dévoués à leur maître, se mirent de la partie, louant la spontanéité

1. Les informations que je donne sont extraites de Yi Sông-mi, *Raffinement, élégance et vertu. Les femmes coréennes dans les arts et les lettres*, traduit par Choi Mikyung et Jean-Noël Juttet, Autres Temps, 2007.

et le naturel de cet art, c'est-à-dire la présence manifeste en lui de l'énergie primordiale.

Peintres ou poètes, elles devaient se contenter de décrire les environs immédiats, la lune qu'elles voyaient de leur fenêtre, le ruisseau qui coulait à leurs pieds, les fleurs du jardin, ne sortant pas de leur semi-claustration. Le reste, elles le rêvaient. Après la mort à vingt-six ans de Heo Nanseolheon (1563-1589), « poétesse tourmentée » comme on l'a décrite, son jeune frère éploré montra ses poèmes à un émissaire chinois, qui les fit publier en Chine ; deux ans plus tard, ils l'étaient en Corée. Il y eut des femmes philosophes, des femmes penseurs, des femmes encyclopédies, qui, au sein d'un monde purement masculin, remirent en question certains des textes les mieux établis, elles eurent cette audace. Telle Yi Bingheogak (1759-1824) dont le nom en chinois signifie le « pavillon qui s'appuie sur le néant », tout un projet en deux idéogrammes, elle allait le réaliser. Pourvue de solides connaissances philosophiques, elle a laissé, parmi nombre d'autres ouvrages, une somme en quatre tomes destinée aux femmes. Ou Im Yunjidang (1721-1793), l'auteur d'un recueil d'essais en deux volumes écrits en chinois et consacrés aux Classiques (le domaine de l'homme par excellence) ; admiratifs, son frère et son beau-frère le firent publier après sa mort.

Mais comment procédèrent les kisaeng, elles dont on ne savait rien, ni la naissance ni l'origine, et qui n'avaient pas pour les soutenir, faire publier leurs livres et connaître leurs œuvres une famille puissante derrière elles, frère, époux ou père célèbres ? Comment furent-elles jamais remarquées ? Par les hommes, encore une fois. Par les lettrés qui les approchèrent et, parfois, les aimèrent. Elles rappellent un peu nos grandes courtisanes au tournant du XIXe siècle, Liane de Pougy ou la Belle Otero, admirées, désirées, fascinantes et fatales. Mais c'est moins leur tapage médiatique et leurs exploits sexuels qui ont frappé les esprits – nous sommes au XIXe siècle chez les néoconfucéens – que le charme et la délicatesse d'un art assez différent et moins incarné : posées sur le frêle papier, leurs fleurs aériennes, simples touches de couleur aux contours effacés, insectes aux ailes diaphanes qui virevoltent au long d'un poème, ces peintures ont été remarquées par les meilleurs. Quant à la beauté des kisaeng, bien sûr, c'est une évidence… mais c'est leur vertu qu'on préfère célébrer, car pour un confucéen, qu'est la beauté sans la vertu qui l'illumine ?

« La tige la plus haute est comme le parfum de la fidélité, / Elle entonne une longue mélopée venue du vert profond. / J'aurais aimé la promesse du miel. / Auras-tu des sentiments différents des autres grâce à ta haute fidélité[1] ? »

Le poème est de Kim Jeong-hui qui s'est épris de la belle Jukhyang. « Je dédie ce poème à Jukhyang, kisaeng de Pyeongyang », écrit-il.

1. *Ibid.*

Certes il est question de fidélité. Une vertu qui chante et embaume montée de profondeurs vertes insondées. Mais cette haute tige ne peut faire oublier la promesse du miel succulent. Au contraire elle la stimule. Et c'est au reste ce thème-là qui dans un autre poème est retenu : la saveur est jointe cette fois au parfum, et l'odeur suave ne provient pas de la vertu mais bien d'un orifice imaginé. Pour être métaphorique, le poème n'en est pas moins précis quant aux intentions de l'amant-abeille : « Le son de la flûte est partout présent / On sent le parfum qui s'échappe par les orifices / Ce son me touche / Une abeille de la ruche veut tenir sa promesse de rendez-vous avec une fleur / Pour le sage il n'y a pas lieu de se tourmenter[1]. »

Une abeille butineuse s'enfonce dans le cœur de la fleur, elle y trouve le nectar désiré. Mais cet acte-là, l'histoire ne le raconte pas, seule la promesse du miel est connue – tenue ?

1. Cité par Yu Hong-jun, *Biographie critique de Wandang* (en coréen), éd. Haggojae, 2002.

L'ami : Tasan le magnifique

Dans ses préférences, il mentionne les femmes, mais, assez étrangement, non les amis. Ils furent pourtant essentiels à sa vie. Il a le don de l'amitié. On l'aime. Et il aime. L'époque voit l'éclosion d'un nombre impressionnant d'esprits remarquables – ce sont, a-t-on dit, de l'autre côté du globe, les Lumières –, et il vit dans un monde riche de partage. Cet échange lui est essentiel.

Ils vont se rencontrer, débattre des grands thèmes, s'écrire, s'envoyer poèmes et calligraphies, d'un coin à l'autre du pays ou même de la Corée à la Chine, fraterniser. Kim Jeong-hui va nouer tout au long de sa vie ce qu'il appelle des « relations d'écriture », se faisant des amis qu'il ne verra jamais.

De ces hommes extraordinairement créateurs et productifs, Tasan est le plus étonnant.

Né en 1762, il avait vingt-quatre ans de plus que Chusa. Il existe plusieurs légendes au sujet de la rencontre des deux maîtres. L'une avance que Chusa, averti de son renom et l'admirant, aurait demandé à entrer en apprentissage auprès de lui parmi d'autres intellectuels de l'époque. Une autre donne le rôle principal au fils de Tasan, même âge et mêmes intérêts que Chusa, les deux se voyaient souvent. Un troisième personnage intervient ici, qui est au centre de ces amitiés, un ami de Chusa, très proche de lui comme de Tasan. C'est le moine Cho-ui, une figure majeure du bouddhisme zen, célèbre maître de thé, qui écrivit sur le sujet deux livres qui ont fait date. Les lettrés le fréquentaient assidûment, tout au moins ceux qui étaient insatisfaits d'un néoconfucianisme rigide et intolérant, pourquoi rejeter une philosophie qui les intéressait au plus haut point ?

Tasan fit connaître à Cho-ui le *Livre des Mutations* et la poésie classique chinoise. Cho-ui initia Tasan à la voie du thé et par là même au bouddhisme zen.

Les barrières religieuses sont surmontées : catholique (la famille de Tasan l'était) ? bouddhiste ? confucéen ? qu'importe ? Ces pensées qu'on a opposées ne sont-elles pas réconciliables ? n'ont-elles pas des points communs ? Si on remonte à la source, sans se laisser arrêter par les différences, et qu'on tente de comprendre et de rapprocher, l'entente est non seulement possible : elle est exaltante. Chusa écrivait : « Nous, les confucéens, mettons l'accent sur la vie en société (sur les principes du monde) en négligeant le besoin de se sauver, soi. Ce n'est pas par manque d'intérêt pour la notion d'illumination, c'est afin d'éviter qu'on ne s'attache à des idées abstraites. En revanche les bouddhistes mettent en avant la notion d'illumination en prêtant moins d'attention à celle de raison. Cela ne signifie pas qu'ils oublient pour autant la pensée du monde dans lequel nous vivons : c'est afin d'éviter qu'on ne s'attache à des réalités concrètes. »

Les barrières sociales sont abolies. Un moine, tout au bas de l'échelle, occupe le même niveau qu'une femme de plaisir, une kisaeng, à vrai dire il se situe plus bas encore, puisqu'il n'est pas autorisé à franchir les murs de Séoul, les rencontres ont lieu au-dehors de la ville, dans quelque temple ou ermitage. Un moine, si déconsidéré, attire pourtant les plus grands génies de son époque. Au reste Cho-ui est l'un d'entre eux, un esprit ouvert, qui a des connaissances et de l'ampleur. Il écrit, il peint, il calligraphie, il compose des poèmes (la plupart sont aujourd'hui perdus). C'est même ce à quoi il occupe une grande partie de son temps durant les quarante ans qu'il passe isolé sur sa montagne.

Tasan a grimpé dans la forêt touffue sur des sentes boueuses ou couvertes de neige, par le froid mordant, par la chaleur écrasante, l'amitié est juchée là-haut, à flanc de montagne, dans une cabane solitaire au toit recouvert de chaume.

Aider les gens à vivre

C'est probablement l'esprit le plus inventif de l'époque, le plus moderne aussi, tout au moins l'affirme-t-on aujourd'hui, alors qu'universitaires chinois, coréens, japonais, se replongeant dans ses écrits, y cherchent des solutions au mal-être actuel. Le sens, le vieux besoin de sens et de valeurs. Une aspiration jamais tout à fait morte.

Ce qu'ils constatent : Tasan ne se contente pas d'étudier les technologies nouvelles et de proposer un progrès (on a vu depuis lors qu'il galope le progrès, technique tout au moins), il enracine cette recherche dans le contexte plus vaste d'une pensée sur l'homme. L'alliance des deux. Non pas le matérialisme sans frein opposé à l'idéalisme sans lien. Mais repenser à la fois la vie quotidienne – les besoins matériels de l'homme – et ses aspirations profondes – les questions spirituelles. Il a traversé plusieurs crises graves. C'est à partir de son expérience vécue qu'il écrit, en puisant dans ses souvenirs douloureux – non par goût des idées ni pour échafauder des théories, un exercice finalement assez creux. Ce qu'il veut, c'est aider les gens à vivre. Et dans un traité qui fera date, terminé à son retour d'exil, *L'Art de gouverner*, il propose un « savoir gouverner » en bien des points révolutionnaire.

Autrefois, dit-il, les chefs étaient choisis par le peuple, s'ils ne donnaient pas satisfaction, on en changeait vite. C'est à cause de la corruption que la « politique exercée par le bas » est devenue une « politique exercée par le haut ». Et il recommande un système de gouvernement collectif ayant pour base une petite unité, ce qui, avant l'heure, évoque Gandhi : la terre serait possédée et cultivée par le village et la récolte distribuée selon le travail de chacun. Il faut abolir les distinctions de classe, revoir le système d'éducation, donner à tous une chance égale, choisir les dirigeants en fonction de leur mérite (et non de leur naissance ni d'un examen). Dans son *History of Korea*[1], l'historien Roger Tennant assure que ce traité aurait été le livre de chevet d'Hô Chi minh : il eut – c'est probable dit-il – plus d'influence sur la politique de l'Asie du Sud-Est que toute l'œuvre de Marx.

Moderne, il l'est surtout dans son intérêt pour l'Autre. L'Autre ? La définition de ce mot tiendrait-elle à l'époque ? Vus du pouvoir en place, ce sont alors les pauvres, les isolés, les esclaves, les exclus, tous ceux qui n'ont pas d'existence reconnue, ceux dont on ne se soucie pas, dont on ne fait aucun cas, autrement dit les « invisibles ». L'autre, c'est aussi l'étranger, sa pensée, sa culture, sa façon de vivre. Les différences, on les refuse férocement et sans remords. Tasan les accueille.

Il a une énergie infatigable, une curiosité intellectuelle illimitée, une façon à lui de s'emparer de tout problème pour tenter de le résoudre. Un « touche-à-tout », diraient aujourd'hui les spécialistes avec méfiance (mais il est vrai que depuis lors la liste des ouvrages à parcourir pour rester à jour, ne serait-ce que dans un domaine, s'est tellement allongée qu'entre une culture hâtive, faite d'informations, et le labour obstiné du même sillon, on n'a guère

1. Kegan Paul International, 1996.

le choix). Toujours est-il qu'on s'étonne devant l'étendue de ses sujets d'intérêt. Une œuvre comportant quelque soixante-dix volumes, on a fait le compte, touchant aux domaines les plus variés. Il voit, imagine, invente, crée de nouvelles machines qui faciliteront le travail et gagneront du temps. Ses dessins complexes de roues et de poulies rappellent ceux de Léonard. Le roi lui ayant demandé de concevoir l'architecture d'une forteresse, il se plonge dans les volumes proposés, s'interroge sur les mérites et les désavantages des édifices bâtis sous la dynastie Joseon, étudie dans le même élan les constructions chinoises, puis les récentes découvertes en matière de fortifications faites par les Occidentaux (les volumes descriptifs sont importés en Chine). À la suite de quoi il conçoit le plan de la forteresse de Suwon Hwaseong (qui depuis 1997 figure sur la liste du Patrimoine mondial de l'Unesco). Construction pour laquelle il invente une sorte de grue capable de soulever les objets les plus lourds, nous avons vu la machine elle-même, volumineuse, en bois, cordes et poulies, dans le musée qui lui est consacré près de Séoul. On a calculé que l'économie effectuée grâce à ce dispositif était considérable et le temps gagné de sept ans.

Savoir et pouvoir

Au tout début de sa vie, il a la chance d'être distingué par un souverain qui sait comprendre son génie et utiliser ses compétences. Il devient son conseiller. Il n'émet pas seulement des avis, des conseils : il tranche et – surprise – ses décisions sont suivies d'effet. En ce temps-là, il n'y a pas d'un côté des intellectuels technocrates, des experts employés à pondre des rapports qui resteront la plupart du temps sans suite, et de l'autre un pouvoir sans culture mais décisionnaire : le roi Jeongjo et son conseiller agissaient de concert – savoir et pouvoir étaient liés en une relation harmonieuse.

Le roi, lui-même un fin connaisseur des Classiques, s'est entouré de lettrés pour gouverner le pays et effectuer ses réformes. Dès son accession au trône, en 1776, il ordonne la construction d'une très grande bibliothèque, le Gyujanggak, qui sera non seulement un monument appelé à rehausser son prestige (une habitude chez les princes désireux de laisser leur marque dans l'Histoire), mais un lieu de culture, un centre de recherche destiné à attirer et réunir les meilleurs esprits, un endroit où penser ensemble le changement.

Dans cet espace préservé, de fins lettrés se réunissent pour changer le monde. Le roi a admis parmi eux des fils de concubinc (jusqu'alors discriminés), confiant à ces exclus du pouvoir de hautes responsabilités. La bibliothèque devient un centre de formation, s'y pressent quelques néoconfucéens à l'esprit audacieux. On va abolir l'esclavage, se pencher sur les conditions de vie du peuple, qui sont atroces, sécheresses, épidémies, famines, tant de retard dans le développement, on va adopter les nouvelles technologies, modifier le système d'imposition, on va remédier à une pauvreté révoltante. Tasan en tout cas en est révolté, on le constate dans plusieurs de ses poèmes.

« La maison en ruine / Près du cours d'eau / Est comme une marmite sans couvercle. / Dévastée par les vents du nord, / Elle se tient faible avec ses chevrons nus… / Les étoiles brillent à travers les murs… »

Et il termine : « Le monde entier est couvert de maisons comme celle-là, / Mais, hélas, le palais est trop loin / Pour y faire attention[1]. »

Et cet autre, sur la faim : « Beaucoup de personnes sont nées sur cette terre mais / Amaigries et décharnées elles sont tombées dans la misère. / Elles ne peuvent tenir droit leur corps desséché, ployé tel un roseau. / Rencontrées dans les rues on dirait une tribu vagabonde. / Elles errent çà et là, sans lieu où aller[2]… »

Une histoire de haine

On est en pleine réforme, en pleine agitation aussi. Le catholicisme a commencé à pénétrer la Corée. Joint aux maux dont souffre le pays, il représente une menace

1. Cité par Philippe Thiébault, *La Pensée coréenne. Aux sources de l'Esprit-Cœur*, Autres Temps, 2006.
2. *Ibid.*

– et en conséquence une peur immense –, celle d'une invasion étrangère. «Étrangère», le mot convient : cette idée d'une égalité possible entre les hommes (serait-ce devant Dieu), d'un Dieu venu sur terre pour sauver *tous* les hommes, est une nouveauté étrange et monstrueuse et, surtout, elle constitue un danger. Il y a là de quoi saper les bases du régime, le pouvoir renversé, les nobles (yangban) mis en échec, tout le système hiérarchique détruit… Bref, c'est le monde connu qui risque d'être anéanti.

Au gré des successions monarchiques, des rois et des régentes et de leurs clans, les persécutions vont se succéder.

Dès 1779 (Tasan a dix-sept ans, il est encore loin du pouvoir), des lettrés coréens voyageant en Chine sont entrés en contact avec des jésuites de Pékin. À leur retour, une réunion, devenue célèbre, a lieu en plein hiver dans un temple bouddhiste, dans la montagne, à quelque quarante kilomètres de Séoul. Les documents rapportés sont étudiés, de graves questions sont évoquées. Un frère de Tasan s'y trouve. Nul doute que Tasan lui-même, qui admire fort ce frère, est mêlé aux réunions qui ont lieu régulièrement par la suite. En 1784, la police force les lieux, la controverse fait rage, pour ou contre, les familles sont divisées, un proche de Tasan qui fait partie du groupe va en mourir.

Tasan fut-il catholique ? Sa famille, oui, on le sait. Lui-même n'a jamais fait mention du lien qu'il a pu entretenir avec cette Église. Il en a étudié les énoncés, nouveaux pour lui, les a rapprochés du confucianisme et du bouddhisme, qu'il connaît, il en est influencé, c'est certain, la doctrine lui convient. Et il est torturé, déchiré bientôt entre sa loyauté envers ses frères, ses propres idées, sa tolérance fondamentale, et l'opportunité unique que lui offre le roi – lui qui a l'ambition de servir son pays.

Déjà en 1788, sa position, sans cesse plus élevée, lui vaut des jalousies. Ses liens avec le catholicisme vont fournir un excellent prétexte à l'aveu de la haine rampante. Ses amis se retournent contre lui, dénonçant ses relations avec le nouvel enseignement. En 1791, un scandale éclate autour de sa propre famille. Profitant de l'aubaine, ses ennemis (ceux de la « vieille doctrine », les Noron, contre la « jeune », les Soron, à laquelle se relie Tasan) accroissent leur pression sur le roi. Lequel de guerre lasse les exile, ce qui est une décision très sensée, et, pour préserver Tasan, l'expédie lui aussi pour un temps en mission en province. Toutefois il s'agit là d'un rôle prestigieux : il est envoyé secret du roi (Chusa le sera plus tard) et chargé de relever les fautes commises dans l'administration locale. C'est alors qu'il peut observer les conditions de vie des paysans et sévir contre ceux qui les tourmentent. Il s'attaque notamment à un fonctionnaire véreux, un certain So Yong-bo, qui, les changements de pouvoir aidant, devient quelques années plus tard un homme important dans la hiérarchie d'État – autant dire qu'il aura toute possibilité de se venger et de nuire. Nous sommes en 1794.

Tasan est à peine de retour à la capitale que l'étau se resserre autour de lui. C'est un esprit moderne, il a la volonté de réformer les institutions, il veut changer la condition des pauvres, il veut importer des techniques nouvelles venues de l'étranger, et il ne s'oppose pas à la doctrine catholique, nouvelle elle aussi et venue elle aussi de l'étranger. « Nouveau », « étranger », des mots intolérables. Tasan est un danger public, une menace pour tous ceux qui sont en place, donc pour la « sécurité » du pays, traduisent-ils. Tasan est à nouveau envoyé hors de Séoul, à Gumjeong cette fois, dans la province de Chungcheong. En 1796 pourtant, il reçoit du roi une nouvelle promotion, la plus haute à ce jour, il est fait secrétaire royal et vice-ministre de la Défense. Mais l'année suivante, alors que ses ennemis se déchaînent contre lui, il refuse une nouvelle offre du roi, conscient qu'il ne pourra mettre en œuvre ses idées, et il choisit un poste qui lui permet de s'éloigner de la capitale. C'est alors, en tant que magistrat, qu'il constate à nouveau – il les prend la main dans le sac – les excès commis par les yangban et le ressentiment féroce de la population à leur égard. En 1799 il est de retour à Séoul, harcelé par les accusations et les rumeurs. Il fait une déclaration publique, qui dut beaucoup lui coûter, dans laquelle il affirme se détacher de la foi catholique. Rien n'y fait. La haine le poursuit. L'affection que lui porte le roi risque de nuire à son gouvernement, il s'en rend compte. Alors, la même année, il démissionne et s'en retourne chez lui, à Namyangju. C'est au printemps de l'année 1800.

Mais le roi ne l'entend pas de cette oreille, il envoie des émissaires à Tasan pour le faire revenir et le remettre au pouvoir. Eh quoi, faudrait-il toujours courber l'échine devant la meute des « petits » parce que, forts de leur nombre, ils aboient en chœur, céder devant ceux qui veulent la mort de qui les dépasse d'une tête ? Le roi et Tasan ont ensemble un vaste projet éditorial.

Mais voici que le roi meurt. Une mort brutale, inattendue, aidée peut-être ? Aucun obstacle ne subsiste, ce sera le déferlement de la haine et de la vengeance.

La colline des décapitations

Six des chefs catholiques sont arrêtés, le frère aîné de Tasan parmi eux. Il va mourir en martyr (en 1801), comme son épouse, leur fils, et deux autres enfants, tous exécutés. Cinq femmes qui refusent sous la torture de trahir un prêtre en meurent elles aussi. Malgré ce sacrifice le prêtre est pris, puis mis à mort. Un autre frère de Tasan a la bonne fortune de n'être qu'exilé, en 1801 également, ni torturé ni tué, comme c'est le cas pour nombre de catholiques lors des vagues de persécutions (il est expédié en mer de Chine, dans l'île de Heuksando, où il va s'employer à faire une étude détaillée de la faune sous-marine ;

son ouvrage fait état de quelque cent cinquante-cinq espèces ; l'exil, décidément, est un terreau fertile).

« Une histoire de terreur et de sang », a-t-on dit. James Searth Gale, un ministre du culte écossais, presbytérien, qui fut envoyé en Corée au XIXe siècle, fait mention dans son *History of the Korean People*[1] du courage peu ordinaire des convertis coréens. L'un d'eux, Protase Jeong, est arrêté en 1839 lors d'une nouvelle purge. Sous la torture, il abjure sa foi. Cependant, tourmenté par le remords, incapable de manger, de dormir, de penser, il se ravise, revient devant ses juges, avoue son mensonge, affirme qu'il est chrétien, rien d'autre, non vraiment, rien d'autre ne peut le définir, rien : il est chrétien, rien que cela. Les juges prennent sa déclaration au sérieux : cette fois il est battu à mort.

Jeoldusan signifie la « colline des décapitations ». En 1866, soit dix ans après la mort de Kim Jeong-hui, à la suite de quelques persécutions plus légères, le gouvernement décréta qu'il fallait tuer tous les catholiques (ce qui faisait tout de même beaucoup de monde et justifia une expédition punitive de la France). Aujourd'hui, sur la colline de Jeoldusan, on ne mentionne que les martyrs, ceux qui furent au préalable dûment torturés, et sont maintenant béatifiés.

---

1. Richard Rutt, *James Searth Gale and his History of the Korean People*, *op. cit.*

En ce mois de mai de mon troisième séjour coréen, je me promène dans un jardin calme à l'ombre des grands arbres, dans ce lieu où l'on enchaînait, décapitait, sciait, brûlait, battait, rompait, pendait et inventait mille autres souffrances. Il est transformé en mémorial. Un petit musée est réservé à la description des supplices. Quelques dessins rudimentaires mais évocateurs sont accrochés aux murs, assortis des instruments en question, du bois généralement, d'épaisses planches avec un trou ou deux, c'est selon, pour le cou, les mains, les chevilles, ou bien de lourdes lattes dont un seul coup devait briser les membres. Des mannequins représentent les soldats, les mêmes que j'ai pu voir la veille au palais de Deoksugung pour la relève de la garde (un exercice qui a lieu depuis la fondation de la dynastie au XIVe siècle), arborant le même chapeau pointu à gland rouge et jaune, la même ample robe ceinturée, le même air d'importance. Les voilà surveillant les supplices, assis devant les misérables enchaînés ou pendus aux arbres par leurs longs cheveux, ou par les poignets, les épaules retournées. On regarde sans comprendre. Puis on regagne les jardins, les parterres fleuris, les statues massives, visiblement récentes – tout cela paisible, en ordre –, la vue sur le fleuve Han, avec les buildings qui le bordent, le pont qui le traverse, l'autoroute suspendue à huit voies où l'on voit les voitures défiler en continu. On plonge dans des escaliers raides, interminables. Arrivé au bas, on lève les yeux vers la falaise rouge colossale, en forme de bouclier, qui s'avance dans le fleuve. Du haut de ce promontoire couleur de sang séché, on jetait dans l'eau les corps décapités. Au sommet on a construit une église ronde et nue. Ce ne sont pas les peintures, les sculptures, l'encens ni la musique, les odeurs ni la beauté, elle est absente, que recherchent les fidèles venus en masse en cet après-midi de samedi à quinze heures. Je pense à nos cathédrales, belles et désertées, parcourues de touristes qui flashent au pas de charge, un petit tour et puis s'en vont, à la voix chevrotante du prêtre qui psalmodie pendant l'heure de la messe, elle s'égrène dans l'ennui. Pas de spectacle ici, ni de chasuble d'or – mais des chants. D'une force et d'une plénitude, d'une intensité à faire trembler les murs, des centaines de voix à l'unisson, une seule voix qui s'élève, s'affirme et domine, enfle, emplit l'espace, règne, un tel élan – rien n'existe plus, rien, ni doute, ni question, ni pensée, ni souvenir, seul ce chant.

Les corps suppliciés jetés au fleuve, la ferveur de ces chants, la violence du contraste. Quel est le lien ? Quel courant invisible ? Question non résolue. Laissons la place – sans grande conviction d'ailleurs – aux professionnels de l'analyse.

Tasan quant à lui est envoyé en exil dans la lointaine province de Jeollanam-do, à Gangjin – il y restera dix-sept ans. Loin d'être terrassé par ces horreurs et par l'éloignement, il va écrire là, en exil, ses essais les plus forts. Aucune sanction n'a pu le réduire au silence. Il a transformé l'anéantissement programmé en une énergie redoublée, il est à l'abri. À l'écart des intrigues de palais, il écrit.

Il est libéré des honneurs. Il voit enfin la réalité que les palais de Séoul lui auraient dérobée : mieux, il la partage. C'est l'existence au jour le jour, celle des gens ordinaires et des plus misérables.

À Gangjin, il occupe une maison perchée sur une colline qu'on nomme la « montagne du thé », soit encore : « Tasan ». Tel est le nom qui lui sera attribué par la suite, puisqu'il passa sur le flanc de cette hauteur, parmi les arbres à thé, la période la plus dense de sa vie.

J'ai voulu rendre visite à Tasan sur les lieux où il vécut.

La montagne du thé

Pour se rendre de Séoul à Haenam, la « fin de la terre », on se lance pendant quelque cinq cents kilomètres sur l'autoroute qui file en droite ligne à travers le pays du nord au sud. Une succession de panneaux lumineux nous rappelle les dangers de la conduite sur pareil boulevard : le sommeil. À croire que la Corée tout entière dodeline de la tête au volant.

« La destination du sommeil n'est pas de ce monde »

« L'assassin silencieux sur la route, c'est le sommeil »

« Qu'est-ce qui est le plus lourd au monde ? Ce sont les paupières », etc. Un bel esprit d'invention.

Quelque six heures plus tard, nous atteignons notre but : « Tasan Chodang », l'ermitage où vivait Tasan. Une petite maison située à flanc de montagne ? Qu'on atteindrait par des chemins cachés et solitaires ? C'est ce que j'imaginais, munie du stock d'images liées au mot « ermite » quand on a oublié le contexte du monde moderne.

Nous arrivons. Un vaste parking, des dizaines de bus rouges rutilants, des centaines d'écoliers en uniforme jaune vif qui sautillent dans les lieux en piaillant telle une volée de poussins, un brouillage des couleurs, un remue-ménage incessant… L'idée de solitude s'éloigne, l'ermitage est transformé en spectacle.

Mais le soleil décline et la journée s'achève. Seule enfin, avec les cinq amis que nommait le poète Yun Du-seo : l'eau, la pierre, le pin, le bambou et la lune, qui ne va pas tarder. La forêt comme une voûte épaisse et sombre, pins, châtaigniers, bambous, ginkgos, érables japonais, aubépines et roses sauvages, et les buissons de camélias dont subsistent des éclairs rouge vif. Nous progressons dans l'obscur. Tout d'abord un chemin lisse d'une largeur trompeuse, qui va s'assombrissant, s'étrécissant jusqu'à devenir un sentier escarpé, rocailleux, plein d'embûches, des racines affleurent, l'encombrent, se tordent au sol comme un nid de serpents, formant une sorte d'escalier sinueux au long duquel nous nous hissons avec peine, puis ce sont des moellons de pierre si hauts, si raides que seuls les plus aguerris persévèrent.

On chemine longtemps, patiemment. Enfin, en pleine forêt, dans une étroite clairière, une maison, très petite. Les arbres la recouvrent et l'abritent, elle est de bois brut, une source coule dont le bruit nous accompagne. Devant elle, une pierre plate, gigantesque. Je lis : « Cette pierre se trouvait là bien avant que Tasan n'y vienne. Elle était utilisée comme foyer. Tasan allait chercher l'eau du Yakcheon pour la faire bouillir et y préparer du thé sur un feu de branches de pin. » Non loin, un petit étang qu'il fit agrandir pour y mettre des carpes. Elles y sont toujours, grandes ombres immobiles. En son milieu il a construit lui-même un petit monticule en ramassant les galets de la plage, il le nommait la « montagne de Seokga ».

La maison est encastrée dans les bois. Pour seule compagnie, les chants d'oiseaux. Plus tard, en 1808, une maison voisine (Seoam), perchée un peu plus loin dans la forêt, sera construite pour y loger ses dix-huit disciples. Sans cesse son esprit tourne, chemine, pense, invente. Il fait élever à quelques mètres de là une bibliothèque où il réunira quelque deux mille ouvrages. Il y écrit, lit et étudie, reçoit les amis venus l'entendre. Parfois, il grimpe plus haut dans la montagne. Les feuillages sont beaux et denses, doux, sauvages, et cette nature-là, il n'y sent pas d'agressivité. Il atteint le sommet de la colline. La vue donne sur un bras de mer, il pense à son frère aîné exilé dans l'île de Heuksando, au beau milieu de cette même eau qui les réunit et qu'il contemple maintenant, et il se sent moins seul. Il oublie ses regrets, oublie un peu la tristesse qu'il éprouve en pensant à sa famille, se délasse l'esprit, en silence. Un petit pavillon se dresse maintenant sur cette pointe, en souvenir de lui.

Parfois, continuant sa promenade, s'enfonçant toujours plus loin dans la forêt, il chemine jusqu'au monastère bouddhiste des « cent lotus », ou Baeknyeon-sa, fondé dit-on à l'époque de Silla, pour y voir son ami le moine Hyejang. Les montagnes enveloppées de brume semblent de longues formes grises et pâles, à peine assombries de matière, flottant sur l'eau claire ou fondues dans le ciel ouaté, révélées comme sur un théâtre dont les rideaux formés par deux pans de collines s'entrouvrent pour laisser voir la splendeur du spectacle. La fleur rouge d'un camélia. Le murmure de l'eau des cascades. Le silence soudain rompu par le cri rauque d'un oiseau.

Puis, vu d'en bas, un mur de pierres colossales qui, par la taille et l'ambition, rappelle les ruines de Mycène. À la suite de Tasan, nous sommes arrivés au temple des cent lotus auquel les arbres, écartant leurs sommets, ont fait un peu de place – si peu de place. Un petit temple simple et sans tapage, sans grandeur autre que son parfait isolement et la lointaine vue morcelée sur les îles. La mer, les montagnes. Juché sur sa hautaine terrasse de pierres, il est adossé à la muraille de rochers qui le surplombe, abrupte, vertigineuse. Et si intimement mêlé à la nature qu'on le dirait construit dans un consentement mutuel : une harmonie dont on sent les effets, à la fois essentiels – osons le mot « cosmique », ici il est de mise – et apaisants.

La poussée du grain vert

À quelques kilomètres de Tasan Chodang, il y a une maison en tous points différente de la sienne, grande et noble celle-là, qui possède une longue histoire et des livres par centaines (qu'il empruntait), des peintures et des calligraphies de prix. Comme le pavillon de montagne où il habite, elle appartient à sa famille du côté maternel. C'est Nokudang, célèbre pour les artistes qui y ont vécu, peintres et calligraphes renommés, tel Yun Du-seo (1668-1715), dit Gongjae, un lointain parent, qui se représenta lui-même en homme farouche et solitaire. On voit son portrait dans un petit musée attenant, hirsute, les yeux cernés de rouge, comme sortant d'une longue claustration (il est vrai qu'il fut lui aussi trois fois exilé). Il peignit pourtant d'exquises scènes de genre, vivantes, pleines de drôlerie – un homme tombe de cheval, un enfant vole à son secours, un paysan rit, un groupe de soldats étrille de fiers chevaux, un vieux moine assis regarde les nuages qui se lèvent –, quelques traits, tout est là, le silence de la contemplation, le mouvement de la vie quotidienne. Il portait sur le monde, auquel il s'intéressait, un regard attentif et amusé, annonçant déjà, on le signale, la volonté de réforme du Silhak.

Le lendemain de notre équipée épuisante sur les traces de Tasan, encore courbatus par l'escalade de la veille, nous avons voulu voir ce fameux Nokudang (soit le « lieu où l'esprit est imprégné par la poussée du grain vert »). La famille de Tasan y vit depuis quelque six cents ans. Avec conviction et efficacité elle s'occupe à maintenir vivante une tradition qui a perduré à travers les siècles.

Le seul nom de Chusa, comme un sésame, fait ouvrir les portes devant nous et même, ô privilège, voici que nous pénétrons dans l'*anchae*, une cour intérieure fleurie de roses et de pivoines où se tient la vie réservée de la famille. Bientôt, le maître des lieux, un alerte vieillard de quatre-vingt-deux ans, qui avait commencé par fuir à l'approche du groupe de touristes, on le comprend, nous invite à le suivre dans sa demeure. Il y vit seul avec sa femme, sa descendance a essaimé de par le monde mais toujours elle revient en ce centre immuable.

Nous sommes assis devant une tasse de thé vert et un plateau de confiseries, que notre hôtesse a apporté pour se retirer aussitôt, dans une pièce blanche et légère, basse de plafond, petite, intime, chargée de livres. Tout ici est rassemblé avec raffinement, pour le plaisir des yeux et de l'esprit, conçu de manière à éviter l'ostentation de la richesse – cette émanation lourde du monde extérieur –, pas de décoration inutile, pas d'objets en excès, le nécessaire seulement. D'où cette impression d'austérité et de paix. L'érudit néoconfucéen, tout comme notre hôte à un siècle et demi de distance, la préférait, cette austérité, comme étant plus propice à la vie intérieure que l'éclat d'un luxe qui l'en aurait distrait. Dans cet espace situé loin de l'oubli, nous pouvons, en nous passant des mots, suivre par l'imagination et sans trop d'efforts celui qui pendant quelque dix-huit ans d'exil travailla sans désemparer à son œuvre.

«Aujourd'hui, enfin j'ai le temps»

Il est libre, il est maintenant fin prêt, il se lance dans l'étude des Classiques avec enthousiasme.

«Quand on m'a exilé sur la côte, je me suis dit : "Quand j'étais jeune, je voulais apprendre mais, pendant vingt ans, je me suis trouvé empêtré dans les affaires de l'État et je n'ai pu m'approcher de la Voie… Aujourd'hui, enfin j'ai le temps." En conséquence me voici très heureux. Je me suis plongé dans mon étude des Six Classiques et des Quatre Livres. J'ai exploré les commentaires et les sous-commentaires confucéens ajoutés à la somme des Classiques et, après avoir corrigé erreurs et distorsions et noté quelques pages de première importance, j'ai exposé mes vues personnelles.»

Le résultat : deux cent trente-deux fascicules, soit environ la moitié des quatorze mille pages de son œuvre.

Il a commencé par là, les Classiques, c'est-à-dire par des considérations sur la nature humaine mûries au cours de quelque deux mille cinq cents ans, étudiées, révisées, méditées, puis corrigées par lui. Voici une nouvelle audace, sans précédent celle-là, non pas ajouter, mais soustraire, mais corriger. Il s'attaque à l'intouchable, au sacré tout simplement, ce qui va lui valoir des critiques, c'est bien le moindre. C'est que l'interprétation de Zhu Xi, qui est le fondement même de l'orthodoxie néoconfucéenne, lui semble nettement à revoir. Qui plus est, il propose une alternative, il déplace le point de vue, plutôt que sur les facultés cognitives il met l'accent sur les aspirations morales de l'homme : sur la sincérité du cœur (ce qui ne signifie pas qu'il néglige pour autant l'intelligence), et c'est sur cet aspect-là de son œuvre que vont revenir les contemporains.

De l'idéologie repensée à la vie quotidienne modifiée. Après l'étude des Classiques il passe au second volet de son œuvre, étroitement dépendant du premier. C'est la révision des institutions et d'une structure sociale fondée sur une inégalité criante, de l'administration, du système de justice et d'éducation, des impôts, bref, de tout un gouvernement qui lui paraît insatisfaisant, et c'est peu dire.

Il va refondre tout le système existant à partir de sa pensée sur la nature humaine.

« Grâce aux Six Classiques et aux Quatre Livres, un homme se cultive. Grâce à la culture de soi et au bon gouvernement de la société (tous deux étant liés), on sert le monde et son pays. Ainsi a-t-on pris soin de la racine et des branches. »

La racine : les Classiques. Les branches : il aborde la politique, l'administration, la jurisprudence, l'économie et même la médecine (une étude sur le traitement de la variole), les sciences naturelles, l'éducation – autrement dit tout ce qui de près ou de loin touche à la vie quotidienne –, mais aussi l'histoire, la géographie (c'est l'*Histoire géographique de la Corée*), les rites (une *Étude des rites funéraires*), la musique (une *Étude de la musique*), la littérature, la philosophie.... Sans compter quelque deux mille cinq cents poèmes et autres ajouts érudits et plaisants à l'immense liste de ses ouvrages.

L'Art de gouverner

Sur l'inégalité : « La férocité des puissants et des riches inocule du poison aux petites gens et leur cause des maladies, leurs maux étant si nombreux qu'on ne peut pas les citer tous » (dans le chapitre « Interdiction de toutes les brutalités »).

Sur l'entraide : « Si, plongé dans la pauvreté on ne peut soi-même se relever, grâce à l'aide des autres on pourra se relever. Secourir veut donc dire *relever*. »

Une phrase encore, tirée d'un chapitre intitulé « Du comportement de soi » : « L'intégrité est le devoir essentiel de celui qui gouverne… Il n'est personne qui puisse gouverner sans intégrité. » Intégrité et compassion étant liées, « celui qui exerce bien son gouvernement doit évidemment faire preuve de compassion. S'il veut avoir de la compassion, il doit évidemment être intègre. S'il veut être intègre, il doit évidemment être économe ».

Intégrité, compassion, économie… chez les gens de pouvoir. Des mots qui ne seraient pas de simples abstractions. A-t-on lu Tasan ?

Dans le domaine de la justice : « On doit tenir compte des sentiments humains et ne pas se préoccuper uniquement des clauses juridiques. » Autrement dit : ne pas se limiter à la rigidité de la loi (qui mène à de cruelles absurdités).

Ou ces propos, étonnamment modernes en une époque où les châtiments étaient fréquents et terribles : « La prison est un enfer en ce monde et, en tant qu'homme de *ren*, on doit considérer avec justesse les souffrances des détenus » (dans le chapitre « Compassion à l'égard des détenus »).

Rêvons un peu. À des lois faites *pour* les hommes, où chaque cas serait pris en considération, et non des lois faites *contre* les hommes, si rigides dans leur application systématique que l'humain y est oublié (il est plus facile évidemment de s'en tenir à une formule : on la suit, on ne pense pas, ou si peu).

C'est une pensée si radicale, si libre que, malgré le fond confucéen, Tasan à son époque ne fut pas reçu. « Il réussit à incarner l'idéal de Confucius dans une époque moderne, a-t-on écrit[1], non par le pouvoir qu'il a détenu mais par sa vie exemplaire. » Reçu, il l'est aujourd'hui, par les jeunes. Et la dynastie Joseon, faisant amende honorable, l'a nommé en 1910 (la mort n'y fait rien) au plus haut grade des officiels de la librairie royale. Son œuvre est enfin publiée, quelque soixante-dix volumes à partir de 1936. Sociétés, instituts de recherche, fondations culturelles étudient sa pensée et s'emploient à la répandre, on met au point des traductions de son œuvre en coréen contemporain…

À cinquante-sept ans, après des années d'exil, il regagne Namyangju, sa maison natale et sa famille. À nouveau ses amis tentent de lui procurer une place dans le gouvernement. À nouveau la haine de son plus grand ennemi, le conseiller d'État So Yong-bo dont il avait autrefois signalé au roi la corruption, parvient à faire échouer le projet. Même tentative en 1827, même rejet. Un homme médiocre, pourri jusqu'à la moelle, pourvu de ce levier puissant, la haine, et bien fait pour le pouvoir, aura relégué dans l'ombre un des grands esprits de son temps. C'est tant mieux pour la postérité.

Neuf ans passent. Tasan est mort le pinceau à la main,

1. Philippe Thiébault, *La Pensée coréenne*, *op. cit.*

rédigeant lui-même sa très longue épitaphe, qui constitue une sorte d'autobiographie.

Nous sommes cette fois sur les lieux du retour, devant sa statue monumentale. Dans un vaste jardin, c'est un ensemble de maisons constituant un véritable hameau : mémorial, centre culturel, demeure natale, mausolée et, tout au fond de cet immense espace, le tumulus traditionnel, avec, en haut d'un escalier, la tombe, fin du parcours, c'est là qu'il voulut être enterré, pas de géomancie surtout, mais cet enracinement dans sa terre. Nous levons les yeux. Le personnage est assis, les proportions en sont héroïques et l'effigie si haute que nous ne lui atteignons pas le genou, alors qu'en réalité Tasan était petit et de carrure puissante. Le visage fin, régulier, encore allongé par la barbe en pointe et le couvre-chef immense. Mais voici le plus important : le livre ouvert qu'il tient dans ses mains. Il ne le lit pourtant pas, il regarde droit devant lui, peut-être une image que lui représente sa vision intérieure.

C'était donc un ami de Chusa, qui l'admirait, même s'il n'était pas toujours en accord avec lui. Par exemple, sur son interprétation des Classiques, trop subjective à son avis : « Quand on explique les Classiques, on n'ose pas (c'est-à-dire on ne doit pas oser) adopter un point de vue personnel ni créer sa propre théorie. » Ils échangèrent lettres et poèmes, des cadeaux aussi. Des fleurs de narcisse, Chusa lui en envoya en exil, il les aimait. Dans la région de Gangjin personne n'avait jamais vu semblable fleur.

À cette occasion, Tasan compose pour lui un poème : « Un narcisse est arrivé chez moi, il a la forme d'un ermite / Il y a trente ans, j'avais déjà reçu d'un ami semblable présent / Cette fois c'est Chusa en personne qui me l'apporte / Dans cette région perdue c'est chose rare et les gens s'exclament autour de la fleur… / Une fleur blanche et une tige verte se font face / La forme de l'os et celle du jade / On sent la peau et son parfum. » Comme quoi un brin de sensualité, voire de sexualité, peut se mêler à l'évocation d'un ermite.

Le Maître

Non, il n'était pas victime de cette pathologie très répandue, de ce besoin maladif : le pouvoir – il n'était pas mû par des réflexes acquis, se prosterner, se courber, se tortiller, ramper, gesticuler, grimacer et mentir, céder, s'aplatir, se soumettre et se compromettre, discourir et mentir, encore et toujours mentir, poser, plastronner, se rengorger, faire le coq ou le dindon (la comparaison vient souvent à l'esprit) ou tout autre volatile de basse-cour, très basse cour, utiliser des mots ronflants posés sur des discours vides.

En 1830 Kim Jeong-hui quitte le pouvoir. Le prince, son élève, est mort cette année-là. Son père est violemment attaqué. On se rappelle le fonctionnaire corrompu Kim Woo-myeong, dont Chusa, alors inspecteur secret et de retour à Séoul, a dénoncé les abus au roi. Mais la roue de la fortune tourne, les numéros changent, et un fonctionnaire véreux, destitué de ses fonctions, peut un jour retrouver le pouvoir, et donc la possibilité de nuire. C'est ce qui arriva à Tasan, on l'a vu, poursuivi jusqu'à sa mort par la vindicte d'une ordure. Le dénommé Kim Woo-myeong, un individu du même genre, dépose auprès du roi Sunjo une supplique mettant en cause le père de Chusa. Lequel est lui aussi attaqué, on s'en doute. « Son fils malfaisant trouve toujours une bonne raison de s'opposer. Sa relation au monde est faite de ruse. Il n'a aucun scrupule à s'attaquer aux principes les plus respectés. »

La requête est ignorée, ce qui n'est pas rare. Les fonctionnaires mécontents, frustrés, jaloux passent leur vie à concocter messages et doléances. Certains d'entre eux si infantiles dans leur dépit affiché que le roi les repousse sans trop d'hésitation. Ainsi celle d'un certain Yoo Sang-do, en 1830 toujours, une année fertile en complaintes. Oubliée, classée, apparemment inoffensive (mais on en retrouvera plus tard les effets dévastateurs). Quant à l'ennemi de Chusa, son coup est cette fois manqué : sa haine en devient plus virulente. Elle suit son cours souterrain et sinueux, jusqu'au jour où elle se fera jour.

Les intrigues de palais vont bon train, les chefs de faction luttent à mort pour le pouvoir, insoucieux de la politique du pays, qui s'en ressent. On est en plein chaos. Le roi, pris entre ces luttes de partis, tente de garder son autorité, cède parfois sous la pression, donne un gage à l'un espérant le calmer, éventuellement le réduire au silence, sacrifie pour un temps un fonctionnaire ou un autre, puis le rappelle près de lui.

Cependant le père de Chusa va tomber, victime de ces conflits d'influence. Deux autres tentatives de pétition sont déposées contre lui. Devant le nombre, le roi cède. Le 8 octobre 1830 Kim No-gyeong est envoyé dans l'île de Gogeum, province de Gangjin, dans l'extrême sud de la Corée. Cette disgrâce, ce départ, Chusa ne peut, ne veut les supporter. Il conteste, et sa contestation est violente. Il occupe la rue, il hurle, il crie, il frappe sur un gong, cela à deux reprises sur le passage du roi qui se déplace et ne peut l'ignorer – l'ignore pourtant. Un homme à l'ordinaire digne et sage se lance à corps perdu dans la révolte. Elle est passionnée, absolue, aussi extrême que l'est d'habitude sa maîtrise de lui. Durant les trois ans que dure l'exil de son père, Chusa repousse tout confort, tout agrément de vie, il accompagne son père par le corps et l'esprit, refuse de se changer, porte le même habit hiver comme été, s'impose une véritable ascèse, il vit de la même vie, partage le même exil.

Trois ans plus tard, son père sera libéré, sa mort, en 1837, suit de peu ces événements.

Chusa a suffisamment de bonnes raisons pour s'éloigner du monde et du bruit. Il quitte la scène politique et se consacre désormais à sa passion dominante : l'étude. En particulier l'épigraphie. Il a déjà longuement étudié les caractères chinois sur les inscriptions gravées des stèles funéraires, il s'est penché sur la formation et l'évolution des idéogrammes, il a retracé leur histoire

– sa calligraphie d'ailleurs s'en inspire – et obtenu des succès qui ont fait du bruit, notamment avec les stèles retrouvées de l'époque de Silla.

En 1832, il découvre d'autres inscriptions sur un monument commémorant l'inspection des frontières par le même roi Jinheung, de Silla. Il parvient à les déchiffrer. Un nouveau succès d'importance : il concerne le tracé du pays, il éclaire une période héroïque, quand les Trois Royaumes, qui finiraient par constituer la Corée, se déclaraient la guerre, se combattaient ou s'alliaient, s'attaquaient et se déchiraient, luttaient contre les invasions chinoises – c'est l'histoire même des Coréens qui est en cause, le voici devenu un héros. Il est *le* maître en son domaine. On imagine que cette période, quand il est encore préservé par le sort, s'adonnant en toute liberté à ce qu'il aime le plus au monde, est l'une des plus heureuses de sa vie – heureuse malgré l'exil de son père pour lequel il paie le prix lourd. En outre il connaît une réussite éclatante, ce n'est peut-être pas ce qui lui importe le plus, mais ce n'est pas négligeable, même pour un sage confucéen. Et dans son domaine il voulait être le premier. Il l'est.

Un tel pouvoir lui vaut d'attirer un cercle très large de disciples. À cinquante ans, on voit un Chusa reconnu, célébré en Chine autant qu'en Corée, comptant parmi les maîtres à penser des mondes de l'art et de l'université. Et bien sûr, une telle réputation rayonne. On pense à quelques exemples plus proches de nous, à Barthes,

Foucault, Deleuze, Lacan…, à leurs séminaires ou conférences, aux salles bourrées de monde, à la ferveur des étudiants dans les années 1970. Les disciples se pressaient autour de Chusa théoricien et philosophe, certes, comme nos essayistes, mais aussi, c'est plus rare, artiste et poète, un très grand calligraphe – celui qui mit au point une écriture spécifiquement coréenne –, avant qu'il ne soit installé dans l'Histoire comme le plus grand. Et aujourd'hui encore célébré par les Coréens, qui tous connaissent son nom.

Ses élèves provenaient de divers horizons : interprètes entre Chine et Corée, peintres officiels ou lettrés-fonctionnaires. L'« homme aux trois mille disciples », dit la légende, nous l'avons vue gravée jusque sur les pierres de Jeju où il fut prisonnier et où les disciples pourtant n'abondaient pas.

On les verra, ses élèves, franchir les mers dans les pires conditions, sur une eau dangereuse, pour lui rendre visite, plusieurs fois lui rendre visite à Jeju au cours des dix ans qu'il y passa, des hommes remarquables eux aussi, qui lui apportaient livres et présents et firent connaître jusqu'en Chine les œuvres qu'il avait accomplies en exil. Certains sont devenus célèbres comme peintres et calligraphes, tels Cho Hui-ryong (1797-1859), Heo Ryeon (1809-1892), qui peignit un portrait de lui, ou Chon Ki (1825-1854), ils constituèrent l'« école de Chusa ».

Ainsi le voyait donc Heo Ryeon, l'un des disciples très aimés du maître, alors qu'il était jeune encore : le plissement des yeux qui indique la vivacité, l'éveil, il observe, il remarque, rien ne lui échappe, un éclair d'amusement, de malice peut-être ; le pli de la bouche, que dissimulent la moustache et la barbe taillée en pointe, forme presque un sourire, il traduit certain scepticisme, tout au moins l'absence d'illusion – un sage déjà ? en tout cas un homme qui contrôle ses émotions. L'impression générale ? Elle est de bienveillance.

Des années plus tard (la barbe est maintenant blanche), dans le portrait officiel qui est fait de lui un an après sa mort à la demande d'un de ses amis, il arbore le même demi-sourire, l'expression de sérénité se mêle non plus de malice mais d'un peu de fatigue, dirait-on. Il a le même couvre-chef officiel, haut et noir, garni de petites ailes, le corps est somptueusement enveloppé du très ample habit sombre de fonction qui quadruple son volume et ne laisse rien percevoir de sa forme. Une haute ceinture, avec les deux grues blanches dans leur vol qui distinguent l'appartenance à un haut grade dans les officiers du roi, lui barre la poitrine. Homme d'État, ministre, président d'université, c'est Chusa avant sa chute. Comme Tasan, il allie savoir et pouvoir.

Au sommet

En 1835, une faction qui lui est favorable l'a momentanément emporté sur l'autre, qui le juge dangereux. Il revient au pouvoir. Il a cinquante ans. Il a atteint le sommet de sa puissance, il brille dans tous les domaines. Homme d'État, penseur, peintre et calligraphe, théoricien et maître respecté, il a des amis chers, dans son pays comme au-delà des mers, il est au centre d'un nœud d'influences, les missives arrivent et circulent, il est écouté, suivi, imité.

Ce qui est nécessaire à sa création, c'est cet apport continuel venu d'esprits amis, et ce rayonnement très fort que lui-même prodigue : un échange. Ses disciples l'admirent et l'aiment, et le modèle qu'il incarne lui est précieux, à lui aussi, parce que c'est à ce modèle qu'il doit se tenir, à cet homme de bien qu'il doit ressembler. Être toujours au meilleur de soi-même. Il le leur doit. Donner ce qu'on attend de lui. Il s'est constitué un monde très vaste, sans frontières ni préjugés, on y communique en toute liberté, chacun le même savoir, connaissant l'essentiel, allusions, sous-entendus, ellipses, non-dits, silences : on se comprend, les références, les valeurs sont les mêmes. Une longueur d'onde favorable. Circulation fluide des idées, de l'amitié.

Deux chocs très durs pourtant. En 1837, son père meurt. Un an auparavant c'était Tasan. Le monde est soudain plus pauvre, un monde auquel manquent désormais deux êtres essentiels. Son père, pendant trois ans, il ira chaque jour sur sa tombe, observant les rites du culte des morts. Il l'avait un jour comparé dans un poème à un *seonbin* : quoi de plus noble, quoi de plus héroïque que ce personnage. L'imagination populaire s'en est emparée pour le mythifier. Elle l'oppose au yangban, rapace et corrompu (même si tous les *seonbin* sont issus de la classe des puissants). Ni l'argent, le gain, ni l'intérêt personnel ne le motivent, sa réussite ne tient pas non plus à l'exploit physique (au plus loin de Superman et autres Zorro), elle est d'ordre spirituel. Il a su devenir lui-même et le rester en dépit des pièges tendus et des menaces de mort qui l'affligent, le conduisant parfois au martyre qu'il accepte sans sourciller. Il faut bien que la mort pèse dans la balance : elle donne la mesure, absolue, de sa valeur. Son intégrité lui est plus précieuse que tout : c'est le parfait héros confucéen. Et c'est Kim No-gyeong, le père de Chusa, tel que le voit son fils.

En 1836, il était nommé vice-ministre de la Défense et président de l'université confucéenne de Sungkyunkwan, une fonction traditionnellement octroyée au fonctionnaire le plus brillant, que ce soit en termes de culture ou de calligraphie. Puis, le 25 mai 1839, revenant au pouvoir après une éclipse de deux ans (il rend à son père ses devoirs), il est encore nommé vice-ministre de la Justice.

Le voilà parvenu au faîte de l'ascension. Il a entre les mains tous les pouvoirs. Peu lui sont supérieurs sinon le roi.

C'est le début de la fin. Un an seulement avant le désastre.

Il perd tout. Il tombe au plus bas. Plus rien. Il n'a plus rien, il n'est plus rien.

La condamnation à mort

Que s'est-il passé ? De quoi Chusa est-il accusé ? Accéder au pouvoir, s'y maintenir, comme chacun sait, ce sont des exercices à temps plein, en outre dangereux. Plus ou moins.

Penser à soi / changer le monde

Le dilemme agita les penseurs tout au long des siècles : se sauver soi / agir dans le monde ? Penser à son salut / réformer la société ? Ou encore : se protéger / s'engager ? La quiétude et la paix – ou la bataille ? D'un côté une vie quiète, à l'abri des turbulences, de l'autre la puissance, et un risque de mort.

Car le pouvoir menaçait de faire passer les braves de vie à trépas – de façon plus ou moins pénible (les moyens pouvaient varier) – quand leur pensée ne plaisait pas. Alors l'envie de vivre, de continuer à penser, à écrire, à aimer pouvait leur conseiller d'effectuer une retraite accélérée dans quelque ermitage de montagne. Certes l'engagement était un devoir confucéen, mais la « culture du soi » un désir après tout très légitime et bien moins périlleux.

Qui, aujourd'hui, dans notre coin du monde, voudrait risquer la mort, la prison, l'exil dans un village perdu, sans parler de quelques supplices de choix, pour défendre ses opinions ? Qui irait les crier haut et fort, sachant que la peine de mort existe et qu'elle le menace de près ? Même de plus fortes motivations, comme faire parler de soi, se tailler une place sur le devant de la scène, avoir son nom dans les journaux ou, mieux, sur le petit écran – motivations qui en général opèrent bien –, ne suffiraient pas à nos va-t-en-guerre pour affronter les dangers alors encourus par les penseurs coréens. On les imagine, nos agités de la scène, présentateurs bavards, animateurs grinçants, jeunes écrivains performants ou vieux écrivains sur la touche, politologues de service, spécialistes en tous genres, homosexuels en voile blanc, féministes aux seins nus, débatteurs patentés, représentants ès pays, ès communautés, rabbins réprobateurs ou imams conciliants, on les voit enchaînés, tête basse, dos courbé, sur le chemin de l'exil, châtiés par un monarque mécontent et sa clique de ministres apeurés. Ou en prison, ou subissant le supplice de la bastonnade…

« Celui qui se rebelle contre le roi est exterminé avec toute sa race, ses maisons sont rasées sans que personne ose jamais les rebâtir et tous ses biens sont confisqués pour le public. » Et, poursuit Hendrik Hamel[1], « quand le roi a prononcé un arrêt, si quelqu'un a la hardiesse d'y trouver à redire, rien n'est capable de le garantir d'un rigoureux supplice ». Rigueur et cruauté, l'arbitraire en sus, et l'imagination des supplices. Un exemple, toujours conté par notre naufragé : le roi, sachant que la femme de son frère brodait à merveille, « la pria qu'il pût porter une veste brodée de sa main », mais « cette princesse le haïssait mortellement dans son cœur », si bien qu'elle renferma sous la doublure des charmes et caractères « d'une si grande vertu que le roi ne pouvait goûter ni repos ni plaisir pendant tout le temps qu'il portait cet habit ». Hélas, il trouva bientôt la cause de son agitation (il fit découdre la veste) ; sans autre forme de procès, il condamna la princesse « à être enfermée dans une chambre dont le plancher était d'airain et fit allumer dessous un grand feu dont la chaleur la tourmenta jusqu'à la mort ». L'histoire ne s'arrête pas là, mais connaît quelques rebondissements, quand un proche parent, « gouverneur de place et fort considéré à la cour », s'indigne de ce procédé : ce sera au tour de ce malheureux d'encourir quelque autre supplice inventif puis d'avoir la tête tranchée[2].

1. *Relation du naufrage d'un vaisseau hollandais…*, *op. cit.*
2. On dit que la rigueur des châtiments, dont Hamel donne une longue liste, fut adoucie par un édit de 1785, mais que l'usage de la bastonnade subsista jusqu'en 1894, si bien que Kim Jeong-hui dut

Les fonctionnaires au pouvoir avaient donc quelque mérite à élever la voix. Ils ont ainsi payé le prix fort pour leurs audaces et leurs activités. Quatre fois en pas même un demi-siècle (1498, 1504, 1519 et 1545) on se livra à des chasses énergiques aux érudits : ils étaient démis de leurs fonctions, envoyés en exil ou exécutés, des peines qui en outre jetaient le déshonneur sur leur famille et leur descendance. Et il ne s'agissait pas même de corruption ou autres menus travers, seulement de non-orthodoxie.

La lutte des clans

Ceux qui détiennent les commandes du pays sont donc des hommes déterminés. En réalité ce sont des familles aristocratiques et puissantes, de véritables clans qui s'emploient à exterminer l'ennemi. Kim Jeong-hui fait partie de l'une des deux grandes familles qui alternent au pouvoir : les Cho de Pungyang, combattus par les Kim d'Andong. Son destin est soumis à un jeu de bascule incessant : Cho contre Kim, la guerre des Deux-Roses, York contre Lancaster, des vagues d'assassinats, les moyens mis en œuvre sont à peine plus doux que ceux de la mafia, la lutte tout aussi féroce. L'issue : la mort,

entendre les cris des malheureux, dont on frappait les pieds ou les tibias, craignant pour lui-même la mort ou l'exil.

pas une mais plusieurs, jusqu'à la disparition intégrale du clan opposé.

Parfois ce sont les femmes, les reines douairières et leurs alliés qui, à la faveur d'une succession (un roi est mort, l'autre est trop jeune pour gouverner), s'emparent du pouvoir sans plus le lâcher. Le roi est un enfant, il est faible. Des veuves, femmes d'âge mûr jusqu'alors reléguées à l'arrière-plan, voient là l'occasion longtemps attendue de prendre les commandes, elles ont rongé leur frein en silence, l'heure de la revanche a sonné, elles passent à l'avant de la scène soutenues par leur clan, et elles savent se montrer d'une pugnacité exemplaire enflée de toute leur longue rancune. Les plus vieilles, les reines mères, l'emportent sur les jeunes, épouses ou concubines, l'ordre hiérarchique le veut ainsi, mais là encore les jeunes et leurs alliés vont intriguer et faire preuve d'une belle ingéniosité pour supplanter le parti régnant. Ruses, trahisons et meurtres, l'essentiel est de maintenir le clan en place et de parvenir à terrasser l'adversaire. On fait preuve d'imagination, tous les moyens sont bons. Utiliser les faiblesses du roi par exemple, et sa vie amoureuse.

Quand les femmes ne sont pas transformées par les intrigues de succession en ces douairières redoutables et toutes-puissantes, quand elles sont jeunes et belles et faibles encore, elles sont utilisées sans merci dans les luttes entre factions et sous-factions. Ainsi, lors d'une lutte de clans, l'un des membres (chez les Namin, en grand danger d'être vaincus), eut l'idée, pour éradiquer l'adversaire (les Seobin, décidément dangereux), d'envoyer vers le roi (il s'appelait alors Sookjong, c'était à la fin du XVIIe siècle) une très belle et très ambitieuse jeune fille qui avait pour nom Jang Heebin. Fatalement, le roi tomba amoureux d'elle. Au point que bientôt il chassa la reine Inhyeon. Et Heebin devint la nouvelle souveraine. Par la grâce d'une femme, le clan des Namin avait triomphé. Cependant ce n'est pas la fin de l'histoire. Le stratagème avait si bien réussi, pourquoi ne pas employer une femme contre une autre ? Sookjong l'infidèle ne tarda pas à tomber amoureux d'une jeune fille encore plus jeune et plus charmante, qui faisait partie des demoiselles d'honneur du palais et s'appelait Choi Sookbin. Le clan rival, les Seobin, fit alors le siège de la belle pour obtenir d'elle le retour de la reine Inhyeon au palais. Ce qui fut fait.

La reine Inhyeon règne à nouveau, Choi Sookbin devient concubine, quant à l'intrigante Jang Heebin, elle est condamnée à mort.

Telle était l'ingéniosité des clans et l'instrumentalisation des femmes, qui n'avaient pas comme aujourd'hui la possibilité d'une publication médiatisée pour se venger.

Les Kim d'Andong étaient l'une de ces familles toutes-puissantes qui occupaient résolument le pouvoir, manipulant les uns et les autres, arrangeant les alliances. Les Cho de Pungyang, une autre, tout aussi puissante. Entre elles, une guerre à mort. Et cette guerre ne se limitait pas au temps présent. On en héritait de génération en génération. « Même leurs descendants lointains restent ennemis et se massacrent les uns les autres. Et puis il y a ceux qui servent au sein du même palais et qui habitent le même village, ceux-là se tournent le dos jusqu'à la fin de leurs jours », c'est le philosophe Yi Ik qui le remarque, nous sommes au XVIIIe siècle.

Le bon roi Jeongjo meurt en 1800. C'était un monarque tolérant, on l'a vu, qui marquait tout naturellement une préférence pour le parti favorable à son père assassiné (le Sipa). Mais voici qu'un jour son dos se couvre de furoncles, d'une heure à l'autre il s'affaiblit. La reine douairière, veuve du roi Yeongjo – qu'elle a épousé à quinze ans alors qu'il en avait soixante-six –, a eu tout le temps de méditer amèrement sur sa jeunesse perdue. C'est la fille d'un lettré sans ressources. Mais sa soudaine richesse ne lui a pas profité : un autre clan, les Kim, détenait le pouvoir. La légende veut que cette femme de ressentiment ait, en versant au roi moribond un breuvage énergisant, hâté sa mort. « La reine douairière finalement tirait l'épée de la vengeance qu'elle avait forgée pendant plus de vingt ans[1]. » Elle était malheureuse, sacrifiée, l'Histoire en a fait une criminelle. Toujours est-il qu'elle va à la mort du roi prendre le pouvoir avec son clan, les Cho.

---

1. Hahn Moo-Sook, *Rencontre*, *op. cit.*

Et criminelle, si elle ne l'était déjà, elle le devient alors. Sunjo, le petit roi, n'a que dix ans et ne peut régner, une aubaine dont elle va profiter. Un coup d'éclat serait le bienvenu. Il s'agit d'affermir ses droits et de marquer le changement. Quelques exécutions retentissantes, par exemple, quelques exils bien loin de la ville. Le clan adverse tolérait les catholiques ? Eh bien c'en est fini de la tolérance, on arrête, on torture, décapite les catholiques, qui ne sont jamais qu'un enjeu dans les luttes de factions (meurt à ce moment, parmi bien d'autres, le frère de Tasan).

Or, voici que l'année suivante (1802), la reine Jeongsun vient elle-même à mourir. Et tout va de nouveau changer. Avec cette mort, les Cho perdent une bonne part de leur puissance. Les Kim, qui n'ont pas disparu de la scène, reprennent peu à peu les commandes. Un sympathisant des catholiques, un ami du roi, s'étant montré prévoyant, a placé un tuteur auprès du jeune Sunjo : c'est un membre de la famille Kim. Lequel, intelligent et ambitieux, s'empresse de marier sa propre fille au petit roi. Ainsi les Kim sont-ils revenus au pouvoir, ils ne vont pas le lâcher de sitôt. Ils nomment les membres de la famille aux postes clés du gouvernement, ce qui n'est pas une pratique rare. Les Cho, pourtant, ne s'avouent pas vaincus, ils guettent dans l'ombre. Quand Sunjo, devenu adolescent, commence à se mêler lui aussi des affaires de l'État, après tout il est roi, il s'en souvient, il va introduire parmi les fonctionnaires quelques opposants aux Kim (des Cho) pour contrebalancer leur mainmise totale sur les affaires du royaume et réinstaurer ainsi un certain équilibre. Le combat s'apaise pour un temps. Un temps seulement.

Et puis en 1834 meurt le roi Sunjo. Son fils, l'élève de Chusa, est mort avant lui, en 1830. Mais avant de mourir, ce jeune homme doué avait épousé la fille d'un grand leader Cho. Devenue la « douairière Cho », une personnalité puissante, en outre la mère du nouveau roi Heonjong (1834-1849), elle va hanter les couloirs du palais pendant quelque cinquante ans, montrant un esprit des plus combatif, une détermination sans faille et la volonté farouche de faire triompher les siens, les Cho, chaque fois qu'elle le peut. Le pauvre roitelet (Heonjong) n'ayant que huit ans, les Cho, semble-t-il, vont pouvoir dominer et régner tout leur content.

Mais non, ce serait sans compter sur la famille Kim d'Andong qui ne l'entend pas de cette oreille. Ils ont un avantage : la régence est exercée par la reine douairière – on la connaît sous le nom de Sunwon – plus âgée donc hiérarchiquement supérieure, qui fait partie du clan Kim. Heurts, secousses, zizanie, on imagine le combat, chaque faction dirigée par une femme décidée. Et ainsi de suite, le jeu de mort se poursuit, entraînant exils et exécutions, grandeur et décadence, celle de Kim Jeong-hui entre autres.

L'Accusation

Que, négligeant une appartenance si dangereuse, il se soit mêlé de critiquer le pouvoir en place, on peut s'en étonner vu les risques encourus. On le sait, il se rattache au mouvement du Silhak, contestataire et réformiste, ce qui peut lui nuire, aucun doute sur la question, ce qui lui nuit, on l'a à l'œil, il est connu pour ses travaux majeurs et ses opinions subversives, donc influent et dangereux.

Mais il préfère ses idées à l'ambition, la preuve est établie, et il continue, il continuera de les préférer. C'est qu'entre les idées, la vie et l'art, il n'y a pas pour lui de double jeu, pas de distance qui permette le repli ou le désaveu. Or ces idées ne peuvent qu'offenser les néoconfucéens en place – des partisans de la ligne dure – sinon le roi qui, lui, peut se montrer désireux d'opérer des réformes. Mais, pris entre factions et sous-factions, le roi est-il libre ?

Les Cho en leur période de triomphe feront la fortune de Kim Jeong-hui, les Kim d'Andong revenus à l'assaut la déferont. L'individu, si remarquable soit-il, n'est qu'un pion dans la guerre des Roses. Même l'estime d'un roi ne peut le sauver.

Kim Jeong-hui est condamné à mort.

Un ami bien placé intercède et le sauve. La peine de mort, prononcée par les Kim d'Andong, est commuée en exil.

On se souvient de l'ennemi juré de Chusa, ce fonctionnaire malhonnête dont il avait révélé au roi les méfaits. En 1830, rêvant de se venger, celui-là avait comploté contre lui – sans effet. Mais entre-temps le roi est mort, les Kim d'Andong sont revenus au pouvoir, il est dans leur sillage – c'est un de leurs vagues parents –, voici son heure enfin venue. Il a l'idée de déterrer une vieille histoire, à l'époque reléguée aux oubliettes : c'est le rapport rédigé dix ans auparavant par un faible d'esprit. Un fonctionnaire y est sali, rien là que d'habituel, mais, plus grave, le prince héritier Heonjong y est accusé d'inconduite (il avait alors sept ans à peine mais qui sait, Heonjong mourut d'une maladie vénérienne à l'âge de vingt-deux ans). Ce rapport, ce serait Chusa qui aurait poussé le malheureux à le présenter au roi.

Et voilà, il suffisait d'exhumer un dossier de la masse des papiers en souffrance et le tour est joué. « Selon que vous serez puissant ou misérable… » Qu'importent le temps écoulé et la fausseté de l'accusation.

Et Kim Jeong-hui, dépouillé de tous ses titres, partit pour l'exil le plus dur jamais imaginé.

L'écriture au corps

À travers hauts et bas, jours de gloire et de détresse, ce qui lui tiendra lieu de soutien et de direction, ce qui alimente sa poussée intérieure, c'est son art, la calligraphie.

Et là, il ne cesse de chercher, d'expérimenter, de tâtonner pour trouver son style personnel, prenant peu à peu ses distances vis-à-vis des modèles qui l'ont tout d'abord inspiré, à commencer par l'art de son propre père comme celui des grands calligraphes chinois, ses aînés.

Il y a, pour juger de la calligraphie, des caractères techniques, des différences et des modes stylistiques, des chipotages de spécialistes. Il y en eut autour de l'art de Chusa dont on trouva pendant un temps l'écriture étrange, excentrique, outrée, parce qu'elle ne respectait pas les règles habituelles. Comment ose-t-il ? Il s'empare d'un style chinois ou de l'autre – ces styles avec leurs variantes créées au cours de vingt siècles et davantage –, il les mêle dans une même calligraphie, pire encore, il introduit des variations à l'intérieur d'un même style, bref, ce n'est pas régulier, c'est «bizarre», un mot qui traduit une forte désapprobation.

Le calligraphe allait de-ci de-là, il piquait à droite et à gauche, il sautait d'un style à l'autre, il variait sans cesse les caractères, virevoltait et revenait, comment s'y retrouver ?

Bien sûr il possédait chacun de ces styles[1] jusqu'au bout des doigts, bien sûr il les avait étudiés dans leurs moindres particularités au long de leur évolution, mais tout de même, il y avait là de quoi ébouriffer les tenants de la sacro-sainte tradition. Et puis, expérimenter sur le mode d'expression, n'est-ce pas déjà traduire une autre vision du monde – non celle dont on est à peu près assuré, mais quelque chose de neuf ? Et où va-t-on dans ces conditions ?

Avant de se livrer à une défense en règle de l'excentricité, ces jugements le perturbèrent pendant un temps, peu de temps. Ce qu'il voulait en réalité : «faire du nouveau à partir de l'ancien». Il y a là toute une attitude philosophique : ne rien renier, ne rien abandonner, ne rien rejeter du meilleur, utiliser au contraire le meilleur, c'est évident – et créer autre chose, du «nouveau».

1. En coréen, on distingue, dans les styles modernes (après les formes archaïques) : *yeseo*, le style des scribes ou écriture des clercs ; *haeseo*, le style régulier qui en est tiré et qui est adopté pour l'imprimerie ; *hengseo*, le style courant, semi-cursif, une abréviation du style régulier ; et *choseo*, le style cursif ou style d'herbe.

« Destruction et création », a dit Malraux à propos de Picasso, « Liberté souveraine ».

Celle de Chusa – sa liberté – ayant tout intégré, tout fait exploser, puis tout rassemblé, voulait allier, a-t-il précisé, érudition et beauté.

La peinture, un poème visible

L'écriture le tenait au corps. C'est un acte physique, un art auquel on se livre de tout l'être, épaule, bras, poignet et main, du siège de la respiration jusqu'à la plus fine pointe du pinceau. « La mobilité et la sensualité du trait viennent de là », écrit François Cheng[1], du souffle en mouvement qui anime ce trajet. « Grâce à une concentration extrême, un trait d'encre devient l'aboutissement d'un mouvement de tout le corps. Celui-ci n'est plus qu'élan et circulation parfaite. La respiration accompagne alors le trait de bout en bout. »

Il ne cessait de peindre / dessiner / écrire, pas de différence. Un « fou » de calligraphie, travaillant sans cesse les caractères chinois, mais une telle folie aboutit à l'équilibre le plus parfait. « Même les passionnés qui furent appelés "fous" de calligraphie, écrit Henri Michaux[2],

1. *Et le souffle devient signe*, *op. cit.*

2. *Idéogrammes en Chine*, cité par Cyrille J.-D. Javary dans Fabienne Verdier, *L'Unique Trait de pinceau, op. cit.*

et qui y perdaient le boire et le manger et le sommeil et l'équilibre d'une vie, lorsqu'ils reprenaient le pinceau, traçaient des caractères exempts de déséquilibre, emplis au contraire d'un superbe et nouvel équilibre. L'ordre supérieur est dynamique. »

On a repéré dans l'écriture de Chusa plusieurs influences, c'est normal, il n'a rien négligé, aucun des nombreux styles existants. Il a notamment utilisé l'écriture formaliste des clercs (*yeseo*), simple, nette, carrée, pratiquée de façon courante dans les premiers siècles de notre ère, sous la dynastie Han et, à l'opposé, le style d'herbe (*choseo*). Un style où se brouillent les limites, un style étincelant et aérien, écrit Cyrille J.-D. Javary dans sa préface à *L'Unique Trait de pinceau*, qui prend l'herbe pour symbole, l'herbe et non, par exemple, le diamant ou le nuage. Pourquoi ? « L'herbe des prairies virevoltant sous l'emprise du vent, l'herbe des torrents s'enroulant dans les méandres du courant sont pour le calligraphe autant de modèles atteignant sans effort l'objectif qu'il s'assigne : matérialiser la vitalité d'un influx[1]. »

Il existe une variété particulièrement intense de l'écriture d'herbe, on la désigne en général sous l'adjectif « folle », ajoute le préfacier. L'idéogramme qui la nomme est en réalité constitué de la juxtaposition de deux signes, précise-t-il, « félin » et « roi », de telle sorte qu'on a l'idée d'une « puissance souveraine s'affranchissant des règles

1. *Ibid.*

usuelles». Si bien affranchi des règles, le pouvoir du trait, que les caractères, à peine esquissés, mouvements plus que signes, dansant légers sur la page, ne sont guère reconnaissables ni lisibles par le profane. On le devine, il ne s'agit nullement d'une écriture abrégée, mais au contraire d'un art à part entière. Un art abstrait – l'idée nous vient. Pur agencement de lignes et de formes qui suggèrent le mouvement impulsé par le souffle – la poussée même de la vie. Pas de thème, pas de sens discernable. Le sujet est celui-là : l'élan de la vie. De l'énergie rendue visible[1].

De Chusa on a d'admirables calligraphies aux traits empâtés, d'épaisseur inégale, d'un noir profond et plein; chaque idéogramme parfaitement équilibré, affirmé jusqu'en l'extrême arrondi qui le termine, certains s'accomplissant dans la rigueur du carré, d'autres grimpant, filant, s'élevant graduellement. Chacun constitue un ensemble de signes reliés dans l'invisible, parcourus du même mouvement, et l'impression est d'unité. Leur signification n'a pas à être interrogée : elle est là, dans la forme même des signes, dans ce merveilleux équilibre, dans la suite des traits qui se répondent et s'enchaînent, comme une évidence. «Il lui suffisait d'un seul trait de pinceau pour tracer les caractères. Les veines du souffle

1. Comme on l'a écrit à propos des œuvres de Jackson Pollock, rien de nouveau sous le soleil.

circulaient à travers eux de façon si continue que l'élan ne se rompait pas d'un caractère à l'autre, d'une colonne à l'autre[1]. »

Je pense en particulier à la plus grande calligraphie qu'il a exécutée, la plus célèbre peut-être, adressée au moine Cho-ui et intitulée « Boire du thé pour atteindre le zen ».

Pour la composition : deux caractères seulement, une géométrie de formes simples – des carrés et des rectangles, des lignes verticales, deux obliques. Les traits en sont épais, lourds, chargés, si impérieux qu'on pourrait croire à la volonté de faire passer un message (peut-être, mais n'oublions pas qu'il s'agit de thé, et d'un changement d'état de conscience).

À y bien penser, ce serait plutôt : transmettre une certitude. Quand on la regarde, c'est en effet un sentiment de certitude qui nous vient. Il y a cet équilibre parfait de l'ensemble, rien à retrancher, rien à ajouter, tout est là. Ni échappée, ni dispersion, ni fuite, ni évasion. Chaque caractère est posé en son centre, les divers traits en sont reliés tout en étant libres, le mouvement circule, les unissant.

Et puis à l'opposé, très loin de cet empâtement, on observe, légère, toute une danse de signes qui courent, s'élancent, se suivent, mouchetures sur le papier de

1. Chang Yen-yuan, cité par François Cheng, *Souffle-Esprit*, *op. cit.*

riz, du plus fin, du plus aérien et transparent à tel trait plus noir et plus épais, dont la pointe pourtant s'effiloche. L'écriture est en liberté. Signes cornus, griffus, virevoltants, qui ont rompu les amarres. Ils bougent et s'élancent, s'étirent ou se ramassent, respectant pourtant l'harmonie d'ensemble : toujours, ils forment un tout.

Le style de Chusa est souvent illisible, même pour les calligraphes expérimentés. Il l'est a fortiori pour celui qui ne comprend rien aux idéogrammes. Certains catalogues de ses œuvres ont eu la bonne idée de poser à côté de ses calligraphies les caractères chinois dont il est parti. C'est alors qu'on peut juger des transformations qu'il opère. Elles sont magnifiques, audacieuses, elles prennent en compte les mondes animal et végétal ; au mépris des règles, les idéogrammes s'arrondissent, ils se font lourds, compacts – ils se mettent à ressembler au dos d'un animal, à une coquille peut-être – ou bien ils surgissent violents comme une balafre, parfois ils sont légers, telle une aile qui se déploie, parfois ils jouent, se morcellent ou explosent en flammèches, et c'est leur vertu magiquc – signes cabalistiques – qui nous vient à l'esprit.

C'est évident, le plaisir qu'on prend à les contempler ne tient pas à la lisibilité. Même si de pouvoir les lire et suivre leurs transformations dans le temps nous introduit à une autre forme d'appréciation, bien sûr. Mais l'émotion ressentie à regarder n'en est pas forcément plus grande. Chusa d'ailleurs ne s'étend pas sur le savoir-faire, sinon pour dire qu'il est nécessaire – et insuffisant. Le plaisir, comme à la lecture d'un poème, vient du sentiment qui, entre les mots, au-delà des mots, est remué en nous.

« Le poème est une peinture invisible / La peinture est un poème visible » (Guo Xi, XIe siècle).

Yun Hong-jun[1], son biographe coréen, s'est plu à placer côte à côte quatre lettres de lui prises à des époques différentes. La première, datée de 1822 (il a trente-six ans), procède d'une volonté de simplicité et de clarté ; la deuxième, datée de 1828, est d'une complexité qui brouille la page et les yeux : ce que nous voyons, semble-t-il, c'est un chaos de signes, ils filent, s'empâtent, remuent, agités d'un mouvement irrépressible, emplissent l'espace de la page et le saturent ; la troisième, datée de 1833, renoue avec les colonnes qui ordonnent, c'est beau et paisible et pourtant la fantaisie est là : les signes gesticulent, s'enroulent et se déroulent ; la dernière (1838, il a cinquante-deux ans, c'est peu avant son départ en exil) possède la force de l'évidence : un ordre qui n'arrête ni ne retient, un espace plus important qu'auparavant entre les caractères, et toujours cette énergie ramassée qui de la page fait un tout.

1. *Biographie critique de Wandang*, *op. cit.*

Écrire, un acte de spiritualité

Ce qui compte, écrivait-il, ce qui est véritablement difficile, c'est la préparation intérieure, l'avant-peindre. Sur la question, il a laissé nombre de textes et de lettres à ses disciples. Certaines sévères, telle la lettre qu'il adresse à Sochi, son élève préféré : « La voie du peintre est difficile à suivre. Pensez-vous être suffisamment qualifié pour dessiner ? À mon avis, vous avez appris cet art en vous inspirant de Gongje (un grand maître coréen, connu pour sa technique). Évidemment dans notre pays on commence par lui. Cependant il n'est jamais parvenu au niveau des plus grands. Les peintres actuels, les plus connus, ont suivi le style de Gongje, mais leurs tableaux ne font que perturber le regard. Je vous conseille donc de ne pas consulter leurs ouvrages. Vous ne feriez qu'avancer de trois pas sur le long chemin à parcourir avant de devenir peintre. »

Gongje était vraisemblablement un peintre professionnel (et non un lettré), soucieux de satisfaire le goût du public et de vendre, ce qui aux yeux de Chusa, qui lie l'acte de peindre à une intuition spirituelle, le renvoie dans la catégorie de l'artifice. Autrement dit, de la croûte. On pense au regard qu'il porterait sur l'art contemporain, pour lequel l'argent est devenu le critère de valeur principal – l'argent fait l'art, et non plus l'inverse –, notre regard à nous en serait-il « perturbé » ?

« Que votre cœur soit vide et dégagé / Sans la moindre poussière, et le paysage surgira du plus intime de votre âme » (Wang Yu, XVIIe-XVIIIe siècle).

Un long chemin à parcourir, dit Chusa à Sochi, au moyen de ce que, pénétré des valeurs du confucianisme, il appelle la « morale », qui est en fait la recherche de *cheng*. *Cheng*, c'est la sincérité ou, mieux traduit, l'authenticité, qui permet d'atteindre à la part céleste en chacun. Parce que part céleste il y a, même si on peine à la distinguer. C'est notre part la plus profonde, la plus méconnue, Mencius l'appelle « céleste » (ou encore « authentique »), puisque le Ciel n'est pas un au-delà de l'homme mais, précisément, cette part enfouie chez un être capable de se transcender lui-même.

« La phrase est comme un bol de riz avec, en son centre, la morale intérieure. On méprise une écriture et la considère comme un simple exercice anodin, on parle alors de "petite morale intérieure". Cela vaut pour ceux qui tiennent l'écriture pour un simple jeu. Cependant, sans l'écriture, qui implique une préparation préalable, la morale ne peut s'installer. C'est donc que l'écriture et la morale ne peuvent être dissociées. »

Selon Chusa, l'écriture / peinture, avec le travail sur soi au préalable exigé, nous mène à ce que nous destine le Ciel en nous : la meilleure part de nous-mêmes – cette part divine qui nous demeure le plus souvent cachée et que nous apercevons pourtant de loin en loin. Grâce à l'art et à sa pratique, au regard.

Chez lui la peinture tend à devenir spiritualité.

Dessiner une orchidée ? Un jour peut-être tu y parviendras, écrit-il à son fils Sang-woo, mais d'abord il faut que la fleur naisse en toi, d'abord tu dois nettoyer le terrain, le laisser propre et libre.

« Quand on dessine une orchidée, on doit commencer par ne pas se mentir à soi-même. Même le cœur de la fleur, on ne mérite de le montrer qu'après avoir effacé les hontes qu'on porte en soi. Moi, je ressens de la crainte, car il me semble que dix yeux et dix mains me jugent. Si faible que soit la technique, la pensée doit être sincère : elle doit commencer par la préparation de l'esprit. Ainsi vas-tu parvenir au début du début. »

Tout un programme. Ne pas se mentir à soi-même. Mais ceux qui à force de mentir oublient qu'ils mentent et se trompent eux-mêmes, comment vont-ils faire ? Et ceux qui vivent tout entiers dans le faux, au point de ne plus le distinguer d'une vérité qu'ils ne connaissent pas ? « Effacer les hontes », les divisions internes, les balafres qui rayent la mémoire, les passions envenimées et la douleur des souvenirs et le poids des regrets. Autrement dit : se désencombrer l'esprit, le libérer, le rendre clair et disponible.

Oui, bien sûr, c'est ce qu'ils ont tous dit, et fait

peut-être, de T'oegye à Chusa en passant par bien d'autres – encore faut-il y parvenir.

« Si la forme n'est pas claire dans l'esprit et, par conséquent, au bout des doigts… la peinture ne peut être réalisée » (*Manuel du jardin de la graine de moutarde*, « Livre des Pierres », XVIIe siècle).

Chusa, quand il écrit cette lettre à Sang-woo, est à Jeju, en exil, il a, par la privation forcée, « purifié son cœur et ses oreilles des bruits du monde ».

Lâcher prise

Avant son départ, il a encore laissé quelques conseils – ces guides pour une vie – propres à décourager les moins zélés, ainsi les « neuf principes de calligraphie » où domine le souci du vivant :

– Le pinceau vivant. La brosse doit être ronde et robuste. Une fois terminé le travail, il faut la laisser reposer et attendre le prochain usage.

– Le papier vivant. Le papier doit être neuf parce que la surface en est lisse, ce qui contribue à l'absorption de l'encre.

– La pierre d'encre vivante. Une fois qu'on a fini de l'utiliser, il faut la laver et la laisser bien sécher pour qu'elle ne garde pas d'humidité.

– L'eau vivante. Il faut avoir de l'eau pure, qui coule de la montagne.

– L'encre vivante. Il faut changer l'encre après chaque usage.

– La main vivante. Il faut s'arrêter à mi-chemin de son travail et remuer les doigts pour libérer la main.

– L'esprit-cœur vivant. Il faut rester en paix, sans être interrompu dans cette paix. Il faut être calme, donc ne pas s'acharner au travail.

– Les yeux vivants. Il faut que les yeux soient clairs après un bon sommeil, et le corps silencieux.

– Le paysage vivant. Il faut qu'il fasse beau temps et que l'énergie autour de nous abonde. La fenêtre doit laisser passer la lumière.

Ces quelques précautions observées, le corps / esprit mis en état de transparence, et pourvu que l'énergie nous soit favorable, on peut enfin se mettre au travail. Il s'agit de *voir*. À peu près à la même époque, de l'autre côté du monde, le poète Blake écrivait : « Il faut nettoyer les fenêtres de la perception. » Chez Chusa il s'agit bien de la fenêtre au sens le plus concret du terme, mais pas seulement. Pas de buée, ni d'obstacle, ni de salissures. Les vitres, les yeux – tout cela clair, laissant passer la lumière, celle du dehors comme du dedans. La perception est intérieure, question de préparation, de disponibilité.

Les *Œuvres complètes de Wandang*[1] se composent en partie de ses théories sur la peinture et la calligraphie. On y trouve cette phrase extraite d'une lettre à son ami Gwon Don-in, écrite alors qu'il était revenu d'exil, elle est continuellement citée en Corée : « Au cours de soixante-six ans, j'ai usé dix pierres d'encre et mille pinceaux. »

1. En coréen, dir. Im Jeong-gi, éd. Minjôkmunhwa, 1995.

Des exercices illimités, des efforts sans cesse recommencés, un travail incessant : on peut pratiquer, dit-il, jusqu'à « neuf mille neuf cent quatre-vingt-dix-neuf » fois. Et pourtant ces dizaines de milliers d'efforts, si souvent mentionnés dans son œuvre, ne suffisent pas. La maîtrise ne suffit pas ? Que faut-il d'autre ? Le « un » qui ne se reproduit pas ? Le Un au-delà du multiple, des neuf mille neuf cent quatre-vingt-dix-neuf tentatives jamais tout à fait abouties ?

Il faut, dit-il, à un moment donné, « ne pas suivre le chemin ». Cesser de vouloir, cesser d'être habile, cesser de diriger. Ne pas s'efforcer jusqu'à l'épuisement, ne pas forcer ses dons (si tant est qu'on en ait), ne pas chercher la perfection (pour ceux qui seraient tentés). C'est contre-productif.

Chusa affirme que les anciens n'exécutaient leur calligraphie que lorsqu'ils en avaient envie, « par hasard » en quelque sorte, poussés par une impulsion, une « envie », c'est bien ça, née du tréfonds de l'être. « Avoir envie d'écrire par hasard », qu'est-ce que cela signifie ? La création devrait se réaliser spontanément ? Eh bien oui, elle est sans but, sans volonté, venue de plus loin que le vouloir et le savoir. Étant entendu que ce « plus loin » n'est nullement l'obscur, la jachère enclose d'où nous tirons nos rêves, mais le lieu – intérieur – vers lequel on a longuement cheminé et qui peut s'appeler Candeur ou Simplicité ou Quiétude.

En dernier ressort, tout dépend de la «spontanéité» (qui n'est évidemment pas l'équivalent de notre «instinctif», mais le fruit d'un travail de chaque instant).

On laisse place en soi à un espace de liberté, on «écoute les voix de la nature, celle du vent qui souffle où il veut, celle de l'eau qui jaillit et chante comme la vie», qui bondit, s'infiltre, s'arrête, reprend sa course… L'instant – l'envie qui nous vient – doit nous trouver disponibles.

Jeju

L'île de Quelpart

Être envoyé à Jeju, l'endroit le plus lointain, le plus isolé du royaume, était un sort qui valait bien la mort. Une mort lente et solitaire, un exil auprès duquel celui de Tasan ressemble à une paisible retraite.

Jeju, ou l'île de Quelpart[1]. Ce nom, c'est Hendrik Hamel qui dans le récit de son naufrage sur l'île le lui a donné. Quelque part sur la mer, quelque part de l'autre côté du monde, loin, très loin, ce « quelpart », un point invisible sur le globe, mais où exactement ? D'un accès difficile, la mer est mauvaise, les vents violents, les récifs dangereux et l'abordage périlleux, on ne s'y hasarde que contraint et forcé à en croire les rescapés de l'aventure à l'époque. Ceux qui s'y sont risqués en sont repartis au plus vite, par la suite ils ont laissé quelques notes

1. Quelpart, c'est le nom que portaient certains navires hollandais dont l'île a la forme.

sur leur terrible expérience. L'île est en outre interdite aux étrangers sous peine de mort. Quand en 1888 M. le colonel Chaillé-Long, occupé à retracer le voyage de Hamel, se présente devant le gouverneur de l'île de Chae-ju (comme la nomment les gens du lieu), celui-là lui murmure à l'oreille que cette visite lui cause de graves ennuis : ne sont-ils pas, lui-même ainsi que son visiteur, en danger d'être massacrés par la population ? « Deux cents personnes sont venues protester contre votre arrivée. L'autoriser constitue une violation de la loi de Chae-ju[1]. »

Certains pourtant abordèrent l'île.

De loin, on ne voit qu'une masse de nuages qui chapeautent une haute montagne : c'est Hallasan, la demeure des esprits, le volcan sacré qui un jour a surgi de la mer. « Les nuages et les brouillards couvrirent les eaux et la terre trembla dans un bruit de tonnerre pendant sept jours et sept nuits. Finalement les vagues s'écartèrent et de la mer surgit une montagne immense. Il n'y avait ni plantes ni arbres, un épais nuage de fumée en couvrait le sommet – dans le lointain on aurait dit du

1. Les citations ici utilisées sont extraites de *Five Accounts of Jeju Published in Western Countries (1845-1926)*, récits de Edward Belcher (1799-1877), Charles Chaillé-Long (1842-1917), Alexander A. Pieters (1871-1958), Malcolm P. Anderson (1879-1919) et Robert B. Hall (1896-1975), dir. Ko Young-ja, bibliothèque Udang de la ville de Jeju, 2013.

sulfure. » Cet événement eut lieu mille sept cents ans avant J.-C., la grande encyclopédie japonaise le relate.

Lieu de mystère et de menace où vit cloîtrée une population à demi sauvage, l'île nourrit la peur et les fantasmes. « Telle les îles de Blest imaginaires qui ne vivent que dans les rêves poétiques d'un âge reculé, Quelpart était un pays inexploré, et la visite, bien involontaire, que lui rendit Hamel n'éclaira en rien cet endroit étrange ni ses habitants » (du même colonel Chaillé).

La mer déjà vous rejette. « La mer est une succession de bassins formés par de vastes cercles de pics et de cônes volcaniques, pierres grises et froides dont les sommets pointus, tels des clochers d'église ou des tourelles de château, se dressent avec une symétrie si parfaite qu'on les dirait façonnés par la main de l'homme, mais on pourrait tout aussi bien croire que ces formes fantastiques, diaboliques, correspondent à quelque tour joué par les démons. »

Et le vent, diabolique lui aussi, souffle sans relâche. L'enfer est là, autour de l'île déjà, bientôt dedans.

Poussés par la nécessité, les hardis explorateurs embarquent tout de même. « La petite embarcation ne naviguait pas : elle était comme projetée au long des vague énormes. Le vent et l'eau la poussaient de l'avant, menaçant à chaque instant de nous engloutir. » Enfin, « à demi noyés par la mer qui (les) a balayés sans interruption pendant toute la durée du voyage », ils arrivent devant les rochers « noirs et sinistres » qui forment l'entrée du port.

Et là, ce qui se présente à eux est plus terrible encore que les vagues : des humains déchaînés, des milliers de têtes qui, du haut de leur perchoir, les regardent, des têtes hurlantes et grimaçantes, tous les démons sortis de l'enfer. Même en faisant la part d'un racisme affirmé et d'un sentiment de supériorité sûr de son bon droit (ces voyageurs blancs nous paraissent condamnés à une demi-cécité), il faut bien admettre que l'île et ses habitants semblent terrifiants.

On approche de la côte après un voyage où l'on a cru dix fois mourir. Déjà on entend l'immense clameur hostile montée de la multitude. Levant les yeux, on aperçoit « des hommes à l'aspect sauvage, avec sur le visage une férocité mêlée d'étonnement ». « D'où venez-vous ? que venez-vous faire ici ? pas d'étranger à Chae-ju. Fichez-nous le camp. Dehors. » Voici, plus ou moins, les mots que leur traduit l'interprète, plus mort que vif. À terre, enfin, et sous bonne escorte, ils sont conduits à travers « une masse compacte d'individus à l'allure aussi sauvage et primitive qu'on peut l'imaginer ». Des coups de lourds gourdins (*conjang*) sont impitoyablement appliqués par les gardes sur les épaules et tous les dos à la ronde. En bref les habitants de Chae-ju sont des barbares, ignorants, indisciplinés, ingouvernables, même leur chef les craint, il l'a avoué à son visiteur, seul le bâton vigoureusement employé les fait reculer pour un temps.

Voilà donc le nouvel entourage où va désormais vivre cet esthète instruit et raffiné qu'est Chusa.

Il sera seul, il aura faim, il aura froid. Ce vent que rien n'arrête, l'humidité de la mer qui s'insinue et vous pénètre jusqu'aux os, le froid en hiver, implacable. Le poids des nuages bas, jour après jour.

Un malheureux naturaliste américain, qui partit plein d'espoir au tout début du XXe siècle herboriser sur ces rivages, raconte que sur quarante jours passés dans l'île, trente furent trempés de pluie ou noyés de brouillard. Il dresse sa tente, se rend en ville, au retour ne la trouve plus, toutes ses affaires ont été dispersées par le vent furieux. « Toute cette nuit-là, le jour suivant, et la nuit d'après, la tempête siffla sans relâche, notre tente ne pouvait rien contre les torrents d'eau qui s'abattaient sur nous et je ne pus dormir, craignant à chaque instant que notre tente ne soit arrachée par le vent déchaîné. » Bien entendu ils tombent malades, ses compagnons et lui, furoncles, bronchite, douleurs variées… il ne souhaite plus que repartir : « J'étais maintenant convaincu que Quelpart était affligé du plus horrible climat qu'on puisse imaginer. »

Comment croire que cette île déshéritée est autre chose qu'une colonie pénitentiaire ? C'est tout au moins la supposition que fait en 1845 (Chusa s'y trouve alors) l'un de ses premiers explorateurs, Edward Belcher. « Il est tout à fait probable que Quelpart soit l'une des colonies pénitentiaires de la Corée. Il n'est alors pas étonnant qu'on y trouve des mœurs aussi grossières… et que le sol y soit aussi mal cultivé… personne n'a envie de s'efforcer d'en améliorer l'état puisque les descendants n'en auront pas la jouissance et que soi-même on va le quitter à la fin de l'exil. » Edward Belcher prend pourtant la peine de distinguer une « classe supérieure », très différente du reste de la population, nous dit-il, et dont il donne une description inattendue : « Très actifs, exposés aux éléments, ils ont pourtant au repos une attitude des plus efféminées, étant assistés par une espèce de page qui porte chaussures, pantoufles et éventail… ces pages sont plus efféminés encore que leur maître ; pâles, débraillés, à vrai dire répugnants, les cheveux dénoués en vagues lâches, si bien qu'on aurait presque un doute quant à leur sexe. » Quant aux « basses classes dans leur ensemble, (elles) se ressemblent. Ce sont des pêcheurs, petits, râblés, puissants, habitués à porter de lourdes charges ». Les femmes, elles, pour peu qu'on les aperçoive, ont les jambes courtes, les chevilles épaisses, les pieds lourds. « Leurs manières sont en tous points différentes de celles des autres nations que j'ai eu l'occasion de visiter : elles sont par leur personne et par leurs vêtements d'une saleté repoussante. »

Voilà qui nous renseigne autant sur le regard des Blancs à l'époque (ou plutôt leur absence de regard) que sur la réalité du paysage et des mœurs que trouva

Chusa en 1840. On en sait pourtant assez pour mesurer son absolu isolement.

Un paradis rouge sang

Aujourd'hui Jeju a changé de réputation. L'île n'est plus celle des exilés politiques mais des couples en goguette. Elle est considérée comme un lieu de tourisme, idéal pour le voyage de noces, les jeunes mariés s'y pressent le bouquet à la main, sur les plages et devant les cascades, sur les pentes des volcans et dans les hôtels coquets, dans les restaurants situés en bord de mer qui dégorgent de tablées joyeuses occupées à gober leurs piles de crustacés… Les constructions neuves s'étirent tout au long de la côte nord, autour du port d'arrivée, une seule longue ligne, le soir illuminée.

Jeju, une « île de beauté », tourisme oblige, mais sous ces apparences idylliques forgées par un tout récent souci commercial, quoi, quelle réalité ?

Jeju, un « paradis rouge sang », c'est l'une des appellations également données à l'île. Jeju la grise, enveloppée de nuages, battue par les pluies, balayée par le vent – Jeju teintée de sang. L'histoire politique, qui broya la vie de Chusa et d'autres exilés, continue en sous-roche son travail inexorable, explosant parfois en gerbes meurtrières, causant massacres et destruction. À peine sortis de l'occupation japonaise, autrement dit de l'enfer, livrés bientôt aux atrocités de la guerre de Corée, les habitants de Jeju, de nature décidément combative et conservant le goût de vivre comme celui d'être libres, n'acceptèrent pas l'idée d'une division Nord / Sud du pays. Pas plus que celle d'une dépendance qu'ils contestaient depuis longtemps : leur île était un autre pays, d'ailleurs ils avaient leur langue à eux, ceux du continent n'y comprenaient goutte, c'est donc qu'ici on ne parlait pas la même.

Et l'île se souleva contre le gouvernement détesté et détestable du dictateur Rhee Syngman.

Cet épisode sanglant a longtemps été recouvert d'un silence de béton, si bien que le temps semble l'avoir effacé des mémoires. Il n'en est rien, au contraire il n'en finit pas de résonner, de les creuser, de les ronger, comme le fait goutte après goutte un acide. Quand le restant du monde, lui, n'en connaît rien.

La rébellion commence par une manifestation pacifique le 1er mars 1948. On soupçonne dans les rangs la présence de communistes. On ne la tolère pas. Danger. Répression policière immédiate, deux mille cinq cents jeunes arrêtés, trois sont torturés à mort. La riposte ne se fait pas attendre. Le 3 avril, onze postes de police sont attaqués. C'est le début de l'insurrection populaire, on se munit d'armes à feu héritées des Japonais, mais aussi de piques, de faucilles, de glaives, de lances de bambou – les moyens du bord –, tout le pays est gagné, on aide et on abrite les guérilleros. Les communistes sont accusés, l'occasion est trop belle de les anéantir. Et cette accusation va servir à légitimer la férocité de la répression qui suit. Elle est ordonnée par le dictateur de Séoul, orchestrée et soutenue par les forces d'occupation américaines. Sans intervenir directement – telle est la version admise –, elles prêtent à l'action une main active. C'est à bord d'avions américains que sont acheminés les ravitaillements et les renforts qui permettent au dictateur sud-coréen d'écraser la « commune de Jeju », et c'est l'armée américaine qui conseille, ordonne, accompagne la répression, y participant éventuellement. À Jeju on ne l'a pas oublié.

Quarante mille civils et combattants massacrés. Ou soixante mille ? Soixante-cinq mille, pourquoi pas ? C'est possible, de source officielle le chiffre a été avancé. Soixante-dix pour cent des villages détruits (sur les quatre cents que comptait l'île) et quarante mille maisons… Des chiffres encore ? C'était en 1948. Au printemps 1949, des bataillons sud-coréens débarquent dans l'île et procèdent au nettoyage. En 1950, quand débute la guerre de Corée, la répression dure encore à Jeju.

Des groupes de villageois sont soupçonnés, non jugés, abattus le jour même. Des villageois. Des combattants ? Ce jour-là, à la mi-janvier 1949, « beaucoup de gens dont on avait brûlé les maisons se sont enfuis dans la montagne. Ils se sont cachés dans les grottes ou dans les bois. La terreur d'être pris et le froid extrême eurent raison d'eux. Toutefois la police et les soldats finirent par les trouver et achevèrent d'une balle ceux qui restaient. Ainsi des crimes sans pitié furent-ils commis contre des civils innocents».

Je lis ce témoignage dans un rapport de quatre cent cinquante pages intitulé «Rapport d'investigation sur l'incident du 3 avril à Jeju[1]». Rapport qui fut demandé en janvier 2000, soit plus d'un demi-siècle après l'«incident», quand, enfin, une loi autorisa le gouvernement central à effectuer cette recherche de la vérité.

Ou encore : «Un jour on m'arrêta sans raison alors que je rentrais chez moi. Je vis une trentaine de villageois, mes frères et sœurs parmi eux. Ils se tenaient debout dans la rue, ligotés par des cordes. On nous a emmenés au poste de police de Shineorn. Là il y avait un homme qui ne voyait que d'un œil. Il devait pointer du doigt l'un d'entre nous au hasard devant lui. Tous ceux qu'il pointait devaient sortir du rang. Avec cinquante autres habitants du village, je fus emmené au poste de police de Jeju. On nous battit et on nous tortura chaque jour.»

L'homme borgne reconnaissant des coupables imaginaires : une cruauté aveugle, littéralement.

Je suis allée visiter le parc de la Paix, ouvert en 2008 à Jeju. Mon amie Ko Young-ja[2], née dans l'île où elle

1. *The Jeju 4.3 Incident Investigation Report*, Jeju 4.3 Peace Foundation, éd. révisée, 2014.

2. L'éditrice et traductrice de l'anglais en coréen de *Five Accounts of Jeju Published in Western Countries*, *op. cit.*

habite encore aujourd'hui, tenait à cette découverte, voulait me faire voir et comprendre. Je me souviens, à l'intérieur du musée, de ces grottes miniatures où gisent des figurines comme suppliciées, squelettes ou corps décomposés, ceux des rebelles réfugiés là et morts de faim, ou fusillés. On les a reconstitués avec réalisme et un grand souci du détail. Les maquisards utilisaient les caves et les tunnels creusés par les Japonais pour s'y cacher, ainsi que le cratère du Hallasan et les grottes qui vérolent le flanc des volcans, ils y disparaissaient pour un temps, avec armes, munitions, explosifs… jusqu'au jour où l'armée, les pourchassant toujours, venait les y débusquer. Et les tuer.

Je me souviens aussi de cette statue isolée dans un grand espace rond et vide. C'est une femme enrobée de guenilles et portant un enfant, elle est agenouillée dans la neige, son corps ployé contre le froid et le vent pour le protéger. Les traces de pas dans le blanc, puis la chute à genoux. Ce corps tout entier replié sur l'enfant, ce dos courbé comme un refus : elle n'attend plus rien, elle se raidit contre la mort qui approche. Une misère si violente. Isolée dans le cercle de neige, la statue traduit tout cela : la solitude et la détresse, l'impuissance, et cette attente terrible d'une mort imminente.

L'exil

Ce jour-là la tempête n'a pas fait relâche. Le matin, de bonne heure, il a quitté le monastère bouddhiste de Daeheung-sa. Il y est allé reprendre des forces et faire le silence en lui avant de partir. Des visages calmes, amis, l'odeur enveloppante de l'encens, le chant des moines qui monte dans la nuit, le bruit du ruisseau qui coule de la montagne. La paix. Il va chercher à s'y tenir. Un tel ébranlement. Il vient de tout perdre, sa situation, son rang, sa place parmi les hommes, ses liens avec eux. De tout quitter : ses biens, sa maison, les présences familières, ses compagnons les livres, qu'il laisse derrière lui, son entourage, son décor, sa vie. Se reconnaît-il même ? Qui est-il ? que reste-t-il de lui maintenant qu'il n'a plus rien, n'est plus rien ? Exclu de la société, rayé. Un creux, une absence là où auparavant il existait en plein. Mais pire encore, car l'exil en ce temps a pour but de vous supprimer corps et âme, et de rompre tous les liens. Famille déshonorée, déchue de ses titres, de sa réputation, et sur vous la pancarte honteuse : « criminel d'État ». On n'ose même plus mentionner votre nom.

Oui, que reste-t-il de soi à l'abri de la perte ? Ne vous défait-elle pas, entièrement ? « Anéanti », c'est le mot qui me vient, il pourrait l'être.

Après le choc, s'assurer, lentement, de ce qui vous reste. Se tenir à soi-même. Soi-même ? Mais qu'est-ce que « soi-même » quand tout ce qui vous définissait vous est enlevé ?

Peut-être est-il curieux tout de même de le savoir et de mieux se connaître, au-delà de la peine et de la peur. Il est ce genre d'homme qui aime à éprouver ses limites et à les repousser.

Et que va-t-il trouver dans cette île lointaine pour l'aider à vivre ? Les conditions de vie y seront-elles même supportables ?

« Très tôt le matin nous nous sommes préparés à prendre le bateau. Le vent soufflait et nous poussait. Nous avions parcouru un tiers du chemin quand, l'après-midi, il devint très violent, de fortes vagues faisaient tanguer l'embarcation, nous étions renversés et roulions à terre, les visages changeaient de couleur.

« Mais moi pas, j'ai même pu manger. Je me suis amusé de cette aventure, du vent et des vagues. Nous sommes arrivés à Jeju vers le soir. On avait parlé de moi et les gens de Jeju étaient massés sur le pont pour me voir. Personne n'imaginait une arrivée si rapide, le temps de voyage étant d'ordinaire bien plus long. À moi aussi tout cela semblait étrange. Ainsi ai-je fait l'expérience de la dureté du voyage en même temps que celle de la tranquillité intérieure.»

C'est la lettre qu'il envoie à son frère. Il l'affirme en bon confucéen, la tranquillité intérieure lui est restée. La tempête peut faire rage, ses compagnons rouler à terre, blêmir, vomir, se tordre, gémir et protester, lui, il mange et, même, il s'amuse. Le vent, les vagues, le péril de mort : une aventure. Et à l'arrivée, la masse des visages tournés vers lui, ces centaines de regards venus pour épier le malheur, on veut voir la bête étrange, le réprouvé, le criminel d'État envoyé dans l'île pour y purger sa peine. Un haut personnage, un riche parmi les riches, ont-ils compris. C'est ce petit homme vêtu de blanc, dûment chapeauté malgré le vent, qui se tient droit et digne dans l'attente de son sort?

On l'emmène maintenant à l'autre bout de l'île, vers la côte sud-ouest, dans la région de Daejeong-hyun. Sa maison est située entre les collines, loin des villages et hameaux des pêcheurs qui constituent le gros de la population. Dans la campagne profonde l'isolement sera parfait. Et le vent soufflera très fort, l'endroit est connu pour ce genre de record.

«Sur une partie du chemin vers Daejeong, il y avait tant de pierres qu'il était difficile d'avancer aussi bien pour les chevaux que pour les hommes. Mais la route est devenue plus régulière. Puis on a marché à l'ombre d'une forêt épaisse, si dense qu'on ne pouvait entrevoir qu'un petit morceau de ciel. Parfois, on apercevait des feuillages rouges et jaunes comme la fleur de pivoine. C'était d'une grande beauté, plus que sur le continent. Mais nous étions pressés, si bien que les choses sont moins glorieuses qu'elles ne le paraissent. »

S'exercer à voir le bon côté des choses. Il le fait encore.

« À mon arrivée, j'ai trouvé une maison très petite. Il y a une chambre et un plancher de bois. Le tout est propre et me suffira largement. J'avais emporté de la nourriture et il m'en reste. Je n'aurai pas de difficulté à supporter. »

C'est une lettre à sa femme, qui a visiblement pour but de la rassurer. Car il ne trouva rien de tel ou, tout au moins, il fait silence sur l'essentiel.

Un bol de riz

Je me souviens de l'enclos d'épineux qui cernent sa maison comme une rangée de solides fils de fer barbelés. Et du panonceau où j'ai lu ces mots pieux en amende honorable du pays à celui qu'il fit souffrir : « Voici le lieu où Kim Jeong-hui dormit et mangea. Comme il était en résidence surveillée, il n'avait pas le droit de faire un seul pas hors de cet enclos. »

Les buissons sont denses et drus, les épines longues comme la main et pointues comme des lances – des guerriers verts. Le regard est barré. Il n'a pour se promener dans ses songes que l'étendue du ciel au-dessus de sa tête. Méditer, rêver, s'évader en esprit : peut-être. Marcher, changer de décor : jamais. Et ne pas savoir si cet emprisonnement finira un jour. Quand ? Le temps s'étire jusqu'à se perdre dans une durée sans fin.

Sa maison est petite, il l'écrit, une pièce au plancher nu, au plafond bas, une cuisine dotée de trois pots avec leurs couvercles, là est le feu, la source de chaleur. Posé sur les pierres de taille, le toit de chaume est solidement amarré par un entrelacs de cordes pour le défendre du grand vent. Un second toit, pentu, maintenu par de grandes perches plantées au sol, qu'on peut rabattre pour se protéger de l'extrême violence des éléments. La pluie, qui transforme le terrain en champ de boue, coule sous la terrasse de bois (maru) qui court le long de la maison. Une construction primitive, pas plus grande qu'un bol de riz, comme on l'a écrit, une chaumière perdue dans un paysage inaccessible, livrée aux rafales et aux bourrasques, d'eau, de vent, de neige, l'exact opposé de l'austère demeure seigneuriale où il vivait.

En face de sa maison, celle de son gardien, Gang Dosun, un homme riche, est-il écrit sur un panneau, qui possédait de la terre et une famille et, un jour, devint son disciple. Pour connaître les « commodités » offertes à l'exilé, je poursuis ma lecture des informations. Il dut expérimenter le système ingénieux et parfaitement écologique qui profitait à la fois aux hommes, aux animaux et à l'agriculture, une fierté pour l'île de Jeju qui se vante d'avoir été la seule à l'employer : l'enclos des porcs qui jouxtait la maison servait également de toilettes. Un dessin en explique l'utilisation. Un petit homme est accroupi, les fesses nues, en hauteur sur le mur de l'enclos, les excréments tombent dans l'auge des cochons (ils sont au nombre de trois) ; ce qui n'a pas été utilisé par eux pour se nourrir le sera pour la fertilisation des sols, mêlé aux autres déchets. L'idée n'est pas agréable, mais elle fonctionnait bien, nous dit-on, ainsi rien ne se perdait, rien n'était inutile, et cette cage à porcs-toilettes fit ses preuves dans chaque foyer à Jeju.

L'arrivée est brutale. Et cette brutalité lui voile d'abord la succession des jours, la répétition, la lassitude. Toutes ses forces tendues pour résister, puis la fatigue le gagne, et l'usure – le travail du temps. Une journée ressemble à la suivante, les heures s'allongent et se traînent, sans rencontre, sans échange, et ces soirées si longues, interminables en été, si noires et froides en hiver – une attente indéfinie que rien ne vient jamais alléger. Le ciel est gris, les nuages bas, il pleut sans cesse. Il dort, roulé en boule, cette humidité insidieuse qui gagne les os vous réfrigère et vous poursuit jusque dans le sommeil, et le matin, au réveil, encore englué dans les mauvais rêves de la nuit, il retrouve la conscience de sa situation, il voit à perte de vue le même ciel plombé, sans lumière. Une nouvelle journée commence.

Une lettre arrive

Ce matin de janvier 1840, il s'est levé tôt comme d'habitude. Par chance l'horizon est dégagé, il va faire clair et beau, malgré le froid intense et pénétrant, c'est la saison. Il espère une lettre. Un jour après l'autre il espère. Mais il en arrive rarement, le voyage est si long, trois mois, six mois parfois, la mer dangereuse à traverser, les tempêtes, et cette maison perdue, située hors de l'espace et du temps. Un trou sans fond. Une lettre, c'est un événement, le lien soudain renoué avec le monde familier, un signe de l'amitié vivante, c'est la vie revenue qui bouillonne à nouveau. Sans cette attente quotidienne, sans cette rupture possible des murs de la prison, que resterait-il pour l'aider à traverser cette journée, et la suivante, et celle d'après, une autre encore, la même ?

Quand rien ne va, quand notre monde s'effondre, à quoi se tenir sinon à l'habitude et à la discipline ? Aux petits gestes quotidiens qui s'enchaînent et auxquels on s'en remet pour qu'ils nous portent comme si de rien n'était ? Se lever, se glisser dans ses habits humides et froids, tenter malgré le malaise du corps de s'occuper la tête, se remettre les idées en place – se « clarifier l'esprit », comme il disait, le vider de ses soucis, « ouvrir les yeux », déblaiement, rejet, nettoyage à fond –, puis aborder le travail avec ce qu'il reste d'énergie, exécuter quelques calligraphies…

La discipline, comme une ossature sans chair ni plaisir ? Mais non, il a en lui d'autres ressources, de plus profondes. Une vision du monde qui insiste sur la relativité des émotions – en premier lieu celles qu'il ressent en ce moment et qui sont négatives : l'esprit se doit de les régir, il peut les surmonter, aussi bien que les obstacles extérieurs.

Par l'esprit, en le forçant, l'élargissant, on peut se détacher de son moi et faire corps avec les choses de l'univers – cette distance-là, il faut l'acquérir, a-t-il appris de Zhang Zai (« il n'y a pas lieu de mettre en avant son moi puisqu'il est aussi une chose »).

Encore de Zhang Zai : « L'esprit des hommes ordinaires se limite aux bornes étroites de ce qu'ils voient et entendent. »

Lui, il peut essayer, comme le saint, de ne pas laisser entraver son esprit par ce qu'il voit et entend – par le décor immédiat. Alors, « dans le regard qu'il porte sur l'univers, il n'est pas une chose qui ne (sera) sienne ».

La division intérieur / extérieur a cessé d'être. Il est hors de la séparation, hors du morcellement et de l'extériorité. Il a le monde *en* lui et c'est une richesse infinie, au plus loin de la possession, qui nous enferme. La lumière s'est faite.

Et il a son art, lié à cette philosophie, comme pratique quotidienne. Chaque jour il repart de la feuille blanche, retourne en lui-même, plonge des racines dans l'être, une discipline qui lui est devenue, comme l'écrit

François Cheng[1] à propos de sa propre calligraphie, « une ascèse et un bonheur ». À chaque séance, il prépare l'encre doucement, lentement, au moyen du bâton à encre ; se dégage alors « une légère odeur d'encens brûlé », familière et heureuse, qui le ramène à ce qu'il aime. « Le papier, lui, a un parfum d'herbe séchée ; il est empreinte invisible, peau consentante, silence empli de présence. » Alors cesse la solitude, il est auprès d'amis. « Chaque papier est un organisme vivant qui boit l'encre à sa guise, résiste à la plume ou accélère son mouvement, respire, prend la lumière et vieillit à son heure. »

Mais aujourd'hui tout change : voici qu'une lettre arrive, une lettre d'un ami, la joie l'inonde, une joie diluvienne.

« Si je n'avais en main votre lettre, comment pourrais-je même ouvrir les yeux ? Chaque jour dure autant qu'une année. Je n'ai pour converser que la voix des oiseaux. Recevoir votre lettre m'a causé un immense plaisir, c'était comme d'entendre un dialogue enjoué dans l'isolement de la forêt. »

Pour répondre à sa femme, qui lui a envoyé le colis de nourriture demandé, il revient vers sa chambre, il s'assied en lotus sur le plancher de bois, une position dont il ne change guère, entre la pierre à encre et les porte-pinceaux, il rapproche de lui le bol bleu en verre

1. *Et le souffle devient signe*, *op. cit.*

où il lave ses instruments, saisit un papier sur la petite étagère en bambou dans son dos, et commence à écrire en hangeul : «Les produits que j'ai reçus sont pratiquement tous pourris (sauf ce qui est sec). Le gâteau de riz aussi est pourri, c'est dommage. Cette fois le colis a mis sept mois pour arriver jusqu'ici, ce qui est plus long que la dernière fois (deux à trois mois). Quant au *kimchi*, il est très salé et il a plutôt mauvais goût, mais j'en mange tout de même parce que ici on en trouve peu. Dans le prochain colis, pourriez-vous m'envoyer des œufs de poisson, si vous parvenez à en trouver ?»

C'est que, faute de manger, de dormir, de marcher, de parler, d'échanger, d'espérer... sa santé s'affaiblit, le climat est détestable, la nourriture exécrable[1], bientôt il tombe malade, son état ne tarde pas à s'aggraver. Et cette odeur qui stagne dans la pièce au plafond bas, un mélange d'humidité, d'âcre fumée de bois, de déjections et de pourriture lente. Le vent de mer pour chasser les

1. C'était là le régime d'un prisonnier. Sur le chapitre de la nourriture coréenne, lisons «*Olle*, chemins de traverse» de J.M.G. Le Clézio, où il décrit «les plats les plus exquis, les plus raffinés, les plus ordinaires, bols de soupe piquante, *udon*, *oba*, nouilles glacées, crèmes de moelle, algues, champignons en lamelles ou chanterelles, racines de lotus, riz cuit dans les chambres du bambou, compote de glands, lamelles de porc aux trois couches, aulx bouillis, pousses de fougère, herbes amères de la montagne, belles feuilles de sésame râpeuses, chou mariné...» et puis il énumère la grande variété des produits de la mer. (*Revue des Deux Mondes*, mars 2012)

relents. Un brûle-parfum, comme il en aura dans sa chambre à Bongeunsa ?

À son jeune frère : « Mon état de santé ne s'est pas amélioré depuis ma dernière lettre. J'ai une toux grasse qui a empiré et je crache le sang. La mauvaise qualité de l'eau me donne des maux de ventre. Quant à mes yeux, ma vision est de plus en plus floue. En réalité je ne supporte plus l'humidité du printemps. »

Le courage d'endurer

Il est maintenant depuis trois ans bientôt à Jeju. Il ne sent plus que le poids de la vie quotidienne, la répétition morne des mêmes gestes, sans la stimulation qu'apporte l'échange, sans l'élan que donne un but à atteindre. Il continue, que faire d'autre ? Il vit dans l'attente de nouvelles. En lui-même, dans cet homme défait par la maladie et l'usure, il ne reconnaît plus celui qu'il était.

À un ami, en 1842 : « Vous avez soixante ans. Voici trois ans déjà que je suis à Jeju. Le ciel est loin, la vie s'écoule pourtant. J'ai un visage, mais ce n'est plus le mien. »

Parfois une bonne nouvelle, teintée pourtant de regret et d'amertume. « Ma femme a adopté un fils (Kim Sang-moo, en fait un de leurs parents éloignés). Pour les miens c'est un bienfait et un plaisir, bien qu'ici je sois malheureux. La situation est compliquée pour moi qui souhaite être un bon père, comme pour lui, s'il veut être un bon fils. Nous sommes loin l'un de l'autre, nous ne nous voyons pas. En ce moment, c'est vraiment très dur. Je sais que mes propos ne vous sont d'aucune utilité, je vous raconte les choses, en passant… »

Plus dure, bien plus dure que ces manquements involontaires, que ces privations affectives, la nouvelle qui va le frapper de plein fouet, cela deux mois après que l'événement s'est produit, sans qu'il ait pu le prévoir ni s'y préparer.

Sa femme, certes il la savait malade. Le 18 novembre 1842 : « Ma dernière lettre, je vous l'ai fait parvenir comme d'habitude par un messager. Entre-temps j'ai appris que votre état de santé s'était aggravé. Vous prenez un médicament, est-il, ou non, efficace ? Je m'inquiète affreusement pour vous. Vous êtes si loin. »

Mais le 18 novembre, alors qu'il lui écrit, sa femme est morte depuis un mois déjà. Il ne l'apprend qu'en décembre. Et de ce choc il ne se remettra pas.

« Hélas, hélas, je n'ai pas eu la moindre peur même quand je me suis trouvé devant l'instrument du supplice, ni sur la mer profonde, ni devant la montagne abrupte. Mais maintenant ma femme n'est plus et je ne parviens pas à me reprendre, tant je suis bouleversé, stupéfié, anéanti, j'ai perdu mon âme.

« Hélas, hélas, même si tout le monde doit mourir un jour, seule ma femme ne le devait pas, elle ne le pouvait pas. Elle est allée à l'encontre de son destin. Sa mort me cause une immense tristesse et même de la rancœur. Cette rancœur envahit le ciel, c'est une grêle qui tombe. C'est pourquoi je suis bouleversé, je suis affecté par sa mort plus que par un instrument de supplice, plus que par la mer profonde et la montagne abrupte.

« Autrefois j'ai dit à ma femme en guise de plaisanterie : "Si vous deviez mourir, mieux vaudrait que je meure avant vous." Et ma femme s'est montrée si surprise qu'elle s'est bouché les oreilles de ses mains et s'est enfuie sans plus vouloir m'entendre. Les épouses hésitent à parler de la mort de leur conjoint. Mais la mort arrive toujours et mes propos n'étaient pas forcément une plaisanterie.

« Ma femme a fini par partir avant moi. Comment a-t-elle pu me laisser vivre seul, avec les yeux ouverts ? Ma rancœur n'aura pas de fin, elle est semblable à la mer bleue et au ciel qui s'étend à perte de vue. »

Sa rancœur. Envahissante, inépuisable. Seul, écrit-il, avec les yeux ouverts. Parce qu'il s'agit de *voir*, non seulement la perte et la solitude, infinies maintenant, mais tout ce qu'il y a à voir, autour de lui, en lui, et cette vision-là va le sauver : c'est celle de la nature et celle – intérieure – qu'il traduit dans son art.

Conversation avec un nuage

Un jour enfin, il peut composer ce poème. On pourrait l'intituler « Poème du regard » : « Je vois un nuage blanc, très beau / Qui entoure cet arbre d'automne / Il est venu en cet endroit déshérité / Monté sur un chariot / Pourquoi avoir cheminé jusqu'ici / Autrefois il ne me voyait pas car j'étais très loin / Désormais il vient me regarder, pourquoi ? / Pourquoi matin et soir ? »

Échange de regards avec un nuage. Autrefois, c'était impossible. Ce nuage vient-il habiter le tracé des idéogrammes jetés chaque jour sur le papier, un signe incorporé à l'écriture ?

Un panneau sur son lieu d'exil le précise : « Pendant des années, Kim concentra toute son énergie et tout son temps au progrès de son art. On dit que le *chusache* (l'écriture qu'il mit au point) est l'aboutissement de ces actes de dévotion alors qu'il vivait dans l'isolement. »

La peinture, l'écriture, des actes de dévotion. C'est bien cela – dans son cas. Le travail comme une prière. Et le bonheur extrême qu'il dispense.

Ce mot de « prière ». L'idée de la joie. « La jubilation ne vient pas de la virtuosité, mais de la pratique quotidienne de cette discipline devenue une prière intérieure », dit François Cheng[1], qui lui-même connut

1. *Et le souffle devient signe*, *op. cit.*

un long exil, affrontant l'inconnu au cours d'années où il se sentit en perdition. La calligraphie lui permit alors « de survivre à bien des épreuves » : « Aux heures de désolation et de solitude, j'ai su, grâce à cet art de vie, créer un état de communion. » Chusa lui aussi, par son art, entrait dans le grand rythme universel, communiant avec tout le vivant – avec le nuage qui passe. Et nul doute qu'en ces moments, il était heureux et que, comme une suite de pointillés au travers des années, ces moments lui permirent de *vivre* – au sens plein du mot.

Après des années d'exil, son point de vue a changé. La société n'existe plus. Ce n'est plus à partir d'elle ni de ses valeurs qu'il se voit et se juge – si ce fut jamais le cas – mais à partir du rien, de l'infini de sa solitude. Plus en se comparant aux autres qu'il se mesure – d'autres, il n'y en a plus – mais à partir de soi-même et de sa propre exigence. Disparaît l'idée de la place occupée et de l'importance sociale. Premier ? second ? qu'importe ? quelle dérision ! Il évolue sous son seul regard. Il est son propre censeur, le plus sévère qui soit (« Il me semble que dix yeux et dix mains me jugent »). En lui enlevant tout, l'exil lui a permis d'être au plus près de soi – non sur la périphérie mais en son centre – et ainsi, comme il l'avait écrit, de « réussir à être un vrai calligraphe ».

Ses lettres révèlent ses demandes pressantes, incessantes : il lui faut des pinceaux, pas n'importe lesquels, il se montre parfois exigeant, et des encres de bonne qualité, et le papier qui convient, c'est indispensable. On se souvient de ses «neuf principes de calligraphie» selon lesquels tout doit être vivant : pinceaux, papier, eau, encre, main, yeux, corps, esprit. Il travaille sans cesse, expérimente, innove, s'acharne, joue. Jusqu'à en être obsédé. C'est une passion. Il s'y sent libre, de plus en plus.

Il lui faut des livres. Un sur la calligraphie en particulier, son bonheur en dépend. À son frère, lui-même un calligraphe de talent : «Peux-tu m'envoyer le livre de calligraphie et de peinture qui se trouve dans ma bibliothèque ? J'espère que tu vas me l'adresser avant toute autre chose que je t'ai demandée. Le reste, les autres affaires, tu me les enverras petit à petit. Ce livre me rend heureux. Mais le délai est toujours trop long. S'il n'arrive que dans six mois, j'aurai du mal à le supporter.»

Bientôt, en regardant, en écrivant, il met au point son propre style. Peu à peu se fait jour le *chusache*, une écriture bien particulière, la sienne. Les calligraphes autorisés auront un choc en la voyant. N'est-ce pas bizarre, inhabituel, peu orthodoxe, cette façon de tordre le cou à l'écriture traditionnelle ? Mais lui est tranquille. Il s'est libéré de toutes les influences. Il est devenu lui-même. Il se déclare même satisfait.

«Quand nous écrivons en style calligraphique yeseo, nous faisons référence aux textes de la dynastie Han, mais les caractères de cette dynastie ne représentent pas tous les caractères existants. Il en est de même pour ceux de la dynastie Tang… Moi je suis très satisfait de mon œuvre car, tout en adoptant un style d'écriture yeseo, j'ai créé mon propre style. »

Paysage d'hiver

Il avance dans son art, il y est toujours plus libre, il le sait. Seul devant les signes, sans entrave. Preuve en est la peinture qu'il réalise à cette époque, en 1844, deux ans après la mort de sa femme : l'expression même du dénuement, quelques traits sur le blanc de la page, le vide / plein. Mais ce tracé léger possède une formidable force de suggestion. *Sehando*, la nomma-t-on, « Paysage d'hiver », un tableau devenu trésor national, connu et célébré, en Chine comme en Corée, au point qu'on le garde au secret, un trésor en effet, lui évitant lumière et regards, ne le montrant qu'en des occasions exceptionnelles, j'eus l'occasion de le vérifier, moi qui malgré les efforts déployés ne pus en voir que des reproductions, très nombreuses, il est vrai.

Elle représente une masure et deux couples d'arbres. Tonalité d'ocre pâle. Rien qui frappe l'œil, sinon l'extrême simplicité du dessin. Mais si on observe de près, on voit que deux de ces arbres, appuyés l'un contre l'autre, sont vieux et chenus tandis qu'à l'opposé deux jeunes pins se dressent dans leur vigueur insolente. Mais voici la phrase des *Entretiens* de Confucius qui nous éclaire : « Vienne l'hiver, et vous découvrez la verdeur du pin et du cyprès. » Qu'on les regarde avant ou après les rigueurs de l'hiver, le pin et le cyprès n'ont pas changé, « ils demeurent eux-mêmes, ils continuent de rester eux-mêmes », écrit Chusa. L'âge ni la maladie, la chute ni l'échec – du pouvoir à la misère – n'y peuvent rien, l'homme garde son intégrité et son pouvoir d'aimer.

Chusa l'a exécutée pour son disciple préféré, Yi Sang-seok, qui loin de l'abandonner vint plusieurs fois lui rendre visite en ces terres lointaines, emportant les œuvres de Chusa en Chine, où il avait le rôle d'interprète, lui rapportant de nombreux livres sur son île. Beaux et tout juste sortis des presses, ces ouvrages, à la pointe de la recherche, notamment une nouvelle encyclopédie en cent vingt volumes dont il offrit quelques-uns au maître, à l'ami.

La peinture aussi voyagea en Chine où elle provoqua l'admiration des lettrés ainsi que les commentaires enthousiastes de seize d'entre eux. L'image parle ; un texte, qui lui est joint, en développe le sens.

On s'étonne, devant la nudité du tracé, de l'immense – et durable – rumeur qu'il a soulevée. Quand on regarde la composition, on s'aperçoit qu'elle intègre absolument calligraphie et dessin. L'ensemble du tableau – un peu plus d'un mètre – est constitué, malgré les apparences, de deux parties parfaitement égales, peinture / écriture, si l'on prend pour centre le jeune arbre situé à l'extrême gauche de la peinture. S'ajoute à cet ensemble le rouleau interminable des commentaires (plus de treize mètres), écrits par les admirateurs chinois et coréens, que Yi Sang-seok fit lui-même ajuster. L'habitude était d'intégrer au travail du maître le sceau et l'appréciation de celui qui contemple – peintre et spectateur unis par l'œuvre et dans l'œuvre, tous deux étant des créateurs, chacun à sa manière. Ainsi, pour cette merveille qu'est « L'orchidée au zen non duel », compte-t-on trois interventions d'amateurs enthousiastes qui, non loin de l'orchidée, sur la droite, ont ajouté leur propre tampon. Et pourquoi pas ? Leur regard est ce qui continue à donner vie au tableau.

Des livres entiers ont été consacrés à l'analyse de *Sehando*, tableau hautement symbolique : on en explore encore la signification, sans pouvoir l'épuiser. Et pourtant, Chusa s'est longuement expliqué : « Tandis que la plupart des hommes du siècle ne recherchent guère que pouvoir et profit, ce n'est pas à ceux-là, qui détiennent le pouvoir et les profits, que ces livres ont été envoyés – envoyés en y mettant tout son cœur et tous ses efforts – mais à l'homme amaigri et desséché qui vit en exil. » Dans le siècle, continue-t-il, ceux qui s'ajustent tout entiers à la recherche du pouvoir ne gagnent que peu de véritables amitiés. « Vous, Yi Sang-seok, qui n'êtes qu'un homme parmi d'autres dans le siècle, vous vous montrez désintéressé, vous restez vous-même, ignorant le pouvoir insolent. Me considérez-vous comme un objet de puissance qu'il faut flatter ? Vous dites à mon sujet qu'avant (temps du pouvoir), il n'y a pas eu poursuite des intérêts personnels et qu'après (temps de l'exil), il n'y a pas eu de changement ni d'altération. » Du pouvoir à l'exil, du plus haut au plus bas, il reste inchangé. Les circonstances peuvent varier, « l'homme de bien » ne varie pas.

« Le fait que Confucius ait loué particulièrement le pin et le cyprès d'après l'hiver n'a pas seulement pour raison la fidélité gardée jusque dans la vieillesse flétrie ni cette intégrité inflexible que n'ont pas les autres arbres. C'est aussi parce que endurant les froidures de l'hiver, le pin et le cyprès demeurent verdoyants : la preuve qu'ils restent vivants et, même, redoublent d'ardeur. »

Tel est le message qui nous émeut en regardant le tableau : un état d'âme est livré, loin de l'impersonnalité de la peinture officielle – la détresse est avouée, et cette force dans la solitude. En quelques traits.

Vendre, ou ne pas vendre ?

Mais l'histoire sans fin de *Sehando* dépasse de loin la simple valeur artistique du tableau. Pour les érudits chinois, eux-mêmes menacés d'exil et autres calamités, qui se rappelaient le jeune homme doué et ambitieux rencontré dans leur jeunesse, le symbolisme du tableau faisait écho à leur propre incertitude : la détresse de Chusa exprimait leur sentiment de fragilité comme leur résistance à un pouvoir arbitraire. Le rouleau de commentaires était un témoignage de solidarité en même temps qu'une manifestation d'amitié.

Puis, lors de l'occupation, le tableau fut enlevé et emporté par les Japonais. Récupéré et restitué à la Corée, *Sehando*, le chef-d'œuvre, devint l'étendard de la victoire comme de la revanche, et ainsi un emblème de l'identité nationale.

Yi Sang-seok, en faisant connaître cette œuvre de Chusa dans la Chine Qing, propulsa la gloire de ce dernier au zénith. Le prestige du maître en fut accru, comme le désir de posséder ses œuvres et, plus encore, celui de le compter parmi les collaborateurs d'un nouveau projet. Ses calligraphies se vendaient sur le marché, les Chinois s'empressaient de les acquérir – en bon confucéen, Chusa s'en montra humilié. L'art et le profit devaient demeurer étrangers l'un à l'autre.

Et pourtant, ses disciples-étudiants-patrons, qui répandaient son renom et recueillaient eux-mêmes le reflet de sa gloire, s'ingéniaient à soutenir son travail, éventuellement à le vendre. C'est ainsi qu'en exil, il put bénéficier du soutien de ses amis.

En ce temps, on faisait une grande différence entre peintres de métier, issus de la classe des jungin, qui peignaient dans le but de vendre leurs œuvres, et peintres lettrés, qui, eux, ne se souciaient que de l'art et appartenaient à celle des yangban. Deux classes sociales divisées au point d'être ennemies. Un lustre indéniable parait les œuvres de provenance aristocratique (c'était le cas des peintures et calligraphies de Chusa, quoique déchu et en exil), et ce supplément d'aura dû à la naissance, certains le refusaient furieusement tandis que d'autres se laissaient séduire, on était en pleine lutte des classes. Il n'en restait pas moins que, dans les mentalités confucéennes, l'art et l'argent ne pouvaient faire bon ménage. Au XVIIIe siècle on tentait encore de dissimuler que l'art n'était pas le résultat d'une activité désintéressée mais qu'il pouvait produire un gain, qu'en réalité il était destiné à produire un gain. Au XIXe, sous l'influence d'intermédiaires tels que Yi Sang-seok, qui firent le lien entre les artistes de la classe lettrée et des acheteurs qui, eux, n'en étaient pas, les courants commerciaux s'amplifièrent, Chine, Corée, Japon échangeaient, les intermédiaires devenus marchands s'enrichirent et, sans doute, quelques yangban au passage aussi, qui se trouvaient dans le besoin.

Les barrières cédaient, l'idée de profit faisait son chemin. En Occident, à peu près à la même époque, un artiste comme William Blake, visionnaire et pressentant l'avenir, dénonçait avec véhémence moins le profit d'ailleurs que l'idéologie qu'il allait fonder.

Le moine, le zen, le thé

Sa situation s'améliore. Son gardien est maintenant un disciple. Jusqu'à présent il n'a pas quitté l'enclos ni la pièce qui lui tient lieu de chambre et de bureau, ni même la position où sans cesse il travaille et écrit. Kang Wi, l'un de ses étudiants à Jeju, le voit ainsi, ramassé sur lui-même, le peu de volume occupé, un corps replié, enroulé devant son encre et son papier, immobile au creux de sa coquille. « Chusa resta assis en lotus pendant dix ans dans la maison de l'escargot », écrit-il dans un poème.

En fait il se rend maintenant à cheval non loin de là, à l'école confucéenne de Daejeong pour y donner cours et conférences. Je me suis moi aussi rendue à l'académie sur ses traces[1]. J'ai gravi des escaliers, passé la porte d'entrée nommée Sammum, pénétré dans l'enceinte. À l'intérieur le monde est vert, beau et calme, ordonné. Les pavillons sont posés symétriquement, à intervalles réguliers, sur de

1. Aujourd'hui l'académie n'invite plus d'étudiants, elle est utilisée pour des cérémonies rituelles.

vastes pelouses que ne décoiffe aucun pas. Aujourd'hui, dimanche, les lieux sont vides, ni bruit ni mouvement, dans le fond on aperçoit la montagne aride. Le gouverneur de Jeju les fit rénover, nous explique un panneau, en 1835 (c'est-à-dire peu avant l'arrivée de Chusa). Afin d'accentuer l'esprit de fermeté du confucianisme, nulle couleur vive n'a été utilisée, nulle peinture ajoutée qui distraie le regard, volets verts, colonnes rouge sombre et le pointillé blanc qui danse au bord des toits – c'est tout. Et cet écriteau apposé au-dessus du dortoir et rédigé par Chusa à la demande d'un professeur : « Apprendre, c'est commencer par avoir des doutes sur ce qu'on tient pour acquis. » Apprendre. Vous voulez apprendre ? nous dit-il. Alors remettez d'abord en question toutes ces notions que vous avez faites vôtres sans bien savoir pourquoi. Au reste le pavillon est nommé « chambre de la question », celles qui doivent traverser notre long sommeil.

À son arrivée, il a déploré l'ignorance des habitants de Jeju, mais au lieu de la traiter par le mépris, comme les voyageurs européens effarés de ce qu'ils découvraient, il veut y remédier. La culture, le plus grand des bienfaits selon lui, ce qui vous tire de l'état de « barbare », ils en sont privés, pourquoi ? Incultes, ils le sont, certes, mais on ne naît pas ignorant, on le devient, dit-il.

« Ici, à Jeju, les conditions de vie sont chaotiques. L'ignorance des gens n'est pas différente de celle des barbares de l'archipel japonais. Parmi les barbares de Jeju, il en existe de talentueux, mais ils n'ont que deux livres à l'esprit (deux célèbres manuels, ou guides, pour devenir un homme d'esprit). Naturellement ils ne sont pas nés différents, seulement ils n'ont pas de maître qui puisse les guider et cultiver leur talent. Je le déplore et ressens pour eux de la compassion. »

C'est chose faite : un maître, ils l'ont trouvé. Les disciples se pressent autour de lui, ils viennent à la maison de l'escargot, le voir et l'écouter, ils s'asseyent eux aussi en lotus devant leur papier, tête baissée, concentrés, ainsi est satisfaite l'une des passions de Chusa : transmettre.

Mais il est un autre allègement à sa solitude : les visites de son ami le moine Cho-ui. Qui de son ermitage haut perché se rendit à cinq reprises à Jeju et, une fois même, y resta pendant six mois, tant était forte cette amitié. On voit au reste dans la maison de Jeju deux mannequins grandeur nature conversant devant une tasse de thé éternelle. Ce sont Chusa, tout de blanc vêtu, et Cho-ui, tel que le décrit un portrait : crâne rasé, sa grande cape tombant en un flot rouge de ses épaules jusqu'au sol.

Cho-ui, maître zen et maître de thé. Le bouddhisme zen, le thé. Qu'on ne s'étonne pas : la voie du thé et celle du zen se rejoignent, même recherche, même cheminement[1]. Chusa s'intéressait de près à la philosophie

1. « Le thé et le zen devraient constamment gouverner et guider le corps et l'esprit. » Ou encore : « Le thé et le zen sont un. » Tel est l'enseignement (en l'occurrence prodigué par Chae Won-hwa, directrice du Panyaro Institute for the Way of Tea).

bouddhiste (interdite à l'époque, on s'en souvient). En son absence, il demanda qu'on restaure un petit temple situé sur ses terres où il aimait se retirer pour pratiquer l'ascèse. Quant au thé, auquel Cho-ui l'avait initié, il en avait depuis lors un besoin continuel. Cette lettre pressante, où se lisent l'amitié et l'humour, qu'il envoie au moine visiblement peu désireux de prendre le pinceau pour correspondre : « Je vous ai écrit mais reste sans réponse. J'imagine pourtant que dans votre montagne vous n'avez guère d'occupation. Peut-être n'avez-vous pas envie de communiquer avec les gens du monde profane ? Quant à moi, j'attends de vous que vous m'envoyiez du thé. Il vous paraît peut-être ridicule que je vous adresse une telle demande, moi à mon âge, avec mes cheveux blancs. Peut-elle signifier que nous ne serons plus amis ? Vous ne me manquez pas, votre réponse non plus… Mais je ne peux oublier mon goût du thé. Aussi je vous presse une nouvelle fois. Vous n'avez pas besoin de m'écrire, contentez-vous de m'envoyer le thé que j'attends depuis deux ans. Mieux vaut ne pas tarder encore. »

Chusa exécuta pour lui, en l'honneur du thé, plusieurs calligraphies (dont l'une des plus puissantes, qui parle de zen, d'élévation, de changement intérieur, fut envoyée au moine), et Cho-ui accrocha au mur de son ermitage une œuvre de Chusa… C'est que de la plante aux feuilles brillantes cueillie par le moine, à l'endroit et au moment précis choisis par lui, est née toute une philosophie. La cueillette, la préparation et la cérémonie qui va suivre sont décrites par les adeptes comme autant d'étapes – chacune requérant une attention et un engagement entiers – dans la lente progression au long de ce chemin particulier, la voie du thé. Elle conduit aux états de conscience les plus hauts, voire à l'illumination.

« En ce qui concerne la saison où l'on cueille le thé, choisir le bon moment est important. Si c'est trop tôt le parfum du thé ne sera pas complet ; si c'est trop tard, l'esprit du thé sera dispersé. Les bourgeons de thé pourpres sont les meilleurs, viennent après les feuilles séchées ; puis ce sont les feuilles rondes, tandis que les feuilles bien brillantes, qui ressemblent à celles de bambous nains, sont les plus mauvaises. Le mieux est de cueillir les feuilles qui ont été trempées de rosée pendant une nuit sans nuage ; vient après la cueillette au soleil ; cueillir les feuilles quand il pleut ou que des nuages couvrent le ciel ne convient pas. »

C'est Cho-ui qui écrit[1]. Premier précepte, selon lui : s'accorder à la nature, l'observer, en respecter les rythmes. Après la plante vient l'eau, et le feu qui la chauffe.

« La pureté ou l'impureté du thé dépend du feu et de l'eau. Si le feu est fort, l'odeur du thé sera bonne ;

1. *Korean Tea Classics*, textes de Cho-ui et Hanjae Yi Mok, dir. Brother Anthony of Taizé et Hong Kyeong-hee, Seoul Selection, 2010.

s'il est trop fort, l'esprit du thé s'affaiblit ; si le feu fait rage, les feuilles seront brûlées ; mais s'il est insuffisant, elles perdront leur couleur bleutée ; et si l'exposition à la chaleur est trop longue, elles perdront leur parfum[1]. »

Second précepte : la modération, ni trop ni trop peu, garder le juste milieu, qui vise à l'excellence suprême.

Chaque étape est décrite en grands détails car rien n'est insignifiant, aucun geste, aucun instant qui passe, jusqu'au rituel de la cérémonie elle-même. Il faut avoir, dans un monastère, tôt le matin, il fait encore nuit, observé un moine assis en lotus et entouré de ses multiples pots et bols dont chacun a une fonction précise, accomplir les rituels précis et solennels qui précèdent la première gorgée de thé. L'attente, le transfert de l'eau d'un récipient dans un autre afin de donner au liquide le temps de tiédir, toucher le pot pour juger de la température adéquate, verser le thé enfin (mais doit-on verser l'eau dans la théière avant ou après y avoir mis le thé ? Cho-ui agissait différemment suivant la saison), l'attente à nouveau. Nous attendons. Le thé infuse. Tout cela en silence et dans la plus grande concentration. Puis on boit un peu de thé, on le goûte du bout de la langue, plus longuement dans le palais, les six goûts du thé se dégagent : amer, âpre, acide, salé, épicé et sucré – c'est tout au moins ce qu'on nous a dit, nous nous efforçons de les distinguer, faut-il encore un peu d'entraînement ?

1. *Ibid.*

Dans son ermitage, tout au long du jour, Cho-ui peignait, calligraphiait, préparait le thé, le buvait, contemplait la nature, méditait, composait des poèmes, recevait ses amis les lettrés. Pendant quarante ans. Il mourut très vieux ou, plutôt, assis en lotus à son habitude, il entra un jour en nirvana. Certains de ses poèmes sont consacrés au thé. Il se sent bien. Il entend, il voit, il respire. Il se réjouit.

« Pour écouter le chant des oiseaux, j'ai manqué la méditation du soir, / Et me suis allongé sur l'herbe auprès d'un ruisseau de montagne. / Le plaisir dont on se souvient est lié au son d'une belle phrase. / L'esprit qui se réjouit rencontre un ami proche. / L'eau de la source parle dans la vallée aux rocs / Les pins lui font écho quand le vent se met à souffler. / J'ai bu une tasse de thé et contemplé le passage et l'immobilité / En silence, tout naturellement, il m'a semblé oublier le retour du temps. »

On ne sait rien de l'influence que Cho-ui exerça sur l'exilé. On se plaît à dire que, connaissant son orgueil et la haute assurance que lui donnait son savoir, Cho-ui eut à cœur de pointer du doigt le détachement – de soi en premier lieu. Il est en tout cas facile d'imaginer que cette influence fut grande, et puissant le besoin de le revoir, d'écouter celui qui par sa présence même apportait certaine paix. Et sans doute la possibilité de plaisanter et de rire, comme on le constate au ton des lettres de Chusa. Celle-ci par exemple : « Il y a quelques jours j'ai entendu dire que l'équitation vous avait causé une douleur au séant. Alors je m'inquiète pour vous. Êtes-vous très blessé ? Vous ne m'écoutez pas, vous faites n'importe quoi et vous en payez le prix, tout ça est d'une logique parfaite. Vous allez prendre une peau de biche et en détacher un fragment très fin. Vous le découperez à la taille de votre blessure. Vous collerez dessus quelques grains de riz écrasés, puis vous appliquerez le tout sur votre propre peau. C'est le meilleur remède. En réalité la peau d'un moine et la peau d'une biche sont faites pour s'entendre. Grâce à ce traitement vous allez guérir très vite et vous reviendrez me voir. »

Un moine, un animal, une biche, peau contre peau, la tuer ? Les principes les plus sacrés du bouddhisme mis à mal ?

Mais il y a la lettre de désolation quand, après six mois de visites et d'échanges quotidiens, Cho-ui quitte l'île pour regagner sa montagne. Cette entente-là.

Fin de séjour

Un jour il quitta Jeju pour n'y plus revenir. Ce n'était pas pour autant la fin de l'exil.

On a dit que la souffrance l'avait rendu moins fier et plus humain. C'est le genre d'équation qu'on aime établir. Elle n'est pas forcément fausse (même si l'inverse est tout aussi vrai, à savoir que trop souffrir rend amer et méchant, la chose a été signalée). Il était «le maître», il le dit lui-même, respecté, écouté, admiré, un modèle vivant, qui avait le beau pouvoir d'initier (celui d'ouvrir à perte de vue le champ désiré du savoir) et d'émettre les jugements qu'autorisait sa science. Confucius, lui, était *le* Maître. Ce pouvoir-là, direct, personnel, fait de travail et d'un lien affectif, il le mettait bien au-dessus du pouvoir politique.

Et puis – plus rien.

Dans le cas de Chusa, la dureté de l'expérience qu'il vécut ne l'a pas brisé. Physiquement elle l'a détruit, plus ou moins, c'est vrai. Il se plaint sans cesse de sa santé, de ses douleurs, de sa faiblesse. «Je me fais vieux, écrit-il, l'âge arrive. » Et les mille maux que les privations, le climat, la nourriture malsaine, la mauvaise eau lui infligent ne font que précipiter la vieillesse. Il souffre, il l'écrit, et, avec lui, autour de lui, toute la nature aussi, en accord.

« Les fleurs de pêcher dans le jardin pleurent / Ce n'est pas à cause de la pluie fine / Il y a longtemps que le maître est submergé par la maladie / Les fleurs de pêcher n'osent rire au moindre souffle du printemps. » Au moment où il écrit ce poème, il a quitté Jeju depuis peu.

La vieillesse, cette lente dépossession de tout et de soi-même. Il l'affronte sans masque, ni protection, ni fuite possible, ni tricherie, mensonge ou faux-fuyant – à nu. Il se regarde. Il se voit, de très loin. Et ce regard porté sans indulgence sur soi-même se mêle parfois d'une sorte d'humour noir. C'est que, vu dans l'immensité de l'espace et dans la succession des temps, il n'est qu'un point infime, comparable à beaucoup d'autres. À une fleur, un animal, à un singe, pourquoi pas ? Il en a la forme et la position, et les rapprochements avec le monde animal lui viennent facilement : « À la fin du mois de décembre, je me suis assis en silence, comme un singe devant une tasse de thé. »

Mais voilà qu'une lettre arrive. La vie bouillonne et chante. Il continue : « Puis j'ai reçu votre lettre. Je ne l'attendais pas. Je me suis senti revivre. Il m'est venu une sensation d'envol. » Cet envol de la joie, malgré le froid, la maladie.

« Le froid est si rigoureux que la glace est partout, je la vois sur les rives du fleuve, et ce froid est coupant comme un couteau, il n'y a aucun moyen de le combattre. » Il est alors de retour dans la banlieue de Séoul, il y passe le Nouvel An, tandis que ses maladies chroniques l'envahissent.

Ou bien, encore au Nouvel An, un moment décidément difficile à vivre : « Le Nouvel An arrive et nous allons vers la fin janvier. À nouveau le froid est rigoureux. Les dieux du printemps restent sobres, mais ceux de l'hiver se montrent agressifs. C'est la saison la plus dure depuis soixante ans. »

Une page se tourne, demain est un autre jour. Sera-t-il semblable à celui-ci ? « Aujourd'hui, poursuit-il, une neige de printemps tombe du ciel. Le temps passe trop vite, comme tourne la roue du rouet qu'on fait aller. Il reste ici une vie très faible, mais elle est inutile, aussi inutile que l'est la côte du poulet. Et cette vie-là est compliquée, tout autant que l'intestin du mouton est entortillé. »

Le poulet, le mouton, une frêle cage thoracique, un intestin méandreux et, dans tout cela, la vie, « très faible », qui subsiste. La dérision.

Tout de même, il écrit toujours : « Jusqu'à présent j'ai dicté mes lettres à quelqu'un mais aujourd'hui, je prends la peine de vous écrire celle-ci avec un pinceau gelé que j'ai réchauffé de mon souffle. »

Une lettre, écrite peu de temps avant qu'il ne quitte Jeju, le situe dans la nature et les saisons, c'est habituel, entre la terre et l'eau, les étoiles qu'il contemple, entre la joie et la douleur à la fois ressenties.

« La pluie du blé et le vent du blé sont partis. Après vient le temps du saule vert et des cerises. Alors moi, le voyageur, j'en suis tellement troublé que je ne parviens plus à rester maître de moi. Je ressens de la douleur quand je regarde l'eau qui coule, et la joie que j'éprouve n'est pas la même que la vôtre. Mais la nostalgie que j'apaise en observant la constellation de la Grande Ourse est, elle, bien la même. Comme si le rêve et l'âme cheminaient ensemble. »

Passage du temps, joie et peine, tout se mêle, le rêve et l'âme, dit-il, dans la distance ils se rejoignent.

Reste, au-delà de la souffrance corps et âme confondus, qu'il a atteint, il le suggère, une forme ultime de liberté. Il est libre. Libre parce qu'il n'a plus rien à craindre ni à perdre et que, ne pouvant plus décider de rien, il s'abandonne – à la vie, à ce qui doit venir. Sans plus de lutte ni de révolte. Consentement.

« Pendant neuf ans, je me suis habitué à vivre imprégné d'une énergie néfaste. Je mange cette énergie, je dors avec. Comme le brouillard du matin sur le mont Bukak et le ciel embrasé sur le mont Inwang. Je me fais vieux. Ma propre énergie est usée et je suis incapable de lutter. Alors j'ai constamment cette douleur en moi. Mais je me laisse vivre, je m'abandonne. »

Lâcher-prise. Renoncement ? Ou acceptation ? La suite de l'histoire le dira.

Le monastère de Daeheung-sa

Sur le chemin du retour il s'arrête au monastère de Daeheung-sa, où il va revoir son ami Cho-ui. Revenir après dix ans d'exil, pour retrouver – quoi ? Sa demeure, ses biens, ses fonctions, son emploi, son gagne-pain ? Ils sont confisqués et bien sûr rien ne lui sera rendu. Exclu, effacé de la société il l'est toujours, la ville s'est refermée sur son absence. Sa femme et ses parents sont morts. Il sera donc seul, dans le dénuement à nouveau ? Comptant sur l'aide de ses amis ? Mendier, quémander ?

Il a besoin de ce premier retour au lieu, inchangé, qu'il aime et connaît, et du soutien de l'ami moine. Un point fixe auquel se tenir dans un univers autrefois familier, aujourd'hui si étrange : le sien, il y a longtemps. Retrouver les lieux connus sans les reconnaître parce que le rapport qu'on entretient avec eux n'est plus le même. Peut-être demande-t-il aussi la tranquillité de l'esprit à la philosophie bouddhiste qui enseigne le détachement du désir – en lui, le silence.

C'est vers ce lieu inchangé que nous nous sommes nous aussi dirigés à sa rencontre. Daeheung-sa, à la pointe sud de la Corée, près de la ville d'Haenam.

Haenam, nous y sommes arrivés en début d'après-midi par un jour de chaleur. Une petite ville endormie semblable à beaucoup d'autres, au bord de la grand-route qui mène à la fin des terres. De ces villes rasées par la guerre et reconstruites à la hâte, cubes de béton posés bord à bord et recouverts de leurs panneaux immenses annonçant en alphabet hangeul – lettres et chiffres – des merveilles sans doute, mais comment savoir ? Parfois, rarement, une image. Bars, cafés, bazars en abondance sous leurs réclames de plastique et partout : cette sensation de vide. Pesanteur et silence sous le soleil diffus, un ciel blanc uniforme, aucun mouvement, aucune présence humaine. L'attente. Mais de quoi ? Comme dans un conte de fées, sinon que la solution manque.

Nous avons grimpé au long d'une large route à travers la forêt vers Daeheung-sa, le grand temple bouddhique bâti à flanc de montagne. À ce séjour, j'avais longtemps songé, le désirant et le craignant tout à la fois. Il promettait un programme du genre à refroidir même les plus zélés, avec lever et prières à trois heures du matin, méditation, petit déjeuner à six heures, des mets épicés, c'était probable. Zélée je l'étais pourtant, comme les néophytes, pleine d'ardeur à l'idée de pénétrer et pratiquer une doctrine qui laisse entrevoir un paysage apaisé et la fin d'une agitation inutile. La visite s'inscrivait au cœur de ce voyage en forme de quête – d'un état aussi bien que d'un personnage – et en serait en quelque sorte le point culminant.

En fermant les yeux pour ne rien voir, on traverse le village touristique où s'ennuient des vendeurs stoïques derrière leurs étals couverts d'une pacotille brillante et tictaquante. De touristes occidentaux, aucun, en revanche on croise par groupes serrés des moines bouddhistes en robe grise, en robe bleue, en robe safran – la couleur indiquant leur lointaine provenance – qui viennent visiter, méditer, boire un thé.

À l'accueil on nous indique le bâtiment où nous logeons. Chambre résolument nue. Dans un placard, deux minces paillasses que nous déroulerons le soir venu et les oreillers en noyaux de cerise. Un coin douche avec un trou d'évacuation dans le sol, c'est le confort.

Contre notre logis coule la rivière venue de la montagne. Nous la traverserons sur des pierres plates pour nous rendre un peu plus haut au réfectoire où, dans une pièce séparée, dînent les moines et dans une autre plus vaste tous ceux que leur travail amène au monastère. Le lendemain matin, nous serons les deux seuls retraitants parmi ces derniers, sous leur protection, avec nos visages tout en pointes, caps et saillies et notre air égaré, épuisés par une nuit trop courte, patientant dans la file d'attente notre assiette à la main, devant une multitude de plats inconnus.

J'écoute le bruit apaisant de l'eau qui depuis des siècles apporte aux moines l'air de la montagne, un peu du souffle céleste et le mouvement continu de la vie. J'inspecte la chambre. Au mur, contre la porte, je lis sur une affiche ces recommandations parmi d'autres. Je n'y vois rien à redire.

– Le silence noble. Restez en conversation avec vous-même. Pour la pratique spirituelle et la dévotion, gardez le noble silence à tout moment, évitez de parler pour ne rien dire.

– Les repas au temple. Essayez de manger aussi silencieusement que possible. Gardez-vous de faire quelque bruit que ce soit (ne pas déglutir ni mâcher bruyamment, ni cogner le bol contre la table).

– *Chasu* ou la marche paisible. C'est une posture qui traduit la contemplation et le regard intérieur, ainsi – pour le regard extérieur – que la considération envers les autres.

– Empathie et respect. Empathie, égards, respect, courtoisie, afin d'atteindre l'harmonie. Éviter le gâchis au maximum, c'est une façon d'exprimer de la gratitude pour l'abondance matérielle dont nous bénéficions.

Nous avons pénétré dans un autre monde. Celui du grand silence. Et pour achever la transformation et quitter le siècle, tapage, habitudes et parlottes, nous revêtons la tenue sobre et grise qui nous est attribuée pour le séjour, le pantalon, la veste et le gilet. Deux ombres se glissent dans une longue errance parmi les temples étagés sur la pente.

Fait exceptionnel, nous disent les panneaux, le temple, fondé en 488, n'a pas été incendié par les Japonais et les reconstructions datent des XVIIe et XIXe siècles – de l'ancien, en termes coréens. Traverser la rivière Geumdang, passer de la cour nord à la cour sud, moins intime cette dernière avec ses pavillons dispersés, s'égarer le nez levé en contemplant les toits magnifiquement ornés de peintures éclatantes et, soudain, tomber sur lui par hasard, sur le moine qui fit la gloire de ce temple, le siècle retentit encore de ses exploits. C'était un moine-soldat, un grand maître zen (*Seosan*). Assis en lotus, à la main un lourd bâton qui fait deux fois sa taille, il nous domine sur son vaste socle de pierres. Il vécut au XVIe siècle, de 1520 à 1604, et combattit les Japonais à la tête de son armée de moines recrutés dans huit provinces et rassemblés sous son commandement. Il conduisit avec eux une résistance acharnée. À regarder son visage résolu, l'air fier et farouche de celui à qui on n'en conte pas, on comprend que l'adversaire, fût-il japonais, ne devait pas en mener large. Le roi Jeongjo, en témoignage de reconnaissance, écrivit de sa propre main le panneau qui orne le mausolée Pyochungsa, élevé en 1788 en l'honneur du moine et de ses compagnons patriotes.

Devant tant d'exploits, tant d'honneurs, comment s'étonner de la haute réputation du temple (le bouddhisme fût-il proscrit) et de la faveur dont le cosmos lui-même le gratifie ? Les signes sont là. Nous sommes à présent devant une source dont nous lisons l'histoire. Son nom : Janggun-saem, ce qui signifie la « source du général ». C'est un poète, érudit, politicien, grand homme d'État, comme la dynastie Joseon savait en former, qui, passant par là, eut l'idée de ce nom. S'interrogeant sur la rare sagesse des moines, il comprit bientôt la provenance d'un tel état de grâce : c'était l'eau, l'eau pure de la source, et le thé qu'on infusait à partir d'elle. La pure fluidité de l'eau, le thé, breuvage sans pareil, et le patriotisme sacrificiel des moines bouddhistes : tout était ici réuni pour nous mener vers la sagesse.

À six heures et demie, après un repas d'herbes et de graines qui m'a mis le feu au palais, nous nous dirigeons vers le « pavillon au trésor du grand héros », le temple principal où doit avoir lieu la cérémonie du soir.

Au-dessus de la porte d'entrée, une grande calligraphie. Elle a une histoire chargée de sens. Qui pourrait s'intituler « Avant et après l'échec : le parcours d'un sage ». Je la regarde : elle est un peu échevelée, c'est vrai, le rythme fait défaut. Avant son départ pour Jeju, Chusa s'arrêta devant le temple et il considéra d'un œil critique le panneau dont on lui avait dit grand bien. « La calligraphie n'est pas bonne », il le fit savoir avec force. Si bien qu'à sa demande on ôta la plaque pour la remplacer par l'une de ses propres œuvres, jugée à juste titre, pas l'ombre d'un doute là-dessus, bien supérieure.

Dix ans plus tard, il revient sur les lieux. Il exige que le panneau écrit de sa main soit enlevé et que l'original, exécuté par Lee Gwang-sa au XVIIe siècle, soit rétabli à la place occupée. En deux gestes, un bref résumé de l'évolution d'un homme meurtri dont la vision des choses a changé. Et je regarde aujourd'hui l'écriture fautive pour aller non loin de là rendre hommage à celle de Chusa. C'est une superbe calligraphie. « Muryangsugak », dit-elle, ou « pavillon de la vie sans mesure », un panneau à l'énoncé grandiose, maintenant posé au-dessus d'un modeste bâtiment et annoncé à grand bruit en raison de la célébrité de son auteur. Quatre idéogrammes aux traits pleins, une force de présence qui retient.

Le tambour bat et appelle à la prière. C'est une peau de bête tendue sur un cercle immense et maintenue en suspension par deux courroies que l'on a reliées au plafond d'une galerie dans un bâtiment aux dominantes vertes et rouges. Les fidèles se tiennent en contrebas. Le tambour bat, et ses coups sourds, lents, réguliers résonnent dans le monastère et la montagne. Puis un jeune moine se faufile sur la galerie. Il nous tourne le dos et commence une danse qui le soulève du sol, le projette au-dessus de terre, il est muni d'ailes, de roues, de ressorts, doté de membres à la détente élastique, il s'élance à droite, à gauche, bras et jambes déployés, et ses mouvements souples et précis, incessants, tirent de la peau tendue comme une palpitation continue. Ces coups en succession rapide – en fait un seul roulement prolongé – nous emportent, nous ôtent à nous-mêmes, nous plongent au cœur de la cérémonie. Et comme si cette vibration ne suffisait pas lui succède l'écho lourd et plein de la cloche de bronze dont le volume occupe tout un pavillon somptueusement orné à quelques pas de là ; par trois fois un massif bélier l'ébranle.

Puis nous entrons dans le temple, il est six heures et demie précises, dehors il fait nuit. Les moines chantent marquant le rythme sur un instrument de bois évidé dont le son creux résonne inexorablement, avec la régularité d'un balancier d'horloge, le *moktak*. Plus tard, dans le silence de la nuit, à trois heures, nous tirant d'un sommeil épuisé, nous l'entendrons à nouveau. L'esprit, le corps devraient suivre, à l'unisson du chant, génuflexions, prosternations, station debout, retour au sol, le tout s'enchaînant à vive allure, sans interruption, un seul long glissement comportant des dizaines de mouvements liés. Mais le corps ni l'esprit ne suivent, chaque geste séparé du suivant, poussif et lent, une machine rouillée qui halète, le corps peine et l'esprit, loin d'être libéré, bute contre des verrous mieux fermés que jamais.

C'est le lendemain, à l'ermitage du moine Cho-ui, dans la montagne, que des portes inconnues de moi vont s'ouvrir.

L'ermitage Iljiam

Par une chaleur moite, nous montons le sentier qui serpente à travers la forêt. Chusa l'a gravi, Tasan lui aussi, et d'autres lettrés venus boire le thé du maître zen, un breuvage au parfum d'éveil. Un pas après l'autre, reprenant souffle et courage, nous grimpons. De temps à autre, rarement, nous croisons un randonneur, chapeau et canne, lourds souliers de marche, et la mine réjouie de qui est dans son élément. De pèlerin, aucun, et c'est tant mieux.

Débouchant du bois, nous arrivons bientôt dans une large clairière. Une maison en terrasse nous surplombe, une annexe du monastère. Personne, un silence absolu. Sur la gauche, un peu plus haut, appuyé sur des piliers de bois brut, un large toit de chaume chapeaute une maison minuscule, en fait une pièce unique réfugiée derrière sa terrasse protectrice. C'est Iljiam, l'ermitage que Cho-ui fit construire en 1824 pour y méditer dans la solitude, et peindre et écrire.

On l'imagine «le vieux moine Cho-ui (qui) pratique le zen en écrivant / L'ombre de la lampe s'étend, captivante, le bout du pinceau revient joliment / Cho-ui fait en sorte que la lampe ne s'éteigne pas. / Du sein de la flamme s'élève doucement la fleur de lotus». Ainsi le vit Chusa, l'auteur de ce poème.

Il habitait à deux pas une maison dotée d'une vaste terrasse dont les piliers s'enfoncent dans un étang à la végétation exubérante. Il y préparait le thé, un plateau est posé là, depuis deux siècles il nous attend. Le temps est en suspens, ni passé ni présent, l'instant se prolonge.

Le temps, j'en suis sortie. La fatigue rend poreux, ouvert au langage des lieux, aux présences invisibles. Elles nous parlent, ces présences, et nous les écoutons. Elles nous disent, c'est absolument clair : « Tout ira bien, à la fin des fins, tout ira bien. » C'est aussi ce qu'affirma tout au long de sa vie (le souvenir me revenait) la mystique anglaise Julian de Norwich qui, au XVe siècle, en une époque de terrible cruauté, vécut la maladie, la guerre, la mort. « À la fin tout ira bien. » Ici, rendus à l'immensité, il n'était pas impossible de la croire.

Nous approchons de la source où coule une eau fraîche, nous en buvons quelques gorgées et jamais eau ne nous parut meilleure. Son bruit nous accompagne tandis qu'assis à l'ombre sur la pierre tiède, nous laissons ce calme et ce silence nous envahir. Allégés, lavés de quelque chose, pour un temps tout au moins. Immobiles et tranquilles, sans plus d'effort ni de pensée.

Plus tard, bien plus tard, alors que le soleil baisse, je me tiens devant la coulée du paysage immense et j'aperçois tout en bas les toits de tuiles grises des bâtiments du monastère. Les crêtes montagneuses se succèdent, une coulisse après l'autre, du plus sombre au plus pâle, jusqu'à la mer. Ou est-ce l'horizon nuageux que je vois ?

Cette zone floue qui se mêle au ciel assombri, est-ce la terre, la mer, la couche des nuages ? La montagne flotte, reste en suspens en l'air, ou elle se fond en vagues, l'eau s'élève en pics et s'érige en montagne, un oiseau plane dans l'étendue.

La pensée me vient de la peinture chinoise : le vide, lieu des transformations où s'échangent le fluide et le solide, où chaque élément devient l'autre, et les choses se mêlent hors de l'opposition.

Cette vision du monde en tant que totalité, en tant qu'unité, ici me semblait toute naturelle, inspirée par ce que je voyais, par ce que voyait chaque jour le moine Cho-ui, par ce que Chusa, sur le chemin du retour, contempla et ressentit.

L'unique orchidée

Puis Chusa quitta son ami le moine, redescendit de la montagne et regagna le monde de la ville. Il s'installait à Gangsang, qui alors n'était qu'un village situé dans une boucle du fleuve Han.

Il n'est pas plutôt arrivé qu'il se met en campagne. Non pour lui-même, il n'est plus rien, n'a plus rien – rien que l'essentiel –, mais pour son père destitué de ses titres et de son honneur. Tel est l'effet du bannissement du fils. Son père mort a subi cette déchéance après sa mort. Les conquêtes d'une vie effacées ou, plutôt, salies, dévalorisées. Une action qui porte un nom : il s'agit d'une pratique instituée, le *gwanjik chutal*.

À nouveau, comme il l'avait fait en 1832, il descend dans la rue, se rend au palais, en pleine nuit cette fois, il est pieds nus, dépouillé de tout signe qui l'identifie, pauvre parmi les pauvres, sur la tête un chapeau de bambou – celui des miséreux, des vagabonds –, à la main une lanterne pour s'éclairer. Le Maître n'est plus, à sa place un mendiant aux pieds nus qui vient implorer une grâce, celle du père mort.

Plusieurs fois il se prosterne devant la porte du palais. Plusieurs fois il tente la même démarche. En vain. Ce respect de la filiation et de l'honneur familial, qui sont des choses sacrées, Chusa s'y tient quand tout le reste est perdu. Il s'y tiendra jusqu'à la fin, après un nouvel exil, et la misère encore.

Ironie du sort ou petit jeu pervers : c'est six mois après la mort de Chusa – après tant d'années de vains efforts, six mois seulement après sa mort – que l'honneur de son père lui fut rendu.

Il gagne sa vie en enseignant. Quémande du thé auprès de ses amis. Le thé c'est le bien-être retrouvé. Quémande de l'aide et des produits de première nécessité. Il est malade. « Je passe le Nouvel An à Gangsang, mes maladies chroniques me gagnent. » Il dessine, il peint. C'est à cette époque, dans le dénuement le plus complet, qu'il parvient au plus grand état de concentration et réalise sa célèbre peinture *Bujakran*, « L'orchidée non créée », ou encore « L'orchidée au zen non duel ». Elle est liée au bouddhisme que Chusa, on le sait, étudia assidûment. Pendant l'exil, à Jeju, puis à Bukcheong, il se souvenait du *Sutra de Diamant*. Il le considérait comme une source de protection, un guide pour le travail sur soi – pour la préparation intérieure à l'acte de peindre.

Dépasser les limites du moi, abolir la division sujet/objet, s'épandre à l'infini.

«Plus de vingt ans que je n'ai dessiné une orchidée / Par hasard m'est venu le désir : j'ai dessiné le ciel qui est au fond de mon cœur / Fermant la porte, je suis tombé dans mes pensées / Ce que j'ai trouvé, c'était l'orchidée au zen non duel[1].»

La tige jaillit dans un coin du papier, casse, s'élève, file à l'oblique, la fleur en mouvement, ses pétales semblables à un idéogramme, cœur et esprit unis, fleur et écriture. Des angles, des courbes, des vagues qui s'apparentent : l'orchidée et le signe écrit se rejoignent. Toute petite, elle est entourée sur trois côtés de caractères chinois et marquée de sceaux rouges. Le fond est teinté de gris et de rose, quelques zones bleutées en accentuent encore le mystère.

Un chef-d'œuvre qu'on ne peut expliquer par la seule maîtrise du peintre, ses seuls dons, autre chose encore est impliqué. Quoi ? Une grâce ? Que s'est-il produit ? S'il y a toute une gradation dans l'acte de peindre, c'en est là sûrement l'ultime aboutissement.

Sans doute importe-t-il d'abord de saisir la forme extérieure, mais – c'est encore bien plus important – «les lignes de force (qui) résident dans la poussée interne dont l'objet est animé, avec son mouvement continu

1. Cité par Philippe Thiébault, *La Pensée coréenne*, *op. cit.*

ou syncopé, circulaire ou brisé[1] ». Puis, au-delà même de ces lignes internes, « il y a la résonance, que seul un esprit libre et souverain saura capter ». Enfin, rarement atteinte : « l'essence, elle est ce qui relie tout objet (ou sujet) à son Ciel en soi. Le peintre l'appréhende, non par un acte uniquement volontaire, mais par l'illumination ». L'illumination, elle ne dépend pas seulement du volontaire, elle survient, c'est donc cela.

Chusa commente cette œuvre qui lui a en quelque sorte « échappé », dit-il. « L'homme est un être mystérieux porteur du principe du Tao zen. Il n'est pas possible de manifester par la parole ou l'écrit d'un homme fini ce principe infini. Cela veut dire qu'il faut saisir le véhicule de la réalité et non le véhicule de l'écrit. L'expérience fondamentale de ce principe mystérieux est difficile et, quand même serait-on parvenu à une expérience, l'expliquer aux autres resterait difficile[2]. »

Mais la fleur, elle, a ce pouvoir mystérieux de transmettre le sens du zen là où échouent nécessairement la parole et l'écrit. L'orchidée est l'aboutissement du chemin intérieur.

Et il poursuit en disant qu'une œuvre comme celle-là ne se produit sans doute qu'une fois dans une vie, puisque tout l'art de peindre et d'écrire et toute la

1. Li Jih-hua, de la dynastie Ming, cité par François Cheng, *Souffle-Esprit*, *op. cit.*

2. Cité par Philippe Thiébault, *La Pensée coréenne*, *op. cit.*

technique du monde restent insuffisants. « On peut réaliser un tel dessin une fois dans sa vie, pas deux. » Pour atteindre à l'orchidée, la fleur comme absente du tableau et pourtant pleinement présente, les « forces humaines », dit-il, sont certes mises à contribution, la fleur ne peut survenir sans ces efforts indéfiniment répétés, ces « neuf mille neuf cent quatre-vingt-dix-neuf fois » où l'on s'est exercé en déployant « toute sa sincérité », mais le chef-d'œuvre n'en dépend pas, c'est autre chose encore. Soudain il jaillit au bout du pinceau, au bout de la peine, « sans qu'on s'en rende compte ».

Que dire d'autre sur cette brève période de sa vie, l'entre-deux-exils ? Il poursuit son itinéraire intérieur. En 1851, soit deux ans après son retour de Jeju, il est à nouveau banni, dans le Nord cette fois, à Bukcheong.

Second exil

Qu'est-il arrivé ? Une histoire de succession encore, et de lutte de clans autour du nouveau roi. Cheoljong a été choisi, ce n'est qu'un cousin, non le fils d'un roi. Illégitime de ce fait ? C'est ce que prétendent certains, tandis que les autres, plus puissants, et qui sont à la tête de la manœuvre – ils y ont intérêt –, l'appuient de tout leur poids. Ce sont les Kim d'Andong, ennemis des Cho (donc de Kim Jeong-hui).

Le roitelet est un petit-fils de Sado, l'assassiné à la boîte de riz, et d'une concubine. Il labourait paisiblement à la campagne où on l'avait remisé avec le reste de sa famille. Le ministre dépêché sur les lieux découvre au fond des champs un grand gaillard hirsute, la peau tannée par le grand air, auquel il doit donner du « Votre Majesté ». Quand Cheoljong arrive un peu ébahi à la cour, il a encore de la paille dans les cheveux, un innocent, un niais, tout juste sorti de sa ferme, qui fera parfaitement l'affaire : il ne connaît rien aux intrigues de palais et se laissera facilement berner. Une marionnette entre les mains des grands. La reine douairière, une Kim, l'adopte aussitôt et, dit un chroniqueur étranger de l'époque, elle va « jouer avec lui comme une écolière le ferait d'une balle de tennis ».

Les Cho évidemment crient au scandale, l'affaire est grave, la succession illégitime, ils s'y opposent avec fermeté. Parmi eux Gwon Don-in, grand ami de Chusa, qui clame haut et fort sa désapprobation. Trop haut, trop fort. Comme dans ces jeux de dominos où la chute d'un élément fait tomber l'ensemble du jeu, quand l'ami est condamné, Chusa l'est aussi. Nouveau départ, nouvel exil, nouvelle vie.

Mais comment croire que cet intermède, qui ne durera que deux ans et va se révéler plutôt enrichissant – tout au moins Chusa saura le rendre tel –, soit une malchance quand on lit les descriptions de la cour à l'époque ? Intrigues, complots, combines, magouilles, manigances et meurtres en tous genres, trahisons, mensonges et masques, c'est un enfer de bruit et de fureur, au plus loin du retrait, du silence, de la sincérité que recherche plus que jamais Chusa.

« Devant la grande porte du palais il y avait un défilé permanent de voitures, de chevaux, une profusion de serviteurs. Certains étaient assis le regard vide ou rêveur, d'autres dormaient à poings fermés, d'autres se battaient à mort. Jamais on ne vit pareille confusion, même dans un marché grouillant de monde. À l'intérieur, c'était pire encore. La première cour était un véritable chaos, aucun théâtre ne saurait lui être comparé. Tout ce que le pays comptait de comploteurs était réuni là : du matin au soir, sans interruption, le flot s'écoulait. Quelques-uns étaient assis, ils passaient la journée à attendre, d'autres se présentaient plusieurs fois dans la même matinée. Ils négligeaient les devoirs de leur charge dans leur lointaine province et restaient là sur le pourtour du palais pour y passer des années. » C'est James Searth Gale, le pasteur presbytérien, qui observe la scène[1].

Chusa, lui, est sur la route. Il est parti le 22 juillet 1851 en plein été, il pleut sans cesse, il ne parvient plus à avancer. Depuis deux jours il chemine vers Byeong-yeong, la pluie voile le paysage, il fait une pause, il écrit à son frère. « Moi je n'ai pas de problème majeur, seulement des maux de tête. » Il se plaint de la vieillesse, il est « courbé par l'âge et vide d'énergie ». Rien de nouveau, c'est d'ailleurs le sujet du poème qu'il écrit en route. Remarquons tout de même le recours à la poésie. Au plus profond de la déréliction reste la poésie.

Sa nouvelle habitation est une masure isolée dans la montagne. Toit en écorce de bouleau, murs de pierres brutes, grossièrement assemblées, disjointes, c'est le style de la région. Mais qu'importent le vent, la pluie, le froid ou la vieillesse, il a en lui les ressources nécessaires

1. Richard Rutt, *James Searth Gale and his History of the Korean People*, *op. cit.*

pour transformer le dénuement en richesse. Il est bientôt entouré de lettrés, de disciples venus de toute la région, il leur enseigne l'art, l'histoire et la calligraphie, il organise des réunions où on lit de la poésie, on en débat, on échange des idées, des connaissances, des opinions. Il continue de s'enthousiasmer, il veut transmettre son expérience et, surtout, il découvre de nouveaux talents et s'emploie à les faire connaître autour de lui. Sa passion. Trouver la perle rare, non pas une apparemment, mais plusieurs à en juger par sa correspondance. Un jeune homme notamment, un intellectuel brillant, excellent calligraphe, qu'il veut recommander à ses amis de Séoul, d'autres encore…

La vie est pleine. Il la regarde jaillir sans toujours pouvoir s'y mêler, mais son regard est participation, amusement, moquerie légère, d'eux, de lui-même – et il se fait poème. Par exemple, il est avec de plus jeunes, leurs plaisirs, les siens, ce ne sont plus les mêmes. Manger, ou regarder ? Un gâteau moelleux ou la vision des fleurs ? Pour les jeunes, le choix n'est pas compliqué. Les fleurs sont bien là mais ils ne les voient pas, ne le voient pas lui non plus, le vieil homme qui les regarde, pourquoi s'en formaliser ? Ils sont triomphants, pleins d'ardeur, et se réjouissent dans l'attente du festin. « Ils ne s'occupent que du vent et du gâteau de riz / Enfermé par le vent, lui, le vieux, ne franchit pas la porte / Ils s'assoient devant les fleurs et, les joues pleines, ils dévorent. »

Et puis n'est-il pas dans la partie nord du pays qui recèle un vaste patrimoine, des pages entières d'histoire gravées sur des stèles ? Elles datent de l'époque de Kokuryo, qui atteignit son apogée au Ve siècle, c'était alors un puissant empire couvrant une grande partie de la Mandchourie et de la péninsule coréenne avant que le royaume de Silla, dont Chusa s'est occupé de près, n'étende à son tour ses frontières à force de batailles et d'alliances. Quatre monuments de pierre furent érigés, qui marquaient le tour d'inspection du roi de Silla soucieux d'établir les nouvelles limites de son royaume. Ce tour d'inspection, Chusa en 1832 est parvenu à en déchiffrer la description, un exploit à la Champollion. Et voici qu'il se trouve conduit par le destin à étudier sur le terrain une période qui précédait les conquêtes de Silla, quand Kokuryo s'opposait vaillamment aux tentatives d'hégémonie de la Chine, sans pour autant repousser l'influence de la culture chinoise.

Tout est lié. La vie le rapproche à nouveau de sa première passion, l'épigraphie, lui permettant de renouer avec une très longue étude.

En 1852 son exil prend fin. Il revient à Séoul. Il n'a plus que quatre ans à vivre.

L'art, jusqu'au bout

Un ordre du roi le ramène. Le benêt frais émoulu de sa campagne, auquel les Kim d'Andong avaient imposé l'éloignement de Chusa – pourquoi diable ce nouvel exil ? –, a, depuis un an qu'il occupe le trône, acquis quelque assurance. Le 13 août 1852, il ordonne le retour de l'homme qu'il admire.

Pendant les quinze jours qui suivent, ce décret signifie l'enfer. Le clan d'Andong se déchaîne, une pluie de pétitions s'abat sur le roi – qui ne cède pas. Il est arrivé au pouvoir très jeune encore – dix-huit ans –, plein de belles idées de justice, pas encore totalement pourri par la vie politique, Chusa le calligraphe doit revenir. Et en 1852 Chusa revient.

À Gwacheon plutôt qu'à Séoul, non loin de la capitale pourtant, au sud du fleuve Han, c'était alors la pleine campagne. Il y a bien longtemps (Chusa avait alors trente-neuf ans), son père, qui était riche et bien placé auprès du roi, avait acheté une partie de la montagne et des champs et il s'y était fait construire une belle et grande maison de vacances. Un refuge dans la nature, pour y être heureux, méditer, réunir la famille. Puis la disgrâce intervint. Et, peu après, la mort. Le père fut enterré dans la montagne, non loin de la maison, un simple tumulus, sans stèle ni inscription, c'était un homme déchu. Et Chusa, pendant trois ans, jour après jour, se rendit sur cette tombe pour y célébrer le culte d'un mort très aimé.

Et voici qu'après tant de malheurs, d'exils et de départs, de persécutions, de mortifications, d'humiliations et de misères au travers desquelles il lui avait fallu survivre et même se développer, c'est là qu'il revenait, à la maison du père, à l'origine, pour y finir sa vie. Il allait y trouver une existence ordinaire, telle qu'il n'en avait encore jamais eu.

À un siècle et demi de distance, j'y revenais avec lui. Qu'allais-je découvrir ? Quelle enclave préservée du grignotement irrépressible de la ville ?

Ce 2 mai de l'année 2015 je me suis donc hasardée une fois de plus dans le métro de Séoul. Des couloirs interminables, d'une admirable propreté, lancés vers des destinations inconnues aux noms imprononçables, que longent à toute allure des foules denses et ordonnées, sans visage. De Seoul Station à Gwacheon, une douzaine de stations, des kilomètres à parcourir, des mondes à traverser, l'heure passe… J'aperçois par la fenêtre le fleuve Han et les brumeux gratte-ciel qui le bordent. Au-delà, quelque part sur la ligne 4, au sud de la mégapole, il y aura ce lieu préservé où Chusa revint en 1848, au retour de Jeju, revint encore cinq ans plus tard, après son second exil. Il s'y installa pour de bon cette fois, non loin de la tombe du père, cherchant toujours à restaurer l'honneur perdu.

Je relis ce poème, écrit en 1852, alors qu'il est à nouveau chez lui : « Derrière la porte, le soleil d'automne chauffe / Je suis maintenant un peu nostalgique quand je songe à sortir et que je m'y prépare. / Le paysage avec ses trois petits sommets familiers, je le voyais il y a cinq ans. / La vieille maison couverte de mousse est toujours là / Et dans la forêt, les feuillages ont pris une teinte rouge. / Pendant longtemps j'ai erré d'est en ouest. / La montagne est envahie par le brouillard du soir. »

Aujourd'hui les trois petits sommets ont disparu et la montagne avec. Une cage de verre immense la dissimule. C'est le musée Chusa flambant neuf, disposé sur trois niveaux, dans lequel on a tenté d'encapsuler une âme. L'âme tourmentée d'un homme qui longtemps erra d'est en ouest en quête de repos. Le Paysage d'hiver dédié au disciple favori Yi Sang-seok s'y trouve reproduit en bonne place et la fameuse Orchidée zen, agrandie aux dimensions d'un haut mur, en sculpte l'étendue entière. Mais Chusa lui-même, où est-il dans ce froid et soigneux assemblage ? Des traces de sa vie, des objets certes, des calligraphies et des missives et des explications minutieusement données et des témoignages d'amis, Gwon

Don-in, Cho-ui… Les lieux pourtant se taisent, Chusa en est absent.

Dans la maison peut-être ? Mais où est la maison ? Je ne vois, en sortant du musée, coincée entre la route où dévalent les poids lourds, les immeubles hâtivement construits et les arceaux des serres en plastique, qu'une maisonnette à l'ancienne, improbable dans cet environnement. Avec son toit de tuiles grises marqué de gros points blancs, elle ressemble à un dessin d'enfant tombé là par hasard.

En réalité il n'y a plus ni maison de Chusa ni tombe de Kim No-gyeong. Rien ne reste de ces présences, rien, vraiment. La maison qui m'apparaît n'est qu'une imitation, construite en 2007, me précise-t-on. Tout aussi trompeur, le volumineux personnage qui me fait face de l'autre côté d'un petit bassin d'eau. Kim Jeong-hui, cette statue lourdaude, cet individu corpulent à la mine avantageuse ? Il a bien l'allure imposante et tous les attributs de sa caste – de l'éventail au cordon nouant la robe –, et ce sourire sur les lèvres qui hésite entre ironie et bienveillance, mais l'homme, l'artiste, le peintre, l'a-t-on à nouveau exilé, rayé de la carte, ou travesti pour mieux l'ignorer ? Voilà le fantôme discret chassé pour de bon. Me reste à l'imaginer revenant en ce point du monde à l'heure de son dernier parcours, cet homme si peu soucieux du paraître, qui existait dans et pour son art. Sa vie, son être confondus avec son art. Ainsi s'est-il absenté des lieux où j'espérais le rencontrer.

Mais je vois là, dans cette absence, dans cet effacement, une certaine logique. C'est par son art qu'il comptait demeurer, non par les événements de sa vie, ni même par sa vie, qui s'en allait, s'amenuisant jusqu'à n'être plus qu'un souffle léger.

Voici ce qu'il écrivait à un disciple qui avait fait de soi-même un portrait : « Cet autoportrait est un rêve dans le rêve et un corps hors du corps. En outre il a tracé lui-même la calligraphie. Ainsi a-t-il atteint un autre niveau que celui du rêve ou que celui du corps. Le rêve et le corps sont une illusion, mais la calligraphie est une vérité. » Ce qui subsiste, ce ne sont ni le corps, ni les rêves, ni le portrait, ni l'homme – mais la calligraphie, qui l'exprime tout entier. « Un jour ses cheveux blanchiront et son visage sera plein de rides. À l'âge de soixante-quinze ans cet autoportrait aura cessé de représenter ce qu'il est. Cependant la calligraphie, elle, sera inchangée. »

Cette idée que l'être véritable, physique et moral, conscient comme inconscient, n'est pas tant dans la personne (une illusion, diraient les bouddhistes) que dans le trait tracé.

« Je peins comme je suis. »

Une vie ordinaire

Cette fois il revient à Gwacheon, il se pose, s'installe. Il va mener une vie ordinaire, une vie lestée par le poids rassurant des jours, sans faste ni honneurs, sans roi ni courtisans, sans rupture, sans chute, sans vertige : une vie simple et banale – pour lui, une nouveauté. Il retrouve famille et amis, le fils de Tasan qui habite non loin de là. «Je suis rassuré et ce sentiment est incomparable. Je sens que je renais. Je vois les membres de ma famille et je peux m'entretenir avec eux», écrit-il à un ami dans le Nord.

Solitude des sommets : un yangban, un maître – le maître aux trois mille disciples –, écouté, admiré. Profondeur de la déchéance : rayé de la carte, il n'est rien qu'un vieil homme malade, seul et démuni. De l'un à l'autre, toujours l'extrême. Mais voici qu'à la fin de sa vie, au bout de toutes les luttes, il s'inscrit dans la trame commune, des fils se nouent, quotidiens, visites, amis, discussions, qui sont des rites de partage. Le sentiment incomparable, dit-il, d'être rassuré, arrimé, attaché : d'appartenir. Non pas à la caste des lettrés, mais à tous, aussi largement que possible.

Une véritable révolution s'est opérée. Sans doute en fallait-il une pour que du goût de l'excellence il passe à celui de l'ordinaire : pour qu'il apprenne à aimer les jours et les heures et les secondes toutes semblables. À faire de cette existence-là son terrain favori, à la placer très haut dans l'échelle des valeurs, tout à fait consciemment, en homme longtemps privé. Ou longtemps ignorant. Pas par mépris, non, par absence d'intérêt plutôt. Son esprit était occupé ailleurs, absorbé par des sujets d'importance : l'art, l'étude, l'histoire, transmettre. Et ces tâches lui semblaient si hautes et ardues, chargées de sens et de mérite, qu'elles devaient requérir toute son attention. Il y avait une hiérarchie des valeurs. Et dans cette hiérarchie, l'art et l'étude occupaient la première place, au point qu'ils occultaient le reste. Les plaisirs ordinaires n'étaient pas même considérés – c'est qu'ils ne sont pas gagnés par le travail, l'intelligence, l'effort, mais tout naturellement donnés et, ainsi, à la portée de tous, sans qu'il soit besoin de s'y efforcer.

Mais voilà que, prenant la mesure de ce qui lui avait le plus manqué pendant dix ans de solitude, il comprenait que c'étaient précisément ces plaisirs-là qui lui avaient le plus manqué, les plus simples, ceux qu'on partage entre amis et qui resserrent les liens du sentiment. Et son évaluation intérieure, dominée par le désir d'excellence, s'en trouva modifiée.

« Les réunions les plus heureuses sont celles qui rassemblent le couple, les enfants, les petits-enfants, c'est le plus grand plaisir d'un vieil homme qui habite la campagne. »

Et, sur une autre calligraphie, également réalisée à son retour à Gwacheon : « Les mets les meilleurs sont le tofu, le concombre, le gingembre, les légumes. »

Deux tablettes où s'étagent d'élégants idéogrammes, partout reproduits, exposés, commentés, parmi les plus connus de son œuvre, pour célébrer les charmes de la vie de famille et ceux des légumes. C'était inattendu, après les stèles de l'époque de Silla, ce goût affiché pour le concombre. Mais on vit là, tracée en quelques signes, toute l'évolution d'un sage.

Du plus, aller vers le moins. « Un pas vers le moins est un pas vers le mieux », a dit un autre grand voyageur. Pour Chusa, ce « moins » possédait, dans son insignifiance, une bien plus forte charge de richesse spirituelle. Une richesse que connaissent rarement, ajoute-t-il, « ceux qui portent la large ceinture ornée d'une plaque d'or et qui ont une douzaine de servantes pour servir leur repas ».

L'innocence retrouvée

Souvent il se rend au temple bouddhique de Bongeun. Aujourd'hui la ville le cerne, gratte-ciel, banques d'affaires, grandes compagnies et gigantisme, piétons affairés, flux journaliers qui traversent au pas de charge les avenues à douze voies. En retrait, sur une colline boisée, détaché de ce mouvement et suivant sa vie propre, tout intérieure et intense : le temple de Bongeun. Ses multiples salles de prière sont étagées parmi les arbres – pins et érables japonais –, posées sur des terrasses de grosses pierres de taille qu'on atteint en grimpant, descendant, montant encore et serpentant entre les buissons d'azalées. Au mois de mai les massifs sont en pleine floraison et la colline entière, sous le ciel d'un bleu sans tache, flamboie de rouge, de rose, de vert, d'orange et d'or. Dans l'une des salles un moine psalmodie, la pièce est obscure, les fidèles prosternés, le rythme de la prière marqué sur un instrument de bois creux. La régularité des coups sur le bois, le chantonnement du moine, modulations infinies sur une base profonde et continue, comme un fil tendu, vibrant, qui ne rompt pas. Descente en soi, au plus profond, intériorité, repos.

Est-ce le repos que venait chercher ici Chusa ?

Il y avait même une chambre. On l'a décrite : « Près de la cantine du temple, on a construit de façon provisoire une maison de bois d'une seule pièce, sans porte, un rideau en voile à demi l'entrée. Sur le bureau, il y a une pierre à encre, un bol en verre bleu pour laver les pinceaux, un petit brûle-parfum dont s'échappent des volutes de fumée. Deux porte-crayons, l'un de grande taille, rouge, l'autre plus petit et de couleur blanche. Dans le grand porte-crayons, il a logé trois à quatre pinceaux, et dans le plus petit, huit à neuf. Un bol à pâte en jade blanc pour faire les cachets, un presse-papier de jade vert… » Ajoutons à ces instruments la grande pierre à encre, le bol en bois qui déborde d'une dizaine de sceaux, l'étagère en bambou où sont posés toutes sortes de soies, tissus, papiers… et on imagine Chusa à la fin de sa vie, petite silhouette ployée sur le pinceau, pénétré de l'atmosphère de paix et de recueillement qui flotte sur les lieux.

La préparation intérieure à l'acte de peindre ou d'écrire, la doctrine bouddhique en fournit les moyens, tout naturellement, qui nous pousse à détruire les « trois poisons » ou « souillures mentales » que sont la convoitise (ou l'envie), la haine (ou l'agression), l'égarement (ou l'aveuglement) – des erreurs, certes, du point de vue bouddhique, mais aussi des boulets, cling-clong, qu'on traîne lourdement après soi.

Chusa, dans sa recherche de la « morale intérieure », ne conseille pas autre chose que cette libération – de soi-même, de la partie la plus lourde de soi. L'orchidée ne serait pas si belle, qui traverse d'un jet l'étendue de la feuille, si un soupçon de haine s'y était mêlé.

On pourrait encore s'essayer à approfondir (on ne le fera pas) le sens des mots et expressions « développement mental » (pour les bouddhistes), « morale intérieure » (pour les confucéens), ou encore « pureté » et « sincérité », des notions qui se rejoignent, Chusa le fit, les voies suivies ne sont pas si différentes.

Il est vrai que le confucianisme est imprégné de bouddhisme, il suffisait à l'expert qu'il était de remonter à la source des textes.

Toujours est-il que le voilà installé entre le temple de Bongeun, où il a des amis et son travail, et la maison de son père, à Gwacheon.

C'est à Bongeunsa que je l'ai rencontré, non plus l'ombre d'autrefois, aperçue à Jeju entre les haies d'épines, mais lui, Chusa le vivant, le grand calligraphe, un vieil homme tranquille le pinceau à la main.

J'étais parvenue au pavillon le plus ancien du monastère, appelé Panjeon, ou « hall du Tripitaka ». La pièce a été construite pour abriter les blocs de bois utilisés pour l'impression des livres sacrés, telle l'édition du *Sutra Avatamsaka* en quatre-vingts volumes, soit trois mille cent soixante-quinze blocs, gravés en 1856 par le moine Yeonggi. Mais voici que je lève les yeux. Aucun doute : la plus grande des merveilles est bien là, au-dessus de la porte verrouillée. C'est un vaste panneau annonçant le nom de la salle et la dernière calligraphie exécutée par Kim Jeong-hui. Il a tracé les idéogrammes en grands caractères d'or, d'une force, d'une netteté sans réplique. Les signes brillent et s'affirment, simples et évidents comme un dessin d'enfant. « Un vieil homme de soixante et onze ans habitant Gwacheon écrit dans sa maladie », signe-t-il, et non plus Chusa ou Wandang ou…

Trois jours après il mourait.

« Le travail calligraphique simple et sans artifice, dit l'explication jointe, nous donne une idée de l'état d'esprit d'une pureté immaculée de Kim parvenu au crépuscule de sa vie. » Un effet poétique certain dans la description, une vérité pourtant.

Simples, sans recherche d'effet, les traits le sont, c'est vrai, fortement appuyés tout du long – la main est sûre –, si bien qu'on peut y voir, certains l'ont signalé, quelque chose d'enfantin. Ils proviennent de cette sincérité que désirait Chusa : une sorte de transparence intérieure. Comme si, en fin de vie, se dépouillant de tout l'acquis, de sa science si longuement et minutieusement amassée, qui fit de lui l'un des grands esprits de son temps, il avait retrouvé en lui la vision et la manière de l'enfant.

Je vois très clairement son visage, son demi-sourire bienveillant, le plissement des yeux, l'intense vitalité qui les éclaire, et la modestie de toute l'attitude. Réduit physiquement, c'est vrai, un petit homme frêle habité par la maladie, acceptant ses maux, gardant pourtant son assise. La chair en le libérant, le poids de son corps en s'amenuisant, loin de le charger de regrets, l'ont, semble-t-il, rendu à la légèreté. Il est en accord, il reçoit le monde, il lui est ouvert, il est en paix. Ce n'est plus cette concentration permanente sur un objet d'étude qu'il ne lâchait pas, mais l'ouverture au monde, à partir de son centre.

Dire que pour autant je le comprenais de l'intérieur, évidemment non. Mais en ces instants, devant cette dernière œuvre si étrangement satisfaisante, il m'a semblé avoir accès au lieu mystérieux où il se tenait.

Écoutons plutôt un étudiant qui en 1856 passait par là et le vit : « Au milieu de la pièce un vieil homme était assis ; petit et maigre, il avait une barbe blanche comme neige. Pas de cheveux, des yeux brillants au point qu'ils avaient l'air d'être laqués. Son visage, un peu rouge, débordait de jeunesse. Les bras et les doigts étaient minces et raffinés comme ceux d'une femme. Il était en train d'égrener un chapelet. Les élèves s'inclinaient devant cet homme qui répondait par une inclinaison de tête. Tout de suite j'ai reconnu Chusa. On m'avait dit qu'il paraissait faire partie d'une autre époque, c'est pourquoi j'ai examiné son visage et les objets qui l'entouraient, ils sont restés gravés dans mon esprit. »

Les funérailles furent célébrées à Séoul. Hommages, éloges, témoignages, condoléances, poèmes écrits, calligraphies exécutées par ses disciples. Ils exprimaient admiration et reconnaissance. Chusa, pendant tant d'années exilé et absent de la scène, n'était pas oublié. Comme il l'avait affirmé, sa calligraphie et son enseignement vivaient encore, continueraient à vivre, vivraient toujours. Et l'homme qu'il fut resterait pour longtemps dans les mémoires. Ses amis tentaient de le décrire.

Gwon Don-in, le plus proche, qui fera faire le portrait de Chusa, alignait les adjectifs, « intelligent », « sage », « sérieux », « sincère », grand professeur et grand artiste, tout en finissant par avouer son incapacité à le rendre dans son entier : « il est difficile de trouver les mots pour exprimer tout ce qu'il était ». Oui, la vérité ne tient pas dans les mots, elle se situe au-delà, dans le parfum qui en émane peut-être, Chusa, en lisant, le constatait.

Cho-ui, qui ne put venir – les moines n'entraient pas dans la ville –, écrivit lui aussi, mais plus tard, deux ans après la mort de l'ami, son éloge. Il fait état de quarante-deux ans d'amitié durant lesquels ils s'étaient peu vus, mais qu'importe ? Il admirait tout de Chusa, sa calligraphie, ses qualités de poète, ses recherches et sa lecture des inscriptions sur les pierres tombales, l'ouverture d'un esprit qui ignorait, dépassait, renversait les barrières entre les disciplines, les rapprochait et voyait large. Chusa en « imposait », dit-il, quand le débat portait sur les notions de raison, de morale, de vérité. Et soudain, cette comparaison inattendue, cette touche personnelle qui fait passer jusqu'à nous un peu du souffle qui l'animait. Elle nous restitue le personnage mieux que toute analyse.

Il est question de souffle justement, de vent léger, de renouveau et de printemps. « Son caractère, écrit Cho-ui, était comme une brise printanière. »

Que peut-on ajouter ? L'incessant est là, le souffle, la vie, la légèreté. Finalement tout est tranquille, tout est bien.

ANNEXES

ANNEXE 1

Le néoconfucianisme

À l'origine il y a les armes. Le souci de vertu vient plus tard. Les lettrés confucéens furent à l'occasion des guerriers, comme les moines, en principe non violents, au besoin redoutables. Terminées les discussions, arguties, chicaneries propres aux érudits. L'épée à la main, ils vont au combat et soutiennent hardiment un général rebelle, Yi Song-gye. Chargé de régler leur compte aux maraudeurs japonais qui venaient s'emplir les poches sur le territoire, celui-là profita d'un changement de dynastie en Chine pour tourner son armée contre le régime et prendre le pouvoir. Un coup d'État réussi, une dynastie installée, les Joseon, qui devait régner plus de cinq cents ans (1392-1910) sous l'influence de Confucius, qui n'avait cessé d'être revisité.

Mais avant même l'avènement des Yi, la pensée néoconfucéenne commençait à s'introduire en Corée où elle allait effectuer une transformation majeure. Pénétration lente, graduelle, qui culmine au XVe siècle et se prolonge jusqu'au début du XXe.

Tout est parti de Chine. Amorcée dès la fin des Tang, au Xe siècle, l'idéologie néoconfucéenne, cet immense effort pour repenser la tradition de fond en comble après dix siècles de problématique bouddhique, va s'emparer de la Corée, comme de tout le monde sinisé au reste.

Les penseurs chinois, dans leur grande variété, cherchaient tous à fournir une réponse à la notion d'illusion, ce doute radical sur la réalité des choses introduit par la philosophie bouddhiste. On remet donc le bouddhisme en question (sous son aspect chinois aussi bien), que ce soit sous forme de « violentes réactions de rejet », selon Anne Cheng[1], ou sans pouvoir tout à fait l'écarter, alors qu'on voudrait pourtant se libérer d'une « assimilation plus ou moins consciente ». Sur fond de questionnement inhérent à cette philosophie (on en reste imprégné), le néoconfucianisme est volonté de revendiquer une spécificité aussi purement confucéenne que possible. Retour aux sources.

Tous ces penseurs individuels, isolés, vont être dominés par la figure de Zhu Xi (1130-1200), immense philosophe chinois, qui voulut réévaluer la tradition culturelle dans son entier, réalisant un colossal travail de synthèse « à la fois éthique, cosmologique et canonique » (Anne Cheng), qui renouvelait la vision des Classiques et devait, pendant des siècles, exercer une influence indépassable. La réflexion sur la nature humaine, assortie de la conviction qu'elle est

1. *Histoire de la pensée chinoise*, *op. cit.*

foncièrement perfectible, ressurgissait de façon neuve. Au centre de l'attention se trouvait la tâche à accomplir, sur soi et dans le monde, ici et maintenant.

En Chine, par un décret de 1313, les Quatre Livres et les Six Classiques dans les commentaires de Zhu Xi entraient au programme des examens d'État. Une nouvelle orthodoxie était née. Ainsi en avait décidé l'empereur Renzong (de la dynastie Yuan, fondée par les conquérants mongols), soucieux d'assurer sa domination et l'unité du pays en une époque où il fallait cimenter la société et la sauver de la déroute. Parmi la confusion, au sein des difficultés où l'on était plongé, on avait besoin d'idées fortes, d'une pensée articulée, qui ne se contente pas de compatir (bouddhisme) mais permette aux gens de croire et de s'unir. Des idées pour s'exalter. En période de troubles, les dirigeants en connaissent la nécessité. Il fallait cette base-là pour rendre au peuple confiance en son histoire, en son pouvoir. Le néoconfucianisme. Et cela marcha. Le mouvement connut une fortune extraordinaire.

Le plein impact de la pensée de Zhu Xi, dans sa magnifique amplitude et sa complexité, se fit sentir en Corée quelque deux cents ans plus tard. Elle était étudiée et déployée dans les œuvres de deux grands philosophes néoconfucéens, T'oegye et Yulgok. Inspirait leur travail le désir de faire renaître la nation sur la base de principes qui ne seraient pas purement religieux, mais plus humains, plus proches de chaque homme, intégrant néanmoins une forte dimension spirituelle.

Une idéologie qui propose des préceptes clairs, des réformes à opérer en matière sociale et politique et qui, pour en garantir le bon fonctionnement, se réfère au monde exemplaire de la Chine antique. Les Coréens de la dynastie Joseon, galvanisés par cette perspective d'action, rêvaient de réaliser une société confucéenne : de mettre sur pied un vaste programme apte à « confucionaliser » le pays. On allait forger une nation nouvelle, créer une société juste et harmonieuse, en conformité avec les rites, et qui n'en refléterait pas moins les lois du Ciel.

Le zèle est grand, forte la résolution – tout se dégrade, se délite –, puissante l'admiration que portent les Coréens à l'univers mythifié de la Chine, il constitue le plus grand des exemples, dans le reste du monde règne d'ailleurs la barbarie.

Guerre au bouddhisme

Bien entendu, être très convaincu de la valeur d'une idée peut impliquer qu'on n'admette pas qu'une autre soit aussi bonne. D'autant plus que T'oegye, ennemi du bouddhisme et du taoïsme, avait semé dans sa version du néoconfucianisme d'après Zhu Xi une graine d'intolérance qui devait se développer jusqu'à obstruer l'horizon.

Dès son début, le néoconfucianisme, soucieux d'écarter l'opposition, adopte une tendance dure. Et déclare la guerre aux autres religions, approches, philosophies, enseignements. Le bouddhisme chan et sa haute spiritualité, qui a si longtemps attiré les Coréens, est banni, condamné, pourchassé et, avec lui, les pratiques chamaniques dont il s'accommodait sans peine. Dès lors la relation va se résumer à un bras de fer continuel dont le confucianisme sort grand vainqueur. (« Retour à l'index levé du moraliste et au pragmatisme pot-au-feu », écrit Nicolas Bouvier[1] à propos de ce triomphe qu'il

1. *Journal d'Aran et d'autres lieux*, *op. cit.*

trouve visiblement un peu terne.) Brimades et répression. «Les moines en général ne sont guère plus estimés que les esclaves, à cause des grands tributs qu'ils sont obligés de payer et des ouvrages qu'ils sont tenus de faire», en outre on leur interdit de passer la porte des villes. Pourtant leurs «supérieurs», selon Hendrik Hamel[1], sont restés aimés du peuple : ils «font leurs visites à cheval, étant fort bien reçus et régalés partout où ils passent».

Aujourd'hui encore, les Coréens vous diront que, certes, le gouvernement a persécuté le bouddhisme qui, par sa puissance, menaçait l'intégrité du régime, et cette persécution avait évidemment des raisons politiques, le peuple quant à lui n'y participait pas, et le bouddhisme, comme le chamanisme, ont tout naturellement continué de coexister avec la pensée orthodoxe. En réalité, les moines étaient aimés de la population et les humiliations qu'ils ont subies sont sans commune mesure avec le sort réservé aux catholiques, torture et mise à mort pour ces derniers, précise-t-on.

Ajoutons que si le bouddhisme avait perdu de son attrait, ce n'était pas tout à fait sans raison. La puissance de ses monastères s'étendait. On attendait d'eux des miracles : faire tomber la pluie (avec l'aide de quelques chamans au besoin), conjurer la sécheresse, amener un peu de prospérité… Nul doute qu'ils aient eu certain succès car leur prospérité ne cessait de croître en même temps que les privilèges qui leur étaient accordés (donations foncières, exemptions de taxes et de corvées, etc.). Les bonzes s'engraissaient aux dépens de leurs ouailles.

---

1. *Relation du naufrage d'un vaisseau hollandais…*, *op. cit.*

On entend de la part d'un contemporain un récit plus détaillé : « Les nobles fréquentent beaucoup les cloîtres pour s'y divertir avec des femmes publiques ou d'autres qu'ils y mènent, parce que la situation en est d'ordinaire délicieuse et plaisante, à cause de la beauté des vues et des jardinages, de sorte qu'on pourrait plutôt les nommer des maisons de plaisir que des temples, ce qui se doit entendre des cloîtres communs, où les moines aiment fort à boire[1]. »

Du bon usage des cloîtres à l'époque. Du temple à la maison de plaisir, le bouddhisme n'en est plus à l'austérité d'origine – du moins si l'on en croit ce témoin qui n'est pas forcément impartial : « Pour la religion, les Corésiens n'en ont presque point ; le menu peuple fait bien quelques grimaces devant les idoles, mais ils ne les révèrent guère et les grands les honorent encore moins, parce qu'ils croient être quelque chose de plus qu'une idole[2]. »

Une réussite éclatante peut mener au déclin, Confucius aidant. Après la dénonciation des abus, on en vient à celle des défauts de la doctrine. Dorénavant les bouddhistes persécutés se cachent ou se taisent, tandis que les abbés s'ingénient à réconcilier leur enseignement avec la pensée néoconfucéenne. Des siècles durant la situation perdure. Avoir des amis bouddhistes, leur rendre visite au monastère, s'ouvrir à leur philosophie, recopier des sutras dans la plus belle calligraphie, peindre une orchidée zen… quel courage ne fallait-il pas ? Certains l'eurent pourtant, tels Kim Jeong-hui le rebelle ou son ami Tasan, en pleine période de répression.

1. *Ibid.*
2. *Ibid.*

Arriéré, rétrograde et intolérant

La flamme néoconfucéenne n'allait pas s'épuiser de sitôt. Réduisant le monde à un « concept unique », c'est-à-dire à la préoccupation exclusive de l'idéologie correcte, elle continua de s'élever, destructrice. De nos jours on parlerait de « pensée unique » ou de « totalitarisme ». Par l'action des « êtres obtus », il faut croire qu'ils sont nombreux, le néoconfucianisme s'était durci, racorni, gauchi, ossifié, sclérosé, figé, prescrivant une suite de lois et de recettes destinées aux seuls tenants du pouvoir qui espéraient ainsi préserver leurs avantages. Il s'était mué en cette doctrine rigide qui causa, dit-on, le déclin de la dynastie Joseon et la perte de la Corée. Au début du XXe siècle, peu avant cette chute, écrit Bouvier[1] qui en a contre l'ordre confucéen, on le comprend, « la société coréenne étouffait sous un confucianisme sourcilleux, un formalisme empesé, une misogynie bougonne et un chauvinisme xénophobe. Sclérosée et soustraite à l'histoire au point d'être devenue une proie facile pour n'importe quel appétit ».

De nos jours, il est très mal vu. Si je m'y intéresse de près, c'est que le fantôme croisé sur mon chemin coréen a vécu en cette période de confucianisme pur et dur et qu'il en fut l'une des victimes, sa carrière brisée, par deux fois exilé, dix ans de sa vie sacrifiés pour cause de ses idées non conformes. Il était plus clairvoyant, l'esprit plus ouvert que la plupart de ses confrères lettrés, acharnés ceux-là à défendre l'« ordre des choses » (le leur), pauvres funambules s'obstinant à rester immobiles sur la portion de fil qu'ils s'étaient gagnée.

1. *Journal d'Aran et d'autres lieux*, *op. cit.*

Arriéré, rétrograde, intolérant, injuste, étroit, dépourvu de vision, l'instrument des privilégiés aux dépens du peuple, coupable de tous les maux dont la Corée, devenue le Royaume ermite, allait souffrir à la fin du XIXe et au début du XXe siècle : le néoconfucianisme est accusé en bloc, on a trouvé *le* coupable. Aujourd'hui, on préfère parler du Silhak ou « mouvement pratique » qui s'y opposa et dont Kim Jeong-hui fit très tôt partie. Il y était question de réformes, d'innovations, de progrès techniques, d'amélioration des conditions de vie… une avance considérée comme une menace par les néoconfucéens dont l'intransigeance féroce eut finalement raison de ces mouvements vers la modernité.

ANNEXE 2

Le Silhak

À propos de cette volonté de réforme, les historiens fournissent quelques dates. Le mouvement d'opposition se prépare dès le XVIe siècle, se développe au XVIIe, s'épanouit aux XVIIIe et XIXe (1750-1850), avec Pak Ji-won et, surtout, Tasan, doué d'une belle curiosité intellectuelle et d'un grand esprit d'invention – notamment scientifique et technique – au point que les Coréens ont voulu voir en lui leur Léonard de Vinci. C'est aussi l'époque de Chusa.

On donne aujourd'hui des titres séduisants aux diverses tendances qu'on a pu distinguer à l'intérieur du Silhak, entre autres une école d'« utilisation bénéfique et de bien-être » dont Pak Ji-won et Pak Je-ga sont les figures de proue. Plus tard va émerger, dans la nébuleuse des étoiles qui prennent forme, l'une des plus brillantes, l'école de « recherche reposant sur les faits réels », centrée autour de Kim Jeong-hui. Avec sa lecture des épitaphes et des textes classiques, elle aboutit à une nouvelle approche de l'Histoire.

Bien sûr le mot « école » peut donner une impression de cohérence, alors que la réalité est autrement moins claire et moins organisée. Il ne s'agit pas d'école, en aucun cas, mais de penseurs dont le charisme et la réputation attirent autour d'eux des disciples. Les historiens (asiatiques et américains), qui ont produit bon nombre d'épais volumes sur le Silhak et continuent d'approfondir la question, sont au moins d'accord sur un point : sa complexité – elle est liée à celle du développement de la société coréenne et touche donc à tous les domaines.

Le Silhak, nous disent-ils, né d'un changement d'esprit et de vision, est devenu partie intégrante de la lutte du pays pour progresser. Preuve en est qu'on s'en inspire encore au milieu des difficultés actuelles.

Un peu comme si on nous renvoyait aux Lumières et à leurs philosophes, Diderot, Voltaire, Rousseau..., puisque le Silhak, lié lui aussi à la capacité de percevoir la réalité dans une autre « lumière », survint à peu près à la même époque et leur est souvent comparé.

Mais voilà qui peut nous surprendre : on va y chercher aussi une vision spirituelle – une sorte de guide pour mieux exister. Si nous voulions, par désir d'échapper à l'actuel monde du brouillage et de la catastrophe, en revenir à quelque grand texte fondateur et y trouver des conseils de vie, lequel choisirions-nous ? La Bible ? Pascal ? Montaigne ? Quel autre plus récent[1] ?

En Asie, c'est du côté du Silhak qu'on cherche à retrouver quelque lumière.

« En cette époque de marché ouvert, la Chine a besoin d'une vision. » De vision. C'est un professeur à l'université de Pékin (Ge Rong jin, de l'Académie des sciences sociales) qui l'affirme (dans *History of Korean Silhak*, 2002). « En dehors même de la mission historique de modernisation, poursuit-il, notre société affronte les problèmes nombreux dus à la post-modernisation, crise morale, crise éthique… le "mouvement pratique", issu de Corée, de Chine, du Japon, devrait nous suggérer des solutions aux questions qui surgissent au XXIe siècle. » Pour les questions fondamentales sur la vie et le sens, retour au XVIIIe, donc, entre autres, aux grands penseurs coréens.

Et au Japon, que dit-on ? Le professeur Ogawa Haruhisa de l'université de Tokyo souhaite que le concept de « sincérité, présent dans le Silhak coréen du XVIIIe » – qu'il appelle *silsimsilhak*, ou « étude pragmatique enracinée dans un cœur sincère » – soit réintroduit dans la culture moderne asiatique en crise[2].

Le Silhak, une pensée qui continue de cheminer.

1. Il est vrai que, récemment, après les sanglants attentats de janvier 2015, on s'est mis à relire le *Traité sur la tolérance* de Voltaire (1763).

2. Cité par Philippe Thiébault, *La Pensée coréenne*, *op. cit.*

Bibliographie

Auteurs

Les ouvrages de Kim Jeong-hui ici mentionnés n'existent qu'en coréen, je donne donc la traduction française des titres.

Le Chant de la fidèle Chunhyang, traduit par Choi Mikyung et Jean-Noël Juttet, préface de Jean-Noël Juttet, Zulma, 2008.

Les Entretiens de Confucius, traduits et annotés par Pierre Ryckmans, préface d'Étiemble, Gallimard, 1987.

Histoire de Byon Gangsoé, traduit et présenté par Choi Mikyung et Jean-Noël Juttet, Zulma, 2009.

Les Mille Monts de lune, poèmes présentés par Charles Juliet, Albin Michel, 2003.

Kim Jeong-hui, *Œuvres complètes de Wandang* (en coréen) dir. Im Jeong-gi, éd. Minjôkmunhwa, Ch'unchinhwoe, 1995 ; *Œuvres poétiques complètes de Kim Jeong-hui* (en coréen), dir. Hong Ch'an-yu, éd. P'ulpit, 1999.

Lao Tseu, suivi des Quatre Canons de l'empereur Jaune, traduction et commentaires de Jean Levi, Albin Michel, 2009.

Lao-tseu, Tao-tö King, traduit par Liou Kia-hway, préface d'Étiemble, Gallimard, 1967.
Pak Ji-won, *The Jehol Diary*, introduction, traduction et notes de Yang Hi Choe-Wall, Global Oriental, 2010.
Tasan, *L'Art de gouverner*, traduit par Philippe Thiébault, Autres Temps, 2007.

Études sur les auteurs

Kalton, Michael, *To Become a Sage. The Ten Diagrams on Sage Learning*, by *T'oegye*, Columbia University Press, 1988.
Setton, Mark, *Jeong Yag-yong (Tasan), Korea's Challenge to Neo-Confucianism*, Suny Press, 1997.
Yun Hong-jun, *Biographie critique de Wandang* (en coréen), éd. Haggojae, 3 vol., 2002.

Sur la pensée, l'art et la poésie asiatiques

Comme pour l'histoire de la Corée, il ne peut être question de fournir ici une liste exhaustive. Je donne seulement les titres des livres dont je me suis le plus servie.

Bouvier, Nicolas, *Chroniques japonaises*, Payot, 1991 ; *Journal d'Aran et d'autres lieux*, Payot-Rivages, 1990.
Bush, Susan, *The Chinese Literati on Painting*, Harvard University Press, 1971.
Cheng, Anne, *Histoire de la pensée chinoise*, Seuil, 1997.
Cheng, François, *Vide et Plein. Le langage pictural chinois*, Seuil, 1991 ; *L'Écriture poétique chinoise*, Seuil, 1982 ; *Souffle-Esprit*, Seuil, 1989 ; *Shitao (1642-1702), la saveur du monde*, Phébus, 2002 ; *La Joie*, Cerf, 2012 ; *Assise, une rencontre inattendue*, Albin Michel, 2014 ; *Et le souffle*

devient signe. Portrait d'une âme à l'encre de Chine, L'Iconoclaste, 2014.

Granet, Marcel, *La Pensée chinoise*, Albin Michel, 1988.

Idier, Nicolas, *La Musique des pierres*, Gallimard, 2014.

Malraux, André, *La Métamorphose des dieux*, Gallimard, 1976.

Michaux, Henri, Idéogrammes en Chine, Fata Morgana, 1975.

Nakata, Yujiro, *Chinese Calligraphy*, Weatherhill, 1983.

Naquin, Susan, et Rawski, Evelyn, *Chinese Society in the Eighteenth Century*, Yale University Press, 1987.

Ryckmans, Pierre, *Les Propos sur la peinture du moine Citrouille-Amère*, traduction et commentaires du traité de Shitao, Hermann, 1984.

Sullivan, Michael, *The Three Perfections. Chinese Painting, Poetry and Calligraphy*, Thames & Hudson, 1974.

Suzuki, Daisetz T., *Essais sur le bouddhisme zen*, Albin Michel, 2003.

Vandier-Nicolas, Nicole, *Le Taoïsme*, Presses universitaires de France, 1965 ; *Esthétique et peinture de paysage en Chine*, Klincksieck, 1982 ; *Art et sagesse en Chine. Mi Fou*, Presses universitaires de France, 1963 ; *Peinture chinoise et tradition lettrée*, Seuil, 1983.

Histoire, société, religion coréennes

Bary, Theodore de, *The Message of the Mind in Neo Confucianism*, Columbia University Press, 1989 ; et Lee, Peter H., *Sourcebook of Korean Tradition*, vol. 1, Columbia University Press, 1997, vol. 2, 2000 ; et Jahyun Kim, *The Rise of*

Neo Confucianism in Korea, Columbia University Press, 1985.

Belcher, Edward, Chaillé-Long, Charles, Pieters, Alexander A., Anderson, Malcolm P., Hall, Robert B., *Five Accounts of Jeju Published in Western Countries*, dir. Ko Young-ja, bibliothèque Udang de la ville de Jeju, 2013.

Cahill, James, *Fantastics and Eccentrics in Chinese Painting*, Arno Press, 1976.

Korean Tea Classics, textes de Cho-ui et Hanjae Yi Mok, dir. Brother Anthony of Taizé et Hong Kyeong-hee, Seoul Selection, 2010.

Dame Hong, *Mémoires d'une reine de Corée (1735-1815)*, traduit par Claude Bouygues, Picquier, 1996.

Deuchler, Martine, *The Confucian Transformation of Korea. A Study of Sociology and Ideology*, Harvard University Press, 1992.

Haboush, Jattyum Kim, *Culture and the State in Late Choson Korea*, Harvard University Asia Center, 1999.

Hahn Moo-Sook, *Rencontre*, traduit par Philippe Thiébault, Autres Temps, 2005.

Hamel, Hendrik, *Relation du naufrage d'un vaisseau hollandais sur la côte de l'île de Quelpaert, avec la description du royaume de Corée*, L'Harmattan, 1985.

Kalton, Michael, *Korean Ideas and Values*, Philip Jaisohn Memorial Center, 1979; *Neo Confucian World View of Value System of Yi Dynasty Korea*, Harvard University Press, 1977.

Ki-baik Lee, *A New History of Korea*, Harvard University Press, 1984.

Korea Buddhist Order Association, *Korean Buddhism*, Bulkwang Publishing, 2010.

Lee, Peter H., *Sourcebook of Korean Civilization, from the XVIIth Century to the Modern Period*, Columbia University Press, vol. 1, 1996, vol. 2, 1996.

Macouin, Francis, *La Corée du Choson, 1392-1896*, Les Belles Lettres, 2009.

Maurus, Patrick, *Les Bouddhas de l'avenir*, Actes Sud, 1993.

Park, Eugene Y., *Between Dreams and Reality, the Military Examinations in Late Choson Korea, 1600-1894*, Harvard University Asia Center, 2007.

Peterson, Mark, *A Brief History of Korea*, Facts on File, 2010.

Pratt, Keith, *Everlasting Flower. A History of Korea*, Reaktion Books, 2006 ; *Korean Painting*, Oxford University Press, 1995 ; et Rutt, Richard, *A Historical and Cultural Dictionary*, Curzon Press, 1999.

Rutt, Richard, *James Scarth Gale and his History of the Korean People*, Royal Asiatic Society, 1972.

Schmid, André, *Korea Between Empires, 1895-1919*, Columbia University Press, 2002.

Tennant, Roger, *History of Korea*, Kegan Paul International, 1966.

Thiébault, Philippe, *La Pensée coréenne. Aux sources de l'Esprit-Cœur*, Autres Temps, 2006.

Yi Sông-mi, *Raffinement, élégance et vertu. Les femmes coréennes dans les arts et les lettres*, traduit par Choi Mikyung et Jean-Noël Juttet, Autres Temps, 2007.

Livres d'art

Gongjae Yun Du-seo, Encounter with a Great Master in the Late Joseon Dynasty, Gangju National Museum, 2014.

Kan Song Mun Hwa, Calligraphy and Painting IX Masterpieces of Chusa, vol. 87, Kansong Art and Culture Foundation, The Center for Study of Korean Arts, 2014.

Kim Jeong-hui, nom de plume Chusa (en coréen), éd. Musée Chusa, 2014.

La Poésie de l'encre. Tradition lettrée en Corée 1392-1910, Réunion des musées nationaux, 2005.

Verdier, Fabienne, *L'Unique Trait de pinceau. Calligraphie, peinture et pensée chinoise*, préfaces de Cyrille J.-D. Javary et Jacques Dars, Albin Michel, 2001.

Remerciements

Je voudrais remercier chaleureusement le ministère de la Culture coréen, et en particulier Jung Jin Kwon, pour m'avoir fait confiance, avoir accueilli mon projet et apporté la seule aide financière dont j'ai pu bénéficier, prenant en charge mon voyage ainsi que ma résidence à Séoul.

Je tiens à remercier également Jean Guéguinou, ambassadeur de France, qui a bien voulu signaler ma recherche à l'ambassadeur de France à Séoul Jérôme Pasquier et, bien sûr, Jérôme Pasquier lui-même ainsi que Laetitia Favro, chargée du livre, et Lee Kyoung Yang, traductrice, qui m'ont reçue, guidée et suivie dans mon travail.

J'étends ces remerciements à l'équipe de l'Institut de traduction littéraire coréen – Ha Minkyung, Alex Baek, Lee Jungkeun et Shin So-yong, qui ont fait preuve d'une grande compétence et de beaucoup de gentillesse –, ainsi qu'à Mme Park Hye-Won, curatrice du musée Chusa, qui m'a reçue à plusieurs reprises, et à M. Huh Hong-bum pour m'avoir apporté sur la carrière de Chusa des précisions difficiles à obtenir. À Mme Bae Sohyun, directrice de la résidence, et à M. Yoon Hyeong Sik, descendant du grand Tasan, qui nous a ouvert les portes de sa maison.

J'aimerais également témoigner ma reconnaissance à Jean-Noël Juttet et à Choi Mikyung, merveilleux traducteurs, auxquels je dois nombre de découvertes dans le domaine de la littérature coréenne. En outre Jean-Noël a accepté de relire et commenter mon manuscrit, un grand merci pour ce long travail.

Je ne peux non plus oublier mon amie et traductrice Ko Young-ja qui m'a fait connaître l'île de Jeju lors de mon premier voyage en Corée et amenée sur le lieu d'exil de Chusa, alors un inconnu pour moi.

Un merci tout spécial à Kim Soobin, traductrice, qui m'a assistée, soutenue, aidée au long des mois à travers le fouillis des documents coréens et la monumentale biographie de Chusa dont elle m'a résumé les trois volumes et traduit certaines lettres et poèmes ; elle a en outre fait des recherches auprès des personnalités compétentes, afin de démêler le vrai du faux, une tâche exigeante.

Merci, aussi, à Georges Arsenijevic, conseiller technique du Centre culturel coréen, et à Mme Choi Kyungran qui a relu et corrigé l'orthographe des nombreux noms coréens.

Il est évident que, sans le concours de tous ces amis, je n'aurais pu imaginer un instant faire ce portrait d'un homme sage.

Table

DU MÊME AUTEUR

DE PETITS ENFERS VARIÉS, *Romancières anglaises contemporaines*, essai, prix Femina Essai et prix Marcel Thiébaud, Seuil, « Le Don des langues », 1989.

LE PAYSAGE ET L'AMOUR DANS LE ROMAN ANGLAIS, essai, Seuil, « Le Don des langues », 1994.

JEAN RHYS : LA PRISONNIÈRE, essai, Stock, 1996.

GENS DE LA TAMISE ET D'AUTRES RIVAGES..., *Le roman anglais au XXe siècle*, essai, prix Médicis Essai, Seuil, « Le Don des langues », 1999, Édition revue et augmentée, « Points », 2001.

BALI, JAVA, EN RÊVANT, essai, Éditions du Rocher, « La fantaisie du voyageur », 2001, repris en Folio, 2001.

LA CHAMBRE BLANCHE, roman, Seuil, 2003, « Points », 2004.

PROMENADES EN TERRE BOUDDHISTE BIRMANIE, essai, Seuil, 2004.

UNE PASSION EXCENTRIQUE : VISITES ANGLAISES, essai, prix Valery-Larbaud et prix Anna de Noailles de l'Académie française, Seuil, 2005 repris sous le titre *Promenades anglaises*, « Points », 2008.

GANDHI, Gallimard, « Folio biographies », 2006.

BIRMANIE, avec des photos de Michel Gotin, Seuil, 2006.

UN LIEN ÉTROIT, roman, prix Cabourg du roman, Seuil, 2008, « Points », 2009.

L'AVENTURE DU DÉSERT, essai, Gallimard, « L'Infini », 2009.

UNE VIE POUR L'IMPOSSIBLE, roman, prix Charles-Oulmont, 2013, Gallimard, 2012, repris en Folio, 2016.

WILLIAM BLAKE OU L'INFINI, essai, prix de la Société des Gens de Lettres (essai), Albin Michel, 2014.

Composition : IGS-CP
Impression : CPI Bussière en décembre 2015
Éditions Albin Michel
22, rue Huyghens, 75014 Paris
www.albin-michel.fr
ISBN : 978-2-226-32183-1
N° d'édition : 21382/01 – N° d'impression : 2018127
Dépôt légal : janvier 2016
Imprimé en France